このひとが好きだ、と声にも文字にもせず心のなかだけで呟いて、
自分の初恋を知った。

（本文より抜粋）

DARIA BUNKO

とのこい

朝丘 戻

ILLUSTRATION 丹地陽子

ILLUSTRATION
丹地陽子

CONTENTS

とのこい

城島世との恋

1　もとを正せば単純でくだらなくて情けない話

目をとじていても瞼を突き抜けてくる明るい陽射しが痛すぎて、ほとんど無意識に寝返りを打った。左腕で太陽光を遮って、息を吐きながら冷えた肩に布団をかけなおす。

寒い……、と覚醒しきらない頭で考えた瞬間、ずきりとこめかみに刺激が走った。

頭痛とともに、否応なしに意識が現実にひき戻されていく。

……痛い。痛いし寒い。

なんなんだ、と目を半分ひらいたら、ナイトテーブルの上のスマホとライトが視界を掠めた。そのむこうにクローゼットの扉と、ゴムの木と……見慣れた1LDKの寝室の光景がぼやけてうつり、徐々にピントがあってクリアになっていく。

朝だ。今日は何日……何曜日だっけ。たしか、ええと……昨日は水曜日で、呑みにいこう、と柳瀬さんが言いだしたせいで社員の何人かがつきあった。そこに自分もいた。

そうだ、この頭痛と怠さの原因は酒だ。

普段会社の呑みでこんなに羽目をはずすことはないのに珍しくやらかした。

おまけに、明らかに下半身に違和感がある。……尻の奥から垂れるもの。

「……嘘だろ」

思わず声にだして呟いてから、シーツを汚さないよう注意しつつベッドをでた。中腰の情けない格好でそそくさ浴室へむかい、ドアをしめる。

嘘だろ。どういうことだよ。会社の呑み会のあとにどうしてセックスしてるんだよ。どこのどいつが俺を抱いたんだ。俺はどこのどいつに気を許した？　どういう経緯で？　ていうか犯人はどこに逃げやがったんだよばか野郎が。

「——世さん、お邪魔してます」

風呂をでると、アパートの隣人の木崎真人がきていた。キッチンに立って朝食の用意をしてくれている。

「ああ……おはよう」

ため息をつきながら横をすり抜けてリビングへいき、ソファに腰かけてスマホを確認する。会社の後輩の戸川からメッセージが一件『大丈夫ですか？』とだけ入っていた。時刻は昨日の夜十一時過ぎ。

『なにが？』と短く返信を送ってみる。するとすぐに反応があった。

『おはようございます。なにがって、昨日すごく呑んでたでしょう。あのあとどうしたかなって心配だったんですよ』

……〝あのあと〟ときたか。

疑いだすと些細なことまで怪しく見えてくるな。

「なあ真人、昨日の夜おまえ家にいた?」

「いましたよ」

「じゃあ俺が誰と帰ってきたかわかる?」

「いえ。誰かと一緒だったんですか」

「ぽい。呑んで帰ってきてここでセックスしたみたいなんだよ。風呂入ったら身体中に痕がついてて驚いた。しかもとんでもない勢いで中出しされてたわ。会社の呑み会だったんだけど、そのあとゲイアプリで相手探した履歴もないし、犯人はいったい誰なんだろう。ゴムもしないマナー違反のクソ男だろ? 素人か? 全然まったく予想がつかねえよ」

スマホをソファに放って濡れた頭をがりがり拭く。

真人はダイニングテーブルに料理ののった皿をふたつ並べた。

「思いのほか落ちついてるんですね」

軽蔑しているのか呆れているのか、相変わらずの読めない無表情で指摘される。

「まあ、誰かに抱かれたぐらいで騒ぐほどお上品な生きかたしてないしな」

「だから相手の予想もつかないんでしょう」

「……そうだけど」

はあ、とわざとらしく大きなため息をつかれた。「なんだよ」と抗議した声も無視されて、真人はまたキッチンへ戻り、サラダの入った器も並べる。

「記憶を失うほどの酒はやめたほうがいいと思います」

「べつにいつもじゃないだろ」

「昨日はまた辛いことでもあったんですか？」

「仕事はしんどいけどそれ以外はとくになんにも」

「なら心配いりませんね」

冷たくあしらわれて、小さく「けっ」と悪態をついたら、「とっとと服を着てきてください」と叱られた。「へいへい」とソファを立って隣の寝室へいく。

真人は二十二歳の大学院生で、俺がこのアパートに越してきた三年前から親しくしている。外食やコンビニ弁当ばかりの怠惰な食生活がばれて以来、『俺は料理が好きで、ふたり分のほうが作りやすいから』と時間のあう日に食事の世話までしてもらっている仲だ。

六つ歳下の学生に手をだすほど飢えてはいないが、こういう性指向なので最初に『俺がゲイだってこと知ったうえで近づいてきてね』と忠告はしておいた。

それでも一切動じず、年齢よりやたら老成した冷静さでこちらにとっても心地いい距離感を保ちながら接してくるものだから、仕事の愚痴や日々の不満までこぼすほど甘えている。

……昨夜の犯人が真人ってこともあるだろうか。

合鍵も渡しているし、部屋に入るのは容易い。酔っ払って転がっている俺を寝室へ運んで、その拍子に流れで……？　って。いや、ないな。真人はノンケで彼女もいるし。

「世さん、ご飯よそっていいですか」

「ああ、うん」

「五秒以内にきてください、冷めます」

「わかったよ」

髪も整え終えてダイニングへ移動し、椅子に腰かけて「いただきます」と手をあわせた。

朝食はご飯派の俺にあわせて基本的に和食にしてくれる。ベーコンエッグとブロッコリーのサラダと、ほうれん草のおひたしとナスの味噌汁。

「まだ猛烈に頭痛いのに、真人の料理見てると食欲が湧くから不思議だ」

目玉焼きに箸を入れて、とろりとあふれた黄身を白身とベーコンに絡めながら口に頬張る。

無意識に自分の頬まで蕩けているのがわかる。

「無理しないでくださいね」

「なに無理って」

あまり表情の変わらない真人はいつも怒っているような鋭い目で俺を見てくる。

「薬も用意しておきます。適当に腹を満たしたら飲んでから出勤してください」

「はは。至れり尽くせりだな」

笑ったら舌打ちされた。なんでだよ。

「世さん、犯人捜しするんですか」

真人もほうれん草のおひたしに視線をさげて口に入れる。

「さあ……どうだろう。とりあえず会社いったら呑み会に参加してたメンツのようす見るけど、こっちからどうこうするってのは考えてないかな」

「どうして」

「面倒くさいから？」

じろ、ともものすごい怒りの形相で睨まれた。

「あなた酔っ払ってたのをいいことにレイプまがいのことをされてるんですよ、なんにも思うところはないんですか？」

「思うところ？」

「腹が立つとか怖いとか気持ち悪いとか、感じるものでしょう」

うーん……、と唸(うな)った。

「俺が誘ったのかもしれないし、全然憶(おぼ)えてないから一方的に責めることもできないよ。もちろん中出しして放置ってやりかたは腹立つけど、ほかはなにも感じないな」

「世さんって自分を大事にしませんよね」

「え。自分を大事にして性欲にも正直に生きてきた結果、こうなっちゃったんだと思うけど」

一夜限りのセックスづきあいなんて普段の日常と変わらない。問題があるとすれば、もっとべつの部分だ。

「相手を捜すにしろ、逃げてる時点で忥そうな奴って気がしない？　うしろめたいことがなければ逃げる必要ないわけでさ……〝男と一回寝てみたかった〟っていう程度なら全然いいよ。でも〝好きだから逃げた〟とかって告白でもされたら嫌すぎる」

ベーコンと白飯を食べて咀嚼(そしゃく)しながら首を斜めに垂れたら、真人にまた睨まれた。

「……世さんがそういうひとだっていうのはわかってたつもりなんですけどね」

憐(あわ)れんだような嘆息も続く。

「俺は好きなときに食って寝てセックスしてひとりで自由に生きていきたいんだよ。恋愛だとか浮ついた面倒事に巻きこまれるのはゴメンだ」

「世さんも逃げるんですね」

「ハイ、ソウデース」

今度はあからさまに「ちっ」と舌打ちされた。どん、と箸を持っていた右手拳でテーブルも叩かれて、びくっと情けなく反応する。

「なんだよ、びっくりするだろ」

「世さん。絶対に犯人を捜して俺の前に連れてきてください、あなたのかわりに俺がそいつを殴りますから」

なにが癪に障ったのか、珍しく感情を剥きだしにして真人が憤怒している。

「いやべつに、俺は殴りたいほど怒ってるわけじゃ……、」

「連れてこなかったらもう料理作りません」

「……ぜ、善処する」

おまえは俺のオカンか。

電車に揺られて会社へむかっていたら気分も悪くなってきた。真人にもらった薬のおかげで頭痛は落ちついてきたのに、もう本当に踏んだり蹴ったりだ、ろくなことがない。

扉横の手すりを摑んで寄りかかり、流れていくガラス越しの青空に視線を転じる。

……犯人を捜すってことは、同時に相手の感情に踏み入っていくってことでもある。そういうのが嫌で会社の人間とも友人とも距離をおきつつゲイアプリで性欲を満たしながらしずかに生きてきたのに、なんでまたこんなことに……。

とはいえ真人の料理が食べられなくなるのは困る。おたがいの都合があう日に朝晩作ってもらって翌月まとめて食費を払ういまの生活は、昔より健康状態と経済状況がぐっとよくなった。死活問題なんだ。

はああ、と何度目か知れないため息を吐きながら駅に着いて電車をおりた。

今日は木曜日、明日あと一日頑張れば二日間の休み……と心のなかで希望を唱えながら改札を通る。

「城島さん、おはようございます。昨日大丈夫でしたか？」

ふと左横に戸川がやってきて一緒に歩きだした。

軽い二日酔いでぐったりしているこっちとは段違いに、艶やかな髪をきらきらなびかせて笑うさわやかイケメンさまのおでましだ。

「ああ、さっきもメッセージありがとな」

「いえ、やっぱりだいぶ辛そうですね……昨日城島さん、料理ほとんど食べないで酒ばっかり呑んでたから心配だったんですよ」

「戸川は一滴も呑んでないんじゃないかってぐらいすっきりしてるな」

「俺、仕事関係では加減して呑みますので」

「女子かよ」

はは、と笑う顔も白い歯が眩しくて朗らかで、社員や取引先に受けがいいのもうなずける。

俺がゲイだと知ってても懐いてきたこの柔軟さも、モテる要素なんだろう。

「なあ戸川、おまえ俺と寝たいとか思う？」

くっきり綺麗な二重をした目が、ほんのわずか動揺して見ひらかれた。

「え、どうしたんですか急に」

口端がひきつって、微妙な苦笑いになる。

「なんかな、昨日呑んだあと俺ちょっとオトナの粗相をしたらしい」

「粗相って……え、そういうことをしたって意味ですか？」

「したっていうか、されたっていうか。まあ、なんにせよ相手も憶えてないんだけどさ」

「そう……なんですか」

こく、と喉仏を上下させて、戸川はわかりやすく混乱をあらわにした。

こんなに時代がすすんでも、ゲイだとカミングアウトするとだいたい相手とのあいだに溝ができる。

〝わたし・ぼくはまだ理解が追いつきませんよ〟という溝。

〝わたし・ぼくは同性愛者を受け容れますよ〟という溝。

嫌悪も厚意も、発生してしまえばそれは〝自然なつきあい〟ではなくなるのだ。

でも戸川は真人と同様にどちらも表面にださない人間だった。まさに自然体で、告げる前と変わらない態度で接して、俺を先輩として慕ってくれた。

そんな男でもさすがに性的な話題は生々しすぎて慌てたか。それとも犯人だから焦っている……？　まんまと鎌かけにひっかかったってことだろうか。

「城島さんは相手を見つけて、責任をとらせたいんですか……？」

可愛い発想に思わず「ぶっ」と笑ってしまった。

「責任ってなんだよ、妊娠するわけでもないのに」

「あ……違うんですか」

「違う違う。べつにわからなければわからないままでいいんだよ、会社内の奴だったら仕事もしづらくなって厄介だし、おたがい追及しないで忘れましょうって感じ」

「え、あ、はあ……」

「でもちょっと困ったことがあってさ。もし〝あいつが怪しいんじゃないか〟って奴がいたら教えて」

「困ったこと？　……わ、かりました」

戸川は口もかたいし要領もよく、部署内の華で中心人物的な存在でもある。こいつを探偵として放っておけば俺があちこち聞きまわる必要もなく解決に近づくだろう。

「ごめんな。お願いね、戸川」

にっこり笑顔を繕って愛想をふりまいておく。

あと疑わしいうえに信頼して利用できるとしたら……柳瀬さんだな。


「城島さん、おはようございます。……あ、二日酔いって顔してますね」

「昨日の酒、絶対ひきずってるでしょー？」

「半休するだろうって思ってたのにちゃんときてますね、おはようございます」

出社すると昨夜呑んだうちの営業一課の連中に早速からかわれた。「おかげさまで二日酔いだよ」と返して笑われながら席に着くと、デスクの真んなかに付箋と薬の箱がある。

【身体を大事に。留守のあいだお願いします。　柳瀬】

柳瀬さんは今日から一泊二日の関西出張だ。わざわざ早朝出社してからいったらしい。傍らにあるのは胃薬だった。

忙しいくせに出張前日に自ら呑み会を企画して、二日酔いして出勤してくるであろう部下の心配までしている。

スマホをだして、いま新幹線に揺られているはずの彼へメッセージを送った。

『課長おはようございます。出張お疲れさまです。あなた昨日俺のこと抱いて帰りましたか』

頭痛薬と胃薬は併用して大丈夫だっけ、と考えつつ箱のなかから薬をとって給湯室へいき、ウォーターサーバーで水を汲んで飲んでいたら返信がきた。

『お疲れさま。世にはもっとちゃんとメールの書きかたを教えておくべきだったね。みっつの文が全部めちゃくちゃで車内で吹いたよ』

『薬もいま飲みました、ありがとうございます』

『必要だろうと思ったんだ。ワインが苦手なくせに昨日何杯も呑んでたから心配だった』

『とめてほしかったです』

『とめたのにおまえがやめなかったんだよ。なにか鬱憤でも溜まってた？　帰ったら聞くよ。抱いた云々の話も』

『あなたではない？』

『おまえは俺であってほしいの？』

……質問を質問で返してきやがった。

あなたは犯人が自分以外の誰かだったらどう思うんですか——と、さらに質問で返してやろうかと思ったが、内容が気持ち悪くてやめた。

『帰ったら夕飯でも食べながら話を聞いてください。あなたのおごりで』

『話を聞く側なのにおごるのか。しょうがない奴だね。なら土曜の夜に』

土曜。おたがい休日で、翌日の日曜も休みの土曜か。

『月曜日の夜でお願いします』

軽快に続いていたラリーにしばらく間ができた。

『わかったよ、月曜に』

そのときちょうど始業のチャイムが鳴った。

「おら、仕事だぞ～」

営業二課の古坂課長がきて、俺の尻を撫でてからげらげら嗤ってコーヒーをいれ始める。

「古坂課長、尻を撫でるのはセクハラですよ」

わざとオフィスにも届く大声で言ってやった。

「はあ？　男相手にいちいちつまんねえこと言ってんなよ、おまえも本当は喜んでるんだろ？　なあ城島ちゃんよ」

「危ないなあ課長～……いまはそういう発言、命とりですからね？　俺に訴えられないように気をつけてくださいよ」

「ははは、訴えるとかっ」

水を汲みなおして給湯室をでようとしたら、「城島さん大丈夫ですかー」と戸川がきた。

「いまのちょっと引きますよ古坂課長ー」

冗談めかした言いかたで戸川も庇ってくれる。

しかも女子社員の遠藤さんと江戸さんも横にいて、「わたしたちも気をつけなくちゃね江戸ちゃん」「古坂課長ってセクハラするんだ、怖い～ははは」と賑やかな輪になる。

「おい、やめろよおまえらっ。……っとに」

四人にわいわい責められてさすがの古坂課長もたじろぎ、そそくさオフィスへ戻っていった。

戸川たちも笑いながら「会議いってきま～す」とお茶を持って去っていく。

すれ違いざま戸川が意味ありげに口端をひいて笑った。目が〝やりましたね〟と甘く微笑んでいる。


会社内でゲイであることを公言して平穏無事に生きられるようになったのは、柳瀬さんのおかげだった。

もともと俺自身に隠そうという気が皆無で、入社したころ同期に『彼女はいるのか』とか『どんな女性が好みだ』という話題をふられたとき、『俺ゲイなんだ、女性には興味がない』とばか正直にこたえていたら、それを知った柳瀬さんがあいだに入ってくれた。

退きそうになる人間には『珍しくないよね。異常だっていうなら異性愛者が異性しか愛せないのもある意味異常だし』などと強引な持論で納得させて、奔放で頑なで無謀な俺には『城島は変わる必要ないよ。けど自分のためにも、うち明けていい相手を見極める力はつけたほうがいいね』と諭して、すこしずつ俺という人間の個性を会社に溶けこませていってくれたのだ。

現在では後輩たちも入社してしばらくすると自然と俺の性指向を知って受けとめる、というのが通過儀礼みたいになっていて、戸川たちのような味方も多くいた。

　さっきの遠藤と江戸なんかは『女からセクハラって訴えづらいけど、うちの会社は城島さんがいてくれるから老害上司に間接的に抗議できるんですよね』と喜んでいたりもする。

　ゲイであることが他人の役に立つとは思わなかったから、どうぞ好きに利用してくださいって感じだ。適度にアットホームで殺伐としすぎないうちの会社の雰囲気が気に入っている。

　令和じゃ珍しいかもしれないが、この会社のために努力して貢献し、長く勤めたいとも思う。だからできれば同僚ともつまらないワンナイトラブで拗れたくない。……ないんだけどな。

「城島さん、体調落ちついてるようでしたらこれお願いしていいですか？」

　昨日の呑み会にいた安田にくすくす笑いながら書類を渡された。軽く睨むと、「すみませんって」と謝罪を入れてから業務内容の説明を始める。

　……こいつも平然としている。ほかに同席していたふたりの男性社員も態度に変化はなく、妙な素ぶりも見せてこない。

　帰り道で拾った見ず知らずの男って線もあるのか……？　だとしたらまずいちばんに自分が怖ぇよ。

「城島さん、ちょっとお時間よろしいですか」

　一日なんとか頑張って仕事をこなし、夕方になるころ戸川が声をかけてきた。

「ああいいよ」とこたえてうながされるままオフィスのビルをでると、隣接しているコーヒーショップまで誘導される。

「座って待っていてください」と指示されて窓辺の席に座っていたら、戸川がカップをふたつ持ってやってきた。

「お疲れさまです。今日は辛かったでしょうから、これで暖まってください」

やわらかい色をしたそれをひとくち飲むと、チャイミルクティだった。

「あー……うん、美味しい。ありがとう」

弱っていた胃腸と、さっきまでしつこく痛んでいた頭を優しく撫でていくような味わいで、ほっと吐息が洩れる。

戸川も嬉しそうに「ふふ」と笑っている。

「それで、ですね。今日一日、昨日の呑み会メンバーにそれとなく探りを入れてみたんですが、みんなまっすぐ家に帰っていました。女子社員も含めて全員」

……さすが戸川、仕事がはやい。

「そうか、ありがとう。ごめんな、わざわざ探偵みたいなことまでしてもらっちゃって」

「いえ。昼食のときも自然と昨日の話題になったので、下手に動かなくてもわかったんですよ。男連中はみんな女の子たちを家や駅まで送りがてら帰っていたからアリバイを証明する相手もいたんです。謎なのは柳瀬さんと城島さんだけ」

「柳瀬さんも？」

咄嗟に食いついたら、戸川は一瞬だけ目を眇めた。

「……はい。柳瀬さんはすこしはやめに帰ったんです、今日から出張だったので。城島さんも〝ひとりで大丈夫だ〟って言い張ってタクシーで帰宅しましたね」

となると、やっぱり犯人は柳瀬さんか。先に俺の家へいって待ち伏せていた、とか？　でもなんでいまさら……。

「わかった。ありがとう戸川」

戸川のカップには濃い色をしたコーヒーが揺れていた。見つめながら自分のカップを揺らしてまたひとくち飲む。どうあれ、本当に犯人が柳瀬さんなら月曜日にわかるだろう。

頭のなかにぼやけた記憶の映像がうっすら蘇ってくる。

昨夜、居酒屋の右隣の席に座っていた男の無骨な手。黄金色のハイボールが入ったグラスの水滴と、そのグラスを押さえる左手の薬指にあった指輪。

——……世、呑みすぎだからそろそろやめておきなさい。おまえワインは弱いでしょうよ。

軽薄なようでいて出会ったころからずっと優しかった声。

「城島さん」

はたと我に返って視線をあげると、戸川が真剣な目でこちらを見ていた。

「ああ、なに？」

「城島さんは柳瀬さんに疑いがかかっても驚かないんですね」

「え？　いや、そんなことないけど」

「以前からふたりはどことなく距離が近いような気がしていたんです。……もしかしてなにかありましたか」

強い眼力から目をそらしておもむろにチャイを飲んだ。

「入社して長いうえに教育を担当してくれた上司だから、そりゃ親しくて当然だろ」

「古坂課長とは完全に〝他人〟ですよね」

「あのセクハラ上司は論外だよ。部署も違うし、社員全員扱いに困ってる。〝呑みにいこう〟ってひとことで容易くひとを集められる柳瀬さんと比べるな」

「まあ、そうですが」

「親しいっていうなら戸川とこうしてオフィスをでて密会してるのもおなじじゃない？」

戸川も視線を横に流してなにやら考えながらコーヒーを飲む。

「……すみません、不躾でした。じゃあ、今朝言っていた〝困ったこと〟ってなんですか？たとえば、その一夜の相手が忘れ物をしていたから返したい、とか？」

自分なりに想像して答えを用意してくるところまで本当に優秀さが際立つ。洞察力も観察眼も優れていて仕事もこの調子だもの、まったく敵わないよ。

「死活問題なんだ」

「しかつ？」

「うちに通ってくれてる料理人が〝犯人を見つけてこないと朝晩の食事の用意もやめる〟って言いだして、しかたなく」

「そ……そんなパトロンまでいたんですか、さすがですね」

「なんつー言いかたするんだよ」

チャイを噴きそうになった。さすが、の意味もわからない。

「その料理人は、本人より城島さんを心配してくれている……ってことか」

「みたいね」

「城島さんもそのひとの要求に応えようとするぐらいには必要としていると」

「そうね」

戸川が小刻みにうなずいてひとり納得している。

「また不躾な確認なんですけど、そのかたって男性ですよね」

「なんだよそれ。まあ男だけど」

好意があるんだろ、と指摘されているようで心外だった。表情にもでていたと思うが、戸川は「……わかりました」と世界の理をすべて理解している神みたいな余裕さで深くうなずく。

「城島さん、昨日の件でアリバイのない人間がまだひとりいることに気づいていますか」

「え？」

「――俺です」

イケメン神が口角をあげて、やたらハンサムに微笑んでいる。


怠さの残る身体をひきずってアパートまで帰りつくと、駐輪場のところに人影があった。

「――うん、わかってる。あいつには俺から連絡しておく」

「ごめん、お願いね。わたしは帰ったら真人とまとめた資料、データにしておくから」

「了解」

真人と彼女だ。

百八十七センチのでかい真人と並ぶとだいぶ小さく見える、茶髪セミロングの華奢な女の子。

大学の同級生で、真人は〝ナツミ〟と呼んでいる。

極力気配を消して横をすり抜けたのに、真人に冷めた目で一瞥された。怒るなよ、しかたないだろほかに道がないんだから、と心のなかで抗議しつつ二階の自宅まで階段をあがる。

今夜は夕飯がなしの日だったから駅前の弁当屋で幕の内弁当を買っていた。

——世さん。俺が夕飯を作れないときもなるべく健康にいいものを食べてくださいね。駅前の弁当屋は手作りだし味もよくておすすめです。とくに幕の内弁当は魚に炒め物に煮物にってバランスよくいろいろ入ってるからいちばんいい。

……なんなんだこの謎の敗北感は。

家の前に着いて、弁当の入った袋をがさがさ鳴らしながら鍵をだして扉をあける。

「――へえ……そんな面白いことが起きてたんだ」

柳瀬さんが目の前で心底愉快そうに、かつ無駄にダンディに微笑んでいる。

「もう酔っ払いましたか」

睨めつけながらつくね串を乱暴に囓って咀嚼したら、右手で口を押さえてお上品にもっと笑われた。

「たかだか一夜の出来事で世がふりまわされているのが面白いんだよ。おまえの日常でライフスタイルなんでしょう？　後腐れのないセックスづきあいは」

綺麗な長い指でグラスを持って、ゆったりとしたしぐさで彼はビールを呷る。

「行為自体にはふりまわされていません」

「だから面白い。――マコト君っていうんだっけ、そのパトロン」

「隣人です」

「世が他人の言いなりになるのは珍しいよね。好きなの？」

「俺はいつもあなたの命令や指示に従って行動してますけど？」

柳瀬さんの目が探るような上目づかいで俺を捉え、口端だけで小さく苦笑した。「なんですか」と追及しても無視される。ねぎま串をとって柳瀬さんが口に入れた。

「……で、犯人はあなたなんですか？」

「さて、どうこたえようかな」

「楽しんでないで真面目に話してくださいよ」

「おまえ、俺のこたえ次第でいろんなことが崩壊するってわかってるの」

射貫くような視線と低く変化した声音に一瞬怯んだ。彼がテーブルにおいている無気力な左手の薬指で、銀色の指輪が光っている。

「だとしても、その場合悪いのはあなたでしょ」

「悪いことをした俺をどうする？」

「知りませんよ、ご家族と話しあってください」

「ちぇ」

眉をさげてくすくす笑っている。……ちぇじゃねえ可愛い反応するな四十一のおっさんが。

「もういいです。面倒くさいんで今後ようすを見てどうしても犯人がでてこなかったらあなたが真人に殴られてください」

「横暴ー。でもいいかもね、マコト君に会ってみたい」

「面白がるな」

柳瀬さんが唇だけで微笑みながらねぎまの串を皿に置いた。

「世がマコト君に恋愛感情のようなものを抱いているとしたら面白くはないかな」

食べ終えた串をぴったり寄り添わせて並べていく謎の几帳面さ、昔から変わらない。

「真人には彼女がいます」

「世。こういうときはすぐ〝好きじゃない〟って否定しないと〝叶わないからはなから諦めてます〟〝彼女に嫉妬してます〟って暴露してるも同然だよ。ばかだね」

「あなたが勝手に俺と真人をどうにかしたがってるだけだ」

「世は、俺が世の恋愛する姿を見たいと思うんだ」

返答に詰まった。柳瀬さんの目は笑っていない。……こういうときだけ真剣になるのも充分暴力だろう。

「あなたの家庭でいざこざが起きようと、俺のプライベートで変化があろうと、どちらにしろ他人事です。おたがいに」

凝視されて息がとまった。数秒間そうしていて、やっと彼の視線がごまレバーにうつると、呼吸も戻ってきた。気取られないように鼻から息を抜かす。

「まあべつに犯人になってあげてもいいよ。先週のことはともかく、思い当たる一夜の粗相はあるわけだしね」

問題なのは、このひとに嫉妬で威圧されて押さえこまれるこの緊張感がすこしばかりくすぐったいことだ。

「ええ、あなたは犯人に適役です」

「メッセージでも訊いたけど、実際のところおまえは俺が犯人であってほしいの、どうなの」

鶏皮串をとって咀嚼しながら考えた。

「犯人であってほしいです。〝いろいろ崩壊〟は面倒くさいし被害者面して関わらない気まんまんですけど、感情と経緯に納得して忘れられるので。ちょっと怖くなってきたんですよね。酔っ払った勢いで自分が初対面の好みでもない野郎相手に脚をひらいたのかもって考えると。でも違うだろうとは思ってます。あなたはご家族をちゃんと愛してる。それに中出しして帰る男じゃない」

「よくできました」

こくこくうなずいて、柳瀬さんがごまレバーの串も丁寧に串列に加える。

「俺のことをちゃんと紳士として認識してくれていてよかったよ」

「クソ紳士だと思ってます」

「悪口？」

「褒め言葉ですって」

目で探られながら苦笑いすると彼も笑った。ああ、このひとはやっぱり犯人じゃないんだな、と頭の裏で確信する。

俺もごまレバーをとって頬張った。レバーの臭みや癖をごま油の味と香りが和らげてくれる看板メニューだ。この店も昔このひとに教わった。個室でふたりで、気兼ねなく呑めるからと。

それからふたりで会う夜は何度も訪れた、いきつけの店だった。

「……でも、じつは戸川も犯人役を名乗りでてくれているんです。この場合、先に立候補してくれた戸川にお願いするべきですかね」

「え。……はー、戸川かあ」

――城島さん、俺でよければ犯人役しますすよ。助けになります。

先週の木曜、コーヒーショップでそう言われた。にこにこさわやかなイケメンスマイルで。

「歳下より、柳瀬さんぐらいおっさんのほうが説得力ありますか」

「雑な抱きかたしそうなのは戸川じゃないの」

「んー……いや、戸川も潔癖ですよ。あいつは性格的に財布にゴムを常備してそう」

「マコト君はそこまで知らないわけだから〝中出し後輩君〟ってことでいいだろうって話」

「なるほど」とごまレバーを飲みこんだ。戸川にばかな後輩を演じてもらえば万事解決か。

ビールも呑んで、梅味のきゅうりのたたきも食べる。ここの串焼きと料理が大好きだった。だけど俺の好みを熟知した真人の料理にはとうてい及ばない。あいつを納得させられるなら、後輩に迷惑をかけて助けを請う(こ)のもやぶさかでない。

「ひとまず真人のほうもようす見します。〝犯人見つからない〜〟ってのらりくらりかわせばそのうち諦めるかもしれないし、あれ以来会ってないからすでに忘れてる可能性もあるし」

「そんなに必死に繋(つな)ぎとめようとしてる料理人なのに、土日もきてくれなかったんだ」

「いま忙しいみたいです。二十二歳のぴちぴち院生だから」

「へえ……」

意味深げに相づちを打った柳瀬さんがだし玉子焼きを箸で裂いて口に入れた。大根おろしをのせて食べるこの玉子焼きが、この店の彼のいちばんの好物だ。

串焼き居酒屋から駅へむかう道には、川沿いのおしゃれな舗道がある。石のベンチと色とりどりの花が揺れる花壇、観光名所の大橋(おおはし)。春は桜並木も美しくて散歩やデートにいい。

「世は近ごろ歳下に好かれるようになったねえ……」

たぷん、ちゃぷん、と鳴る川音とおなじゆるやかな口調で、柳瀬さんがからかってくる。

彼と出会ったとき俺は二十二で、彼は三十五だった。

「俺も歳をとったってことだと思います」

「じじいの前で年寄りぶるんじゃないよ。……大人の魅力が増したってことだよ」

右横から左手をのばして後頭部を軽く撫でられた。幼い娘を持つ慈愛に満ちた父親の笑みが、自分にむけられている。

「俺が情の薄い人間だって知ってるでしょ」

大きな手を払い除けた。

「情が薄いかー……」と彼は笑いながら足もとへ視線を落とす。

「そんなふうに思ったことはないな。ただ単に世には俺じゃなかったんでしょう。そして俺にとっても世は怯えて逃げるだけの相手だった」

見返したら、風で前髪に邪魔をされる視界に柳瀬さんの横顔がわずかに見えた。目を細めて髪をよけると、哀愁の欠片もなく優しく穏やかに微笑んでいる。

「俺のことが怖かったんですか」

「そりゃ怖いだろう」

「どうして」

「恋愛は嫌い、って最初から拒絶してくる相手だからさ」

彼の目も細く色っぽくこちらへ流れてきて俺を捉えた。

「当時は俺も若かったけど、世に挑んでいけるほど子どもじゃなかったな。そういう意味でもいいのかもしれないね。おまえが恋愛を知るなら、歳下相手のほうが」

あなたを嫌いだったわけじゃない――と咄嗟に叫びそうになってやめた。

「恋愛は苦手ですよ、いまも」

この否定はこのひとへの情だ、と思った。

柳瀬さんはこたえずに苦笑いしている。整った横顔だった。街灯を吸って輝く瞳も、かたちのいい鼻筋も。目立つほどではないけれどやや福耳な耳たぶも、触るのが好きだった。

「世」

さよならを言うような潔(いさぎよ)く率直な声音。

「はい」

赤く冷えた耳から目がそらせない。

「おまえが本当に俺の意思に従って行動していたのなら、いまごろ俺と恋愛してたよ」

柳瀬さんが笑っている。

責めるような甘い言葉は、たしかに別れの告白だった。

柳瀬さんとは彼が独身時代に一度だけ寝た。つきあうつきあわないの話はしたことがなかったが、仕事のあともふたりきりでしょっちゅう食事へでかけて、一日のほとんどの時間をともに過ごしながら生い立ちや学生時代の思い出や恋愛観、家族との関係、将来、夢を語りあい、誰にも見せたことのない深淵(しんえん)まですべて晒(さら)した相手だった。家族や友人、恋人などと、名前で括(くく)れる存在じゃない。厄介すぎるほど親密な、俺が人生で初めて心を許した特別な男だ。

――……なんだか柳瀬さんといると珍しく乙女(おとめ)チックな気持ちになります。

――どういうふうに？

――〝セックスはいいけどキスはしないで〟っていうあの感じ。

――世は誘うのがうまいね。

寝たのは一度でもキスは数えきれないほどした。そんな相手もいまだにあのひとしかいない。さっきまでふたりで歩いていた川沿いの舗道が初めてキスをした場所だったわけだけど、彼も一瞬ぐらいはあの日の光景を思い出したりしただろうか。

——……好きだったよ世。

俺とあのひとにとってセックスは別れの行為だった。

彼を紳士だと俺が認めているのは、抱きあったあとに終わりの言葉をくれたからでもある。ちゃんと終わりだとしめしてくれた。これで最後だと、好きだった、と断ち切ってくれた。だからあれ以来ふたりで食事をする機会がなくなっても、キスをしなくなっても、彼に新しい恋の出会いが訪れて結婚をし、娘が生まれても、敬意や信頼が失せることはなかった。

俺との関係をきちんと終わらせて、柳瀬さんは真実の幸福を得たのだ。

電車のガラス窓に、夜は自分の顔や姿がくっきりとうつってしまう。なるべく遠くへ視線を投げて、かすかに輝く小さな外灯の光を探した。それでもなぜか心の隙間(すきま)に、幼いころ記憶に焼きついた両親の怒声が入りこんでくる。

もとを正せば単純でくだらなくて情けない話だ。

喧嘩(けんか)が絶えず冷めきっていた両親は、俺が中学に進学したのと同時に離婚した。母親にひきとられて父親とは絶縁し、以来一度も会っていない。愛情は失くなるものなのだと学んだし、おかげで自分も、他人を生涯愛せるのかと考えるとまったく自信が持てないままいまに至る。

柳瀬さんのことは好きだった。でも嫌だった。彼を父親のかわりにしているのではと疑念を抱いてしまう自分も、親に依存する弱いガキみたいな自分を彼の隣で意識し続けることも。

あのひとといると俺はいつまでも親の離婚を嘆いて陰で泣く子どものようで息苦しかった。去っていく柳瀬さんをひきとめられなかったのはそんなばかげた理由で、〝おたがい違ったんだろう〟という彼の見解は正しい。

柳瀬さんはおそらく、子どもの我儘じみた俺のこの心のわだかまりの全部を知っていた。知ったうえで身を退いてくれたのを俺も知っていた。でもおたがいが言葉にしてぶつかりあい、理解しあい、乗り越えてまで一緒に生きようとはしなかった。つまりはそういうことだ。

「――……なあ真人～、いるんだろー。真人～、真人君、真人さま、まころん～」

自分の家の扉前を横ぎって、隣の部屋のチャイムを押した。返事がないから二回。五秒待ってもまだ無反応だからもう一回。

「まころんってなんですか」

ようやく扉がひらくと、ノブに手をかけた不機嫌そうな眼鏡の真人がいた。

身長が高いから威圧感もある。ジャージとスウェットが嫌いで部屋着もシャツとジーンズやパジャマを好む真人は、今日もヘンリーネックシャツにフリースとジーンズ姿だった。

「遊びにきた」

「また酔っ払ってるんですか」

「今日は意識もはっきりしてるよ」

「忙しいんで遊び相手はできませんよ」

「しろ」

「しない」

部屋は当然うちとまったくおなじ間取りだが、真人のところはいかにも大学生がおしゃれにこだわりましたって感じにアイアン家具で統一されている。キッチンの調味料がアイアンウッドの棚に整然と並んでいたり、リビングにある四段シェルフにサボテンと多肉植物が飾られていたり、ソファ横にひっかかっている消臭スプレーがシックなインテリアにあうデザインボトルだったり、女子が突然きても〝真人君綺麗にしてるんだね……〟と惚(ほ)れなおしそうなあれ。

「適当に遊んで気がすんだら帰ってください」

ソファに腰かけたら、真人はキッチンでグラスにレモン水を入れてきてテーブルに置いてくれた。レモン水とか、おしゃれ拗らせすぎだろ。好きだけど。

「真人の部屋って遊ぶものないよな」

「スマホでゲームでもすればいいでしょ」

「飽きないゲーム教えて」

「飽きない努力をしろ」

なんでゲームに努力が必要なんだよ。

はああ……、と息をついて水を飲み、コートを脱いだ。たたむのも面倒で鞄と一緒にソファの横へ置く。深く座って息苦しいネクタイをゆるめたら、寝室へ戻ったはずの真人がどさりと左横に腰かけた。膝(ひざ)にノートパソコンをのせて傍らに書類を置き、キーを叩き始める。

「……遊んでくれんの？」

「遊ぶ気があるように見えるんですか」

「隣にくるからさ」

「いたずらしないように監視するだけです」

「オカンめ」

「俺はあなたの隣人の超多忙な院生です」

「違うね。料理作ってくれるオカンだね」

「俺はあんたの親になる気はない」

冷静な声で断言された。親に、なる気はない。

見返すと、真面目な表情で執筆する真人の右耳にイヤホンがはまっている。ぺらぺらの薄い耳たぶ。右手をのばして指先で下のところをひっぱったら、「いた」と真人が肩を竦めた。

「なにしたっ？」

「産毛があるかなと思ってつまんだらあった」

「は？」

「なあ、音楽聴いてるのに俺としゃべってたら意味なくね？」

「黙ってればいいんだよあんたが」

左手で両頬を摑んでタコ口にされた。唸って抵抗してひき剥がす。

「いてえ」

「制裁です」

「はは。でもほんといいなー。真人といると俺も学生に戻った気分になれる」

「じゃあ俺のレポートの手伝いでもしますか、学生らしく」

「それは彼女がしてるんだろ」

しん、と室内に沈黙が落ちた。その静寂を、真人の指がキーを叩いて打ち消していく。

正面のでかい液晶テレビの黒い画面にノートパソコンを凝視している真人がうつっているが、電車のガラス窓ほどクリアじゃないから表情はわからない。

「――世さんは寝込みを襲われてもしかたないひとですよね」

「なんで」

「二十八の大人のくせに甘え上手で可愛いから」

トト、トトト、と真人の指は動き続けている。

「……〝警戒心を持たない隙がありすぎるばか〟って意味ですよ」

今度は俺が真人の口を摑んでタコ口にしてやった。真人はぶはっと吹いて、笑いづらそうに抗(あらが)いながら顔をそむける。笑うとばかほど可愛くなるおまえに言われたかねえわ。

「それより例の犯人、ちゃんと捜してるんですか」

真人が眼鏡のずれをなおしてイヤホンをはずす。

「憶えてたか」

「世さんと違って俺は記憶を失うような失態をしませんからね」

睨んだら真人はあからさまに無視をして書類を手にとり、眺める素ぶりをした。

「一応、犯人役になっておまえに会ってくれるーってひとはふたり確保したよ」

「なんて?」

「ひとりは昔一度寝た上司で、もうひとりは後輩で営業部の期待の星。どっちがいい?」

「あんたを殴りたくなってきました」

にい、と口が勝手ににやけてしまった。

「なんですかそのむかつく笑い」

「おまえは俺のこと殴れないよ。だって俺の顔大好きだろ～？」

ふふん、とふんぞり返って肘で突いてやる。

出会って親しくなったばかりのころに『世さんて綺麗ですよね』『最初会ったとき見惚れました。顔の造形が好みです、とっても』と散々褒められていたから知っている。

こいつに対しては、顔だけなら猛烈に自信がある。

「いだっ」

へらへらしていたら左肩をグーで殴られた。

「顔を殴るなんてひとことも言ってないだろ」

「いてえな、痣ができたらどうするんだよっ」

「治るまで見るたびに反省しろ」

「嫌いになった。あー嫌いだ嫌い」

「じゃあ明日から食事の用意しなくていいですね」

「やっぱり好きかも。世界一好きだなこれは」

「……ほんとにクソだなこの酔っ払い」

ため息を吐き捨てた真人がまたパソコンをタシタシ打ち始める。二十二らしい子どもっぽさもありながら自分よりずっと凛々しくて知性的な、初々しい大人の眩しい横顔。

「この眼鏡、ナツミちゃんに〝格好いいね〟とか言われるの」

真人はパソコンにむかうときや読書のときだけ眼鏡をかける。

「まあそれなりに」

わざとなのか無意識なのか、親指と中指で眼鏡を覆ってなおしながらこたえてきた。

「真人は男前だもんな。そのマッシュルームカットもいま流行ってるよね、女受けしそう」

「あなたの髪型は男受け狙いなんですか」

「どうだろう。真人には受けてる？」

横から真人の顔を覗きこんでにこうと笑いかけたら、目を見ひらいて明らかに緊張した。

「あ、意識した。かわい〜」

「もう一回殴るぞ」

睨まれて身体を離し、ソファに沈んで笑った。はあ〜、と息を吐いてコートと鞄を持つ。

「じゃあ俺帰るわ。明日の朝またよろしくね」

もらった水も飲みほしてソファを立った。眠気がおりてきて瞼もすこし重たい。

「ひとりで寝られるんですか」

「風呂で寝てたら明日救出して」

「一時間後いきます」

「襲いに？」

「徹夜でレポートするんで朝になったら世さん起こしてメシ作りますよ」

「あー……ほんと宇宙一愛してるよ真人」

「俺もだばか野郎」

2　後悔をしないように行動すればいいと思います

「――え、戸川がキレた？」

その日の夕方、柳瀬さんと外まわりから帰社したら企画課の女子社員に報告を受けた。

「そうなんです……レトロシリーズの件で古坂課長がずっと〝こんな古くさいデザイン売れるわけない〟ってちょっと、こう……厭味たらしく言ってたじゃないですか。そのことでわたしたちを庇って意見してくれて」

「ああ、戸川らしいなあ……」

「本当に、わたしたちずっと我慢してたんでスカッとしたし嬉しかったんですけど、戸川さんは営業の仕事があるからって会社をでていっちゃって、初めてあんな感情的になるところ見て、心配で」

「企画課の田中課長は？」

「一応、戸川さんのスマホに連絡入れたみたいですけど……」

「そうか、わかった。あとはこっちにまかせて。ごめんね、心配かけて」

柳瀬さんが〝頼むよ〟と目で指示してきて俺もうなずいて応じ、席に戻った。

生活雑貨を扱っているうちの会社では日々さまざまな商品の企画開発、販売を行っている。そのなかで最近の昭和ブームに乗ったレトロデザインのシリーズを、今年入社した企画課の社員たちが提案し、ようやく発売間近までこぎつけた。

ところが一部の上の人間——要するに昭和を体験している年輩の社員たちにはそれらのデザインの価値が伝わらず、貶され続けていたのだ。会議でニーズ調査や市場分析の結果をもとにプレゼンされても、小声で〝ダサい〟だの〝新人には失敗も必要〟だのぼやいて、せせら嗤うぐらい陰湿なやりかたで。

もちろんどの商品も社内で賛否さまざまな意見をだしあい、試行錯誤しながら生まれていく。社員全員が期待していた商品は鳴かず飛ばずで、ちょっとした遊び心でだした商品が大ヒット、という意外な奇跡もあり、結果だって市場にでまわってみなければわからない。

しかしレトロシリーズに関しては年輩社員の風当たりが異常に強すぎた。新人の優秀な企画に対する嫉妬心も見え隠れする批難だからこそ、どうにも質が悪い。そこへきて入社三年目の戸川にとっては二個下の可愛い後輩たちが携わった大事な初仕事というわけだ。

あいつがずっと歯を食いしばって、老害上司たちに対する苛立ちを耐え続けていたのは俺もよく知っている。で、率先して妨害して戸川にとうとうキレられたという古坂課長はといえば、自分の席でべつの老害上司と談笑している。

『戸川、話聞いたよ。今夜一緒に呑もうか』

スマホをだして俺も戸川にメッセージを送ってみた。

『お疲れさまです。ご迷惑おかけしてすみません。浴びるほど呑みたいです』

頭を冷やしてすこしは落ちついているっぽい。うちの後輩は先輩との呑みを拒絶しないでくれるからやりやすいな、とほっとしつつ、店と時間を返信して約束した。

真人にも『ごめん、今夜は外食することになったから夕飯大丈夫』と伝える。しばらくして『酒は呑むなよ』と乱暴な返事がきた。

『大人には酒が必要なときもあるんだよ』と反撃すると『なら大人らしく呑んでください』と叱られて撃沈。ぐうの音もでない。

『わかりました。明日の朝ご飯もお願いします。焼きネギの味噌汁が飲みたいです』

『小学生の作文ですね。いい子にしてたら作ってあげます』

……我ながら完全に胃袋と財布を摑まれている。


戸川は柳瀬さんに指名されて俺が育てた、俺にとって大事で可愛い後輩だ。

「まじでむかつくあのクソじじいども……本当はレトロシリーズが超ヒットするってわかってるから当たり散らしてるんですよ。実際売れたらまるで自分たちの手柄みたいな態度をとるに決まってる。ぷくアニシリーズもそうだった。『うちの営業二課の部下の手腕で売れたんだぞ、勘違いするなよ』って厭味ったらしく嗤われたの俺一生忘れられないです」

「たしかになあ、古坂さんって新人いびり好きだよな」

「マザコン旦那の姑かっつーんだよボケが」

枝豆のさやを皿に投げ置いて、戸川がビールを呷る。

「大人の自覚を持って呑むんだよ、戸川……」

ぷくアニシリーズは『ぷくぷくアニマルズ』というまんまるいでぶの動物たちが可愛い人気シリーズだ。

うちの会社は入社すると半年ほどかけてすべての部署をまわり、商品が生まれる過程と仕事内容を学ぶ新人研修がある。戸川はそのころちょうど企画課にいて、当時ネットで人気だったイラストレーターとコラボしたぷくアニシリーズの開発に携わり、ひときわ強い思い入れを持って挑んでいた。

有名なイラストレーターといえどレトロシリーズより結果が未知で、社内でも実験的な意識のほうが強かったが発売すると予想をはるかに上まわる大ヒットとなり、文具や日用品のほか、現在では子ども用の玩具も増えて幅広い年齢層に愛される看板シリーズに成長している。

戸川があのとき企画の立場として嗤われ、いびられ、蔑まれた経験を記憶に焼きつけているのは知っていたが、よく考えればそうだな。大事な後輩が自分と同様の辛い目に遭っている姿を見るのは、二重の憎悪と憤怒に苛まれる重大事件なんだろう。

「うちの会社って結構アットホームでホワイトじゃないですか」

「そうだね」

「俺この社風が気に入ってるしすげえ居心地いいんですよ。同年代の友だちのなかにはやっぱりいますよ、会社の人間と関わりたくないとか呑み会なんて労力分の残業代もらえないならいきたくないって奴。ぶっちゃけ俺もそっち側の人間なんで気持ちもわかります。けど城島さんと柳瀬さんがいる営業一課の同僚と企画制作、製造、デザイン……まじみんないいひとたちで一緒に働いててても全然苦じゃない。だから本気で古坂たちだけ死んでほしい」

大きな息を吐きながらうな垂れた戸川が、じっと豚トロの角煮を見つめている。

「明日あいつの頭に鉄骨落ちてきて死なねえかな……仕事でとんでもねえミスかまして精神的に死んで自ら樹海いってくれてもかまわねえわ。おまえらがいるせいで社内の空気悪くなってんだよ、ンなことも気づかねえ無能が課長なんかやってんじゃねえ」

「戸川、眺めてないで食べな。空腹だと余計苛つくよ」

角煮の器を手もとに近づけてやった。顔をあげた戸川は目が充血して髪も乱れ、いつもの王子並みのさわやかイケメンっぷりはどこへやらすっかり酒に呑まれている。

「……おまえの本性知ったら会社のみんな驚くだろうな」

頬杖をついて半分笑いながら俺もタコポン酢を食べた。

「やめてください。城島さんだけです……こんな情けない自分を晒すのは」

戸川も指を絡めつつ箸を持って、なんとか角煮を口に入れる。

「情けないっていうか、ちょっと言葉が乱暴？　あとじつは酒癖が悪いな」

「そうです……だからみんなの前では加減して呑むんです」

俺に対してはスイッチを完全に破壊しているらしい。

戸川が新人研修を終えて正式に一課に配属され、コンビになった初秋には、すでに他部署から戸川がいかに有能な新人か、人当たりのいい好かれる若者か、評判を聞いて知っていた。

だが数ヶ月一緒に仕事をして師走に入るころになると、俺はこいつの二面性に気づかされた。

戸川にはイケメン王子の外面と、園児並みに粗暴で駄々っ子な内面がある。

「見てるぶんには面白くて好きだけどね」

ははは、と笑ってサーモンの刺身をとった。つまの大根とともに大葉に包み、醤油に浸す。

「……老害とか若者とか、いつの時代もどっちも迫害被る立場だけどさ、本当のところ本人の人間性の問題だよな。戸川はなんだかんだ言って他人のために怒ってるわけじゃん。俺はおまえのそういう人柄がいいなーって思うよ。これからもっとおまえを支持する社員も増えていくだろうね。それで絶対に出世する。柳瀬さんと似たいい上司になるよ、きっと」

「しっかり媚び売っておこう～」とおどけて笑いながら、サーモンを口に入れた。

戸川はわかりやすく酔っ払った真っ赤な顔と潤んだ目で、神妙にこっちを見ている。

「柳瀬さんって城島さんのことたまに〝世〟って呼びますよね」

「ああ、そうだね」

「城島さんも会話の端々に柳瀬さんの名前をだして、これって無意識でしょ」

「不自然な発言じゃなかっただろ、べつに」

余計なスイッチが入ったな、と察知した。案の定戸川の目の色が変わっている。

「真面目に訊きます。城島さんは柳瀬さんと不倫関係なんですか」

俺も豚トロの角煮をとって食べた。甘いタレとやわらかくて熱い豚トロが舌に染みて優しく絡んでいく。

「期待に添えなくて申しわけないけど不倫はしてねーよ」

「じゃあ昔つきあってた？」

「戸川、うちの会社はホワイトなんだろ？　俺もそう思ってるよ。いまも昔もそう。とっても綺麗で純白だ。社風も理念も、上司と部下、先輩と後輩、柳瀬さんと俺の関係も。全部」

視線を落として、戸川が唇を軽くへの字にまげながら料理を眺めている。箸を離すと、また枝豆をとって押しだしながら口に放った。

「……俺なんでこんな質問してるんですかね」

泣いて暴れたあとの子どもみたいな顔をしている。

「なんで柳瀬さんと城島さんの仲が気になるんだろう。教えてください」

「……。気づきたいの？」

きつく睨まれた。

「俺、仕事で理不尽にふりまわされたあと、今日みたいに城島さんが愚痴聞いてくれるのすごく癒やされます。だらしないところ全部受けとめてもらって、芯から甘えて。でもそれで好きになるとかめちゃくちゃ世界が狭くないですか。社内恋愛って俺の理想じゃないんですよね。世界を旅して奇跡みたいな出会いをして運命みたいな恋愛がしたい」

……一課の星の戸川君が混乱していらっしゃる。

「じゃあ、正月休みかゴールデンウイークにでも海外旅行の計画を立ててみたら？　たしかに戸川はイケメンで優秀で性格もよくて誰もが放っておかない高嶺の花だから、世界を見据えて恋愛してもいいかもね。俺も応援する。頑張れ」

「俺自分の性指向を城島さんに話したことなかったんですけど、正直わからないんです。異性と同性を分けて考える意味がわからない。さっき城島さんが言ってたように、大人と子どもも迫害する必要なくて、要はそいつ個人をどう思うかじゃないですか。なんで区別するの？」

居酒屋の店内の喧騒が、戸川の苦しげな嘆きに一瞬掻き消された気がした。

「大学では男ともつきあいました。性欲を基準にして判断する奴もいるけど、俺は女だろうと男だろうと好きな相手の身体なら昂奮しますよ、それって変ですか？」

「……変ではないよ」

「このあいだの呑み会のあとの一夜の事件以来、城島さんで抜いたこともあります。城島さんは美人で身体も綺麗で、性器も小さくて……可愛い」

「待って俺小さいの？」

「城島さんが恋愛嫌いっていうのは柳瀬さんから聞いてます……しかも会社の先輩だし、俺もスポーツ感覚で身体の関係だけで満足できればいいのにって思うけど……それほど特別視して執着してるのってすでにヤバくないですか。あー……いますぐ飛行機乗って国外逃亡したい」

枝豆のさやを持ったまま、戸川がテーブルに突っ伏して酔い潰れてしまった。

隣の席でも語りあいながら呑みかわしている会社員らしい男たちがいて、遠くでは酒のグラスを持って大はしゃぎしている大学生っぽいのもいる。

眼下には枝豆や角煮や刺身、豆腐サラダの皿のあいだでうつぶせている戸川の頭があった。光に当たると茶色く艶めくさらさらの髪が、いくつかの細い束をつくって乱れている。日中は王子っぽい戸川の、ぼろ雑巾みたいな姿は何度見ても面白いし可愛い。

とはいえ今夜は情報過多なうえ、告白らしき言葉も聞いてしまって感情の整理が難しい。

「……ちょっと寝て落ちつけ、王子さま」

戸川の細長い指から枝豆のさやをとって皿に捨てた。

　三十分眠っていた戸川は、起きるとまだ多少酔ってはいたものの正気に戻っていた。

「本当にすみません……告白しながら寝るってほんとどうかしてました。大事なときに限って格好悪いところばっかり見せてしまって……情けないです」

「いや、記憶失わないだけ誠実だよ、戸川は」

「……。失ってたほうがよかったですか」

　夜十時を過ぎても車が忙しなく走り続けている賑やかな夜道で、戸川が深刻そうにうつむく。街灯や車のライトが不思議なほど眩しい。

「俺は恋愛嫌いだけど、他人がむけてくれる好意を蔑ろにするほどガキじゃねえよ」

　戸川がこっちを見る瞳もきらきら光って綺麗だった。

　仕事を終えて適度に酒を呑んで解放感に意識も浮ついて、ゆったり冷たい秋風に撫でられながら歩く夜の、こういう曖昧で夢見心地なひとときが好きだ。

　——……なんだか柳瀬さんといると珍しく乙女チックな気持ちになります。

　あの日もこんな夜だったなあと、おセンチな気分にまでなってくる。

「俺、城島さんとどうなりたいのかずっと考えてて……たとえ世界一周したとしても、社会にでていちばん大変な時期に救って癒やしてもらった記憶と喜びは消えないから、結局好きだと思ったんですよ。地球の裏側にいても絶対に城島さんのところへ帰りたくなるだろうって」

「おー……」

「で、俺は自分がしてもらったのとおなじようにあなたを救って癒やせる男になりたいんです。いまはそれがもっともしっくりくる、納得のいく正直な想いです」

……俺は二十五のとき、こんなに立派な人間だったかな。

少なくともここまで無防備でまっすぐな告白を、誰かにむけて投げかけた経験はいまもって一度もない。

「会社の後輩だから、そりゃ慰めもするし励ましもするよ。学校とも違う。仕事が絡めば損得勘定したひとづきあいをする。絆されて恋愛するのはよくないんじゃない？　今日も柳瀬さんにうながされておまえを誘ったんだよ。後輩の心のケアは先輩がフォローしろってやつ」

「また柳瀬さんか」

「いま名前だしたのも不自然じゃないだろ」

「じゃあ会社の外で俺とつきあってみてください。おたがい恋愛ができるか試してみましょう。他人の好意を蔑ろにしない城島さんならこたえはイエスしかありませんよね」

逃げ道を塞ぐ交渉術が巧みで、目を細めて見返したら王子さまはいつものさわやかオーラを放ってにっこり微笑んでいた。

「……おまえのそういうところ営業にむいてるよね」

「お褒めの言葉ありがとうございます」

「えー……どうしたらいいの。面倒くさいから会うならおうちデートで頼むわ」

笑顔が一瞬で軽蔑の眼差しに変化した。

「城島さんってたまに俺と同年代かって発言しますよね。家デートってすごく〝いまどき〟」

「会社で先輩面しててても戸川とは所詮みっつしか変わらないじゃん」

「みっつもまあまあ大きいはずなんですけどね……」

「俺もおまえとおなじだよ。性別やら年齢で区別するより個性を見て判断したいっていうか。でもたぶん俺は、相手が歳上だと長続きしない」

でかいトラックが轟音とともに通りすぎてドラマの切ないシーンっぽくなっていた雰囲気を蹴散らしていった。現実ってうまくいかねえもんだなーと心のなかで笑っていたら、いきなり右の掌を摑んで握りしめられた。

「じゃあ歳下の不束者ですが、しばらく俺を彼氏にしてください。検討お願いいたします」

イケメンって本当に光る。驚くぐらい笑顔がハンサムで可愛くて見惚れた。長い睫毛、綺麗な弧を描く唇、つやつやの頬……少女漫画の主人公になった気分だ。

「うわー……恋しちゃいそう」

「容易いですね」

ははは、と戸川が嬉しそうに白い歯を覗かせて笑っている。

握られている掌が熱い。初めて手を繫いでみて、戸川の手が意外と大きいことを知る。体格差は、当然のごとく年齢差とまるで関係ないもんだな。ちょっと怖いぐらい包容力を感じる。

……困ったぞ。齢二十八にして初めてモテ期がきたかもしれない。

営業部の社員は美形が採用される、というのは社内でも有名な実話だけど、柳瀬さんといい戸川といい顔面偏差値の高い男とばかり危うい関係になっているのは役得と捉えればいいのかどうなのか……。

『おはようございます城島さん。昨日は遅くまでありがとうございました。試しに恋人になってみようって話が生きているようなら、俺はまず城島さんとの関係を名前で呼びあえる仲まで縮める努力をしていきます。いまはまだすこし照れくさいので』

一時間前このメッセージに起こされてから、出勤準備をしつつずっと返事に悩んでいる。

可能なら定年まで勤めたいと思っている会社の、大事な後輩だぞ。昨日は酔いもあって調子のいいことを言ってしまったが、仕事に支障がでる前に断ち切っておくべきじゃないのか。

「世さん、結局またなにかやらかしてきたんですか」

はたと顔をあげると、焼きネギの味噌汁を持った真人が冷めた目で俺を見おろしている。

「やらかしそうになってるだけだからください」

手をのばしたら、すっと味噌汁椀をよけられた。

「事前回避できることならさっさと対策しろ」

「ですよね」

「なんでしないんですか」

「相手が可愛い後輩だから……？」

「詳しく聞かせてもらいます」

取引の条件だとばかりに真人が味噌汁を俺の前に置いて、正面の椅子に腰かける。

「例の一夜の事件を発端に変な火がついたみたいでさ、試しにつきあってみないかって誘われたんだよ」

「世さんはその後輩が好きなんですか」

「好きだよ。でもそういう目で見たことはなかった」

「……そのひとが〝期待の星〟？」

「そうそう。おまえにもたまに話してた、俺が教育担当した戸川」

箸を持って味噌汁を混ぜながらゆっくりすすった。焼きネギの焦げ目が汁に染みていい匂いがする。

うちの母親は女手ひとつで俺を育ててくれたけど、料理は苦手だったから手料理の種類や味はほとんど真人に教わった。焦げるまで焼いたネギを入れて作るこの味噌汁もそのひとつだ。

美味しい……癒やされるー……。

「世さんは戸川さんとどうなりたくて悩んでいるんですか」

「やっぱり仕事が大事だからさ、支障がでそうな案件は回避するべきだと思うんだよね」

「でもそれができない？」

「できないっていうか……俺に恋愛ができればつきあうって選択が拗れない方法かもしれないだろ。だから断るなら絶対いまなんだけど、試す前から選択肢を潰すのも不誠実なのかなあと悩んでる」

真人が俺を見つめてかたまっている。やがて瞼を伏せて半分視線をさげ、料理が並ぶ位置まで落として、思い出したように箸を持った。きゅうりの漬け物でご飯を食べる。

「真人先生もなにか言いたげじゃん」

右足で真人の脚を軽く蹴って笑ったら、むっとされた。

「先生ってなんですか」

「料理の先生だろ。俺の私生活まで口だしてくるセンセーさま」

蹴り返された。いてえ。

「俺はあなたが規則正しく健康に生活するための手伝いをしてるだけです」

「ありがとう、優しいね」

笑いかけても無言で睨んでくる。けど今朝はいつもより弱々しくて眼力に覇気がない。

「ちなみに先生は俺がどうすればいいと思う？」

真人も味噌汁をとってしずかにすすった。

「……。後悔をしないように行動すればいいと思います」

お椀を置いても、真人は目線をさげたまま食事を続けてこっちを見ようとしない。

後悔か。でもその意見は一理ある。

「そうだな。心がける」

鮭をほぐしてご飯にのせ、ひとくちで頬張った。

「営業らしいとんでもないイケメン王子を味見しておかないのももったいないし、俺は普通サイズだって誤解をとく必要もあるよなあ」

「は？」

今日戸川は取引先の店へ顔をだしてから出社する予定だった。

朝の細かい業務を終えたあと缶コーヒーを買って企画課へいき、田中課長を捕まえる。

「——ああ、城島君。いまいこうと思ってたんだよ、ごめんね昨日」

「いいえ、とんでもないです。こちらこそ戸川が出過ぎた真似を」

「いやいや……ぼくらは慣れてるからね。でもうちの連中も言ってたけど、溜飲が下がったっていうかさ。こっちはみんな内心戸川君に感謝してるから」

持ってきた缶コーヒーを苦笑しながらひとつさしだしたら、いつも頬が赤い愛らしい顔が特徴の田中課長も「あーごめんごめん」と受けとって笑ってくれた。

「あれからどうですか。古坂さんたちから余計に邪魔が入って進行に影響がでたりとか」

「やーないない。ていうかレトロはもう来週発売だから妨害しようがないよ。仕事はちゃんと円滑にすすんでるし気にしないで。それより戸川君は？」

「今日は午後から出社すると思います。きたら田中課長に謝罪入れるよう言っておきます」

「えっ、いいよ、やめてよ」

「でも感情で暴走するのは褒められた行動じゃありません。下手をしたら古坂課長の指示で、二課はこのまま仕事の手を抜くかもしれない」

「そのぶん戸川君と一課が売ってくれるでしょ」

「もちろん努力はしますが」

「ならいい。正直、最初から二課には期待してないんだ。うちの主力は一課だしね。きみたちにまかせておけば安心だもの」

田中課長がぽんぽんと俺の左腕を叩いて愛嬌たっぷりの笑顔をひろげた。

営業一課は生活雑貨をメインに扱っている雑貨専門店や家具量販店などを担当しているが、二課は百貨店やショッピングモール内に出店している小さな店舗を担当している。

簡単に言ってしまえば一課はうちの商品を買うために店へ足を運ぶお客さま、二課はべつの買い物のついでにそれらを眺めるお客さまを相手にしているわけだ。

田中課長の優しい眼差しの奥には、二課など最初から眼中にないという冷徹な厳しさがある。

……怖い怖い。

「レトロシリーズはとても素晴らしい商品です。今回も期待に応えられるよう頑張りますので、よろしくお願いいたします」

頭をさげて無難に宣しつつ謝罪した。

「ありがとうね。こっちも商品つくったあとはきみたち頼りだから、お願いします。戸川君もよく見ておいてあげて。うちのことも怒ってくれてたけど、なんか城島君たちのことも叫んでたよ」

「え、俺ですか？」

「そうそう。『城島さんと女子社員にセクハラして普段から目に余る行動も多いです』って。戸川君って人当たりがいいから、女の子たちにも泣きつかれて相談とかされてるんじゃない？いろいろ溜まってたんだろうねえ」

そうですか、とうなずきながら自分の手にある缶コーヒーを見おろした。

「じゃあ会議あるから、ありがと」と田中課長も微笑んで缶をかかげ、去っていく。

オフィスの席へ戻ると、すべてを察したかのように柳瀬さんが「城島、昼いこう」と誘ってきた。「はい」とこたえて缶コーヒーを置き、コートを持ってふたりで外へでる。

「……田中課長、どうだった？」

イタリアンレストランへ入って食事を始めたら早速訊かれた。やはり行動を読まれている。

「一課の俺らがレトロシリーズを売ってくれればかまわないそうです。戸川にも感謝してるって、一応許してくれました」

「まあそうだろうね」

柳瀬さんは牡蠣ときのこのトマトクリームパスタを食べながら笑う。

「昨日の夜は？　戸川どんなようすだった」

俺も合鴨と舞茸のバター醤油パスタを喉の奥に通してからいま一度口をひらく。

「愚痴って酔い潰れてました。でもすぐ平静をとり戻して反省してましたよ」

「そうか。こっちも古坂さんに詫びといたよ。穏便に片づけておいた」

「え、このあと俺がいこうと思ってたのに」

焦ったら、柳瀬さんはしずかに笑んで首をふった。俺の責任も背負わせてしまった。

「……あなたにまで迷惑をかけてすみません。教育担当だった俺からも謝罪します。でも俺はあいつがレトロシリーズや同僚を想って腹を立てたことに関しては、誇りに感じています」

「そうだね。世が受けとめてあげれば戸川も愛社精神を捨てずにいられていい。俺たちはレトロシリーズの成績で古坂さんたちを黙らせよう。最後は数字がものを言う。いいね」

「はい」

　奥歯から口内の全部をやわく包むような舞茸の歯ごたえと、合鴨の味の深み。バター醤油のまろやかさも相まって、気疲れした心を癒やす美味しいパスタがありがたい。

　柳瀬さんが連れてきてくれる店は串焼き屋にしろレストランにしろ、超高級ではなくちょっとした贅沢（ぜいたく）を楽しめるランクの、居心地のいいところばかりだ。

　——世を想って店を選んでるって、わかってる……？

　大人の色気がこれでもかというほどあふれた苦笑い——恋情を匂わされて、驚きと優越感を味わった懐かしい想い出が脳裏を過（よぎ）る。

「……ところで柳瀬さん、戸川になにを吹きこんだんですか」

「ん？　俺なにかしたっけ」

「俺が恋愛嫌いだってことをあなたに聞いたとか言ってましたよ」

「ああ。世に気があるって戸川が言うから、難しいかもよってアドバイスしただけだよ」

　なにしれっと言ってるんだこのひとは。

「個人情報の漏洩（ろうえい）ですよ」

「応援すればよかった？　〝戸川なら彼氏にしてもらえるよ〟〝報われるから頑張れ〟って」

　レモン水を飲んで無視をしたけれど、柳瀬さんの視線は額（ひたい）に刺さってくる。

「下手な期待を持たせる嘘は苦手だな。それとも望みがあるの？　戸川に」

　隣のガラス窓から入る淡い陽光が、柳瀬さんの停止した指とパスタを照らしている。

「……それも個人情報です」

「ふふ。……安心しなよ。ふたりがつきあっても戸川をいじめたりしないから」

大人とか子どもとはまた違い、上司と部下、先輩と後輩も、複雑な関係だ。

俺は昔このひとに好意を寄せられて優越に浸った。入社してすぐのころだ、自分より十以上離れた先輩に好かれれば、仕事や社会での姿勢と在りかたも認められたのだと、舞いあがって当然じゃないか。

戸川はどうだろう。俺はたしかに先輩として教育担当としてあいつを大事に想っているが、俺を得れば男として社会で認められた証拠だと、だから恋情を勘違いしていると……そんなことはないだろうか。

「社内での恋愛って面倒ですね」

ぽろ、とこぼしたら柳瀬さんが喉でくすくす笑った。

「今回の主な弊害（へいがい）はオフィスラブなんだ？」

「なんていうか……つきあいを隠さなければいけない面倒さは置いておいて、余計な欲もあるよなって思ったんです。戸川って俺と社外で会ってたら絶対好きとか思わないでしょ。本人も視野が狭いみたいなこと嘆いてました。社内恋愛は理想じゃないそうです」

「ははは。面白いね」

「こういう拗れた思考に囚（とら）われるのも面倒で、恋愛嫌いの一因なんですけどね……」

柳瀬さんがスプーンをつかってフォークにパスタを絡めながら唇で微笑む。

「……世は〝面倒〟って言葉をよくつかうね。でも俺は面倒くさがり屋ほど評価してるよ」

「どうして」

「そういう奴は得てしてして頭の回転がよくて仕事もはやい。優秀だから魅力的で好きだ」

綺麗にまるめたパスタを口に入れて、柳瀬さんが俺を見つめた。こくこく、と咀嚼にあわせて唇が動いている。もう二度とキスをすることのない唇。好きだ、と容易に吐く唇。

「俺が恋愛も優秀かつ迅速（じんそく）に捌（さば）くと思っていらっしゃるんですね」

「どうだろう。わからないから楽しんで傍観してる」

「っ……ここの食事は柳瀬さんにおごらせてあげます」

「いいよー、そのつもりで連れてきたんだしね〜。……戸川の尻拭（しりぬぐ）いをしっかりできたご褒美。ちゃんと食べなさい」

大人らしい色気はそのままに、昔より無邪気に子どもっぽく笑う柳瀬さんが憎かった。ざく、とフォークで柳瀬さんの皿の牡蠣を一粒とって口に入れる。

「うわ、下品だなあ」

「ご褒美なんでしょ、俺も牡蠣が食いたい」

「じゃあ合鴨ちょうだいよ」

「だめ」

「狡（ずる）いだろ……」

その笑顔を曇らせるばかりだった俺と、本当に無関係な父親になったんですね。あなたは。

午後になると俺が外へでてそのまま直帰したから戸川とはすれ違ってしまった。

企画課に大量の飲みものを持って謝罪にいったと報告は受けたが、朝のメッセージを放置して一日終えるのはよくないと思い、眠る前に『帰ってたら電話してもいいか』と声をかけた。

こう訊ねると、真っ先に自分から電話をして応えてくるのが戸川仁という後輩だ。

『――城島さん、お疲れさまです。メッセージありがとうございました』

いままでは〝有能な後輩だな〟と感動するだけだったのに、今夜は切ないほどの健気さを感じてこっちが息苦しくなってくる。

「……おまえはほんとに世界に通用するもったいない男だよ」

ふ、と苦笑いが聞こえた。そういえばこいつは声もハンサムだった、と電話だからこそ鮮明に気づく。

『嬉しいです。でもたぶん城島さんがしたいのは淋しい話ですよね』

座っていたベッドに仰向けに倒れて天井を仰いだ。右掌で両目を覆う。

「……〝淋しい〟は狡いぞ」

『淋しいですから』

「〝おまえが恋愛嫌いって話をしたいんだろ〟〝ふりたいんだろ〟って俺を責めてこいよ」

『俺が責めることで城島さんの気が軽くなるならそうします』

神さま、なんでこんないい子を俺に出会わせたんですか……いますぐ貴様をぶん殴りたい。

「ありがとう戸川。でもふりたいわけじゃないよ」

『すこしは好きだったよ、って慰めてくれるんですか』

「それも違う。最低なこと言っていい？」

『どうぞ』

「キープでお願いします」

　ぶはっ、と戸川が大声で吹きだした。スマホに当てていた耳の鼓膜が破裂しそうになって、離しても笑い声が聞こえてくる。

『城島さん、それ本当に酷いですねっ……』

「べつに都合よく傍にいてほしいって意味じゃないよ」

『じゃあ俺はどうすればいいんですか？』

「ちょっと待ってほしい。俺が、あの呑み会の夜の粗相の犯人を見つけるまで」

　ようやく戸川の笑いがとまって、俺も深呼吸した。天井の白い波模様のむこうにうっすらとあの日の暗闇の情景がちらついて、目を眇める。

『……見つかるんですか。もしかして目星がついている？』

「半々かな。よくよく考えるとこいつがいちばん怪しいぞって相手がいて、探ってる途中」

『……。なるほど』

「あと、酔っ払って知らない男ひっかけて寝てたら怖すぎるから、とりあえずそいつが犯人であってほしいって願いもこめて半々って感じ」

『ではキープ君の俺は今度から呑み会があれば城島さんをおうちまでお送りして帰りますね』

「王子だね」

『キープでもご迷惑にならない程度に想いを面にだすのは許してください。恋心まで〝待て〟が利くと思われたら困ります。――好きですよ、世さん』

　やっぱり年齢差や立場ではかろうとするのは愚行だな。

　戸川は二十五の、恐ろしいほど立派でむこう見ずで一途な大人の男だ。

3　俺が子どもに見えますか

「——なんで恋愛嫌いなのに映画では簡単に泣くんですか」

言いながら、真人がソファ横のティッシュ箱をとって俺にくれる。受けとって一枚抜きとり、ちんと洟をかみながら涙も拭った。

「他人事だからいいんだよ……おまえも感動しただろ？」

「いえべつに」

「おまえが観たいって言った映画だろうがよ」

「見たかったのは世さんが泣くところなんで」

「性格悪いなおまえ……」

夕飯が終わるころ「そろそろ始まる映画、観てもいいですか」とテレビをつけたのは真人だ。外国でベストセラーになった不倫小説の映画で、夢を諦めて田舎町でただただ家族のために家事をこなし、透明人間のように生きていた女のもとへカメラマンの男との出会いが訪れる。

世界を飛びまわり子ども心を持ったまま自由に生きる彼に惹かれ、褪せた日々にまた輝きを感じながら、ふたり一緒に過ごしたのは人生のうちのたった数日間。

再び夢を見て透明だった自身が色づいた喜びを得たその数日の光の日々があったからこそ、彼女は家族を愛し続け、母親としての生涯をまっとうできた――という物語だ。

食事を終えてCMに入ったタイミングでソファへ移動し、横に並んで灯りも消して、かぶりつきで最後までつきあってやったというのに、真人は一滴の感動も覗かせやしない。

「世さんはどうしてこの映画で泣くんですか。自分も不倫したいから？」

「したかねえよ」

「じゃあ夢を持って生きるこういう自由な男が好みで感情移入できるからですか」

「俳優のおじさまはすげえ好み。一度でいいから抱かれたい」

「ちっ」と舌打ちされた。おまえが訊いてきたんだろうが。

「……俺は母親が不倫した話で感動できる精神が理解できない」

真人君が子どもみたいに唇を尖らせてぼやいている。

「あーそうだ、そっち視点で観ちゃう男はこの映画嫌いらしいね。真人、マザコン？」

「違う」

どす、と鳩尾を肘で殴られた。痛いー……。

「世さんは本当に他人事として創作を楽しみますよね」

真人はうつむき加減に自分の膝の上の手を見て、小声で言う。こいつは俺の両親の事情や、生い立ちも知っている。

「うちは不倫じゃなくて不仲だったからなあ。離婚してるし、そのあと母親は再婚してないし。むしろ再婚して幸せになってほしいって思ってるよ」

「父親の記憶もあるのに再婚してほしいって、世さんは大人ですね」

「そんなんじゃねーよ。俺はゲイだから、母親は母親で俺に期待せず幸せになってほしいって逃げもあるんじゃないかな」

　母親には三年前、ここへ引っ越してくるときに自分の性指向を伝えた。柳瀬さんとの関係が終わったのと同時期だ。

　父親と柳瀬さんを比較したことや、その関係を継続できなかった幼さに自分自身で辟易して、なにもかもから解放されたくなり披瀝した。そして心機一転引っ越した。

母親は、俺がどんな生きかたをしようと口だしできないと言った。離婚した自分の贖罪だとでも思っているような、懺悔する罪人みたいな表情をしていた。

　誰のせいでもないから母さんも好きに生きてよ、と散々なだめて、いまでは〝恋人できたの〟と心配してくれるようにもなったが、たぶんあのひとはいまだに自分のことを責めている。

　離婚は〝結婚の失敗〟じゃないし、片親でゲイの俺が〝不幸な息子〟なわけでもないのに。

「もしかしたらうちの母親は、俺に彼氏ができて幸せになるまで自分は恋愛しちゃいけないとでも思ってるのかもしれないなー」

　ちら、と真人の横顔をうかがうと、しずかな表情で口をとじ、じっとかたまっている。

「なあ、じゃあ真人は？　映画に感情移入するっていうなら、どんなのを泣いて観るんだよ。隣人が酔ってるのをいいことに中出しセックスして、放置して帰って後悔して嘆く映画？」

　真人の横顔の下瞼が、一瞬だけひくりと反応した。

まっすぐ凝視して返答を待ってみるけれど、口を噤んだままなにも言おうとしない。

薄闇のリビングに、場違いなほど軽快なテレビCMが流れ続けている。

悪さをした子どもを責めて追い詰めているような状況が嫌で、また自分から口をひらいた。

「俺さ、このあいだ告白してきてくれた後輩の戸川に、あの夜の犯人見つけるまで返事待ってくれって頼んだんだよ。犯人がわかったらその相手になんであんなことしたのか気持ち聞いて、それで身のふりかた考えようと思って」

ビールのCMが始まった。『あ〜っ、うまい!』『このために生きてるっ』と男性タレントがふたりで焼き鳥片手に缶ビールを呷っている。

真人は指先ひとつ動かさず、ただ息をして沈黙を貫く。

「戸川は営業部に配属されるぐらい顔が整ってて声までイケメンで、仕事もできて優秀でさ。社員にも取引先にも好かれる自慢の後輩なんだよ。あいつは確実に出世して会社を支える男になる。女の子にとっては玉の輿ってやつだろうし、男の俺でも〝一緒に生きていけそー〟って確信できる完璧な男なんだよね。そんな奴をキープしておくのは不誠実だろ。だからさっさと犯人にでてきてもらいたい」

「……俺を疑ってるんですか」

やっとしゃべった。

「そうだよ。真人ならいいと思ってる」

「どうして」

「知らない男だったら自分が怖いし?」

空気を軽くしたくておどけて肩を竦めた。でも真人はまだ深刻そうにうつむいている。

「……世さんは俺をふりまわしてどうしたいんですか」

「ふりまわす？」

微動だにしなかった真人の右手が拳を握った。

「さっさと気づいてください」

ソファが揺れて右側から熱い体躯が傾いてきた。

え、と息を呑んだのと同時に前方を覆われて視界が暗く陰り、真人の顔が近づいてきて唇を塞がれる。

「……離れていくのはあなたじゃないか」

泣きそうにすり切れた声で責められて、こたえる前にもう一度、声ごと唇を吸われた。

真人の熱っぽい身体と自分を覆う存在感、シャツの胸もとから香る匂いに、初めて生々しい〝雄〟を意識して、茫然と口をねぶられながら胸がしびれるのに耐えた。

舌先も舐めて吸いあげられ、下唇をしゃぶりながら離される。

「真人、」

顔を伏せて俺から目をそらしながら、真人がソファを立って玄関へむかっていった。靴を履いて扉をひらき、去っていく背中。ぱたん、としずかにしまる扉。

静寂が戻ってきて、またテレビの音だけが室内に虚しく響き続ける。

俺が真人をふりまわしている？　離れていく……？　どういう意味だ。

こんな胸苦しいキスをされてこっちも充分混乱してるんだけど、どうしろっていうんだよ。

秋から生活雑貨関連の大規模な展示会が重なっていたうえレトロシリーズも発売され、慌ただしい時期に突入した。

真人とちゃんと話がしたいのに、あっちもかねてから準備をしていた学会があるとのことで一緒に食事すらできない日々が続いてもどかしい。

出会ったころ真人はまだ大学二年生で、いまほど多忙じゃなかった。三年になるとほとんどの単位をとっていて生活にも若干余裕があり、短期のインターンに参加したりバイトをしたりしつつ、料理研究にも力を入れていた。

駅前の弁当屋で買ってきた生姜焼き弁当を食べながら、真人の手料理の腕が劇的にあがったのはあのころだなとふり返る。

無類の和風好きな俺にあわせて肉汁たっぷりのハンバーグは大根おろしと大葉のさっぱりポン酢味。洋風オムライスもラグビーボール型のぷっくり食堂風ケチャップ味。

肉より魚が好みの俺のために鮭のムニエルにはお手製のタルタルソースが添えてあり、鱈は生姜の味を染みこませた竜田揚げ。

初夏には玉ねぎのスライスと小ネギで盛りつけた初鰹をだしてくれるし、秋には必ず秋刀魚を安く買ってきてふっくら焼き、食べさせてくれる。

味噌汁も味噌にこだわって具材によって辛めの赤味噌と甘めの白味噌をつかい分け、ほうれん草とトマトの赤味噌汁や、じゃがいもとバターの白味噌汁。そして麹粒の目立つ麦味噌では具だくさんの野菜味噌汁、もっとも一般的な米味噌では焼きネギ味噌汁を作ってくれる。

すべての料理に俺に対する思いやりや配慮がある。真人独特の、言葉では形容し難い〝ちょっと足りない味〟なのだけど、それこそが俺にとってはいちばん癒やされる完璧な味だった。柳瀬さんが外で食べさせてくれるほんのすこし贅沢な料理とも、駅前で買ってくる幕の内弁当や生姜焼き弁当とも違う。プロの料理人が作る〝商品〟じゃない。真人の手料理はただの〝思慮の塊(かたまり)〟で、それらがあふれて舌に沁(し)み入ってくるから特別なのだ。

はあ、とため息をついて生姜焼きを白飯にのせ、これも不味(まず)くはないけどさ……、と苛立ちをこめながら咀嚼する。

〝柳瀬さんが店で接客してたらお客さんに告白されたらしいよ〟〝つきあい始めたんだって〟と営業事務の女子社員が噂(うわさ)し始め、本人からも『又聞きもどうかと思うから世には伝えておくよ。いまおつきあいしてるひとがいる』と告げられた日にも真人がいてくれた。

――結婚式は海外で内々にすませるので、変な気をつかわないでください。社員のみんなにもこんなアラフォーおじさんの初婚を祝わせるのは申しわけない。

――私事ですが……じつは妻が妊娠しました。

――このあいだ性別がわかって、どうやら女の子みたいなんだよね……いつか嫁にだすのかもしれないって想像すると、まだ生まれてないのに泣けるよ。

引っ越して、柳瀬さんと曖昧な関係で繋がっていたころ見ていた景色はすべて変えた。部屋も内装も窓から見える風景も違い、甘苦しい想い出にひきずり戻される隙はなかった。なかったはずなのにどうしようもなく残(のこ)り香(が)に苛まれて自分をひき裂いて責めて傷つけて痛めつけてやりたくなる瞬間にも真人の料理を食べて、真人との会話に癒やされて、生きのびた。

真人におんぶに抱っこで世話をしてもらっている自覚はあるが、ふりまわしている……のもまあ納得するとしても、離れていくってなんだ。今夜も家にいないのはおまえのほうだろう。

弁当の横に置いていたスマホを確認すると、時刻は夜十一時過ぎ。真人が帰ってくればかすかに扉のひらく音がするからわかるのに、まだその気配もない。

画面を叩いてメッセージを送ってみた。

『真人、今日も遅いの？』

思いがけずすぐにぴぴと鳴って返事がきた。

『今日もというか、いま家に帰ってません』

そうなのか。しばらく食事は作れないという報告しか受けていなかったからすれ違っているだけだと思っていた。

『学会で忙しいのか。それとも俺をさけてる？』

……返事を待つひとときに息が詰まって妙に緊張する。ぴぴ、とまた鳴った。

『泊まりがけで準備してるだけです。俺はいつでもあなたに会いたいと思ってますよ』

じくりと腹の下あたりから上半身にかけてくすぐったくて甘いしびれが駆けあがってきた。

あなたに会いたいと思ってますよ――メッセージ画面の文字に目を凝らして見てもたしかにそう書いてある。

『逃げたくせに』

『あのときはどうすることもできなかったからいったん撤退しました』

撤退ときたか。

『なら話をする気はあるんだな』

『話せる範囲内でよければいくらでも』

範囲ってなんだよ。考えながらポテトサラダを食べて、たくあんも残りの白飯にのせる。

『このあいだとおなじだったら埒があかない』

『俺があの夜の犯人かという質問でしたらノーコメントです』

『じゃあ俺はおまえが俺に中出しして放置して帰った最低で常識のない男だと思っておくよ』

送信してすぐに、感情的になったら真人との関係が終わるんじゃないか、と我に返って背筋が冷えた。沈黙が虚しい。

ぴぴ、と再びスマホが鳴ってくれた。

『あなたが犯人を知りたがるのは戸川さんのためですか』

戸川のため？　はやく戸川の気持ちだけにむきあいたいと思っているのか、という意味か。

……いや、俺は戸川に対する罪悪感で行動しているわけじゃない。

『違うよ。戸川には申しわけないけど長期戦になってもかまわないと思ってる。あの日の犯人と真相と、真人の気持ちが知られるなら』

自分でもいまきちんと確信した。俺は、この三年間一緒に過ごして支えてくれていた真人の真情と本音が暴きたいんだ。

『俺は常に自分に正直に行動してますよ。ただの隣人に毎日のように朝晩の食事を用意するのが普通だと思っているならあなたはばかです』

ばか言われた。

『料理作ってくれるからってノンケが男に容易く下心を持つと思うほど脳天気じゃない』

『じゃあ三年間なんだと思ってたんですか。お隣の仲よしさんですか』

『そうだよ』

最後のご飯を口に放りこんで噛み砕きながら空の弁当箱を袋にしまって結んだ。スマホを持ってリビングのソファへ移動し、ぴぴと鳴ったスマホの画面をいま一度見つめる。

『仲よしさん止まりがあなたの望みでもあるんでしょう。だから俺は従っていたんです』

――……好きだったよ世。

また俺のせいだっていうのか。

画面をきりかえて真人のスマホ番号をだし、コールした。スマホを握りしめてむきあっているはずの真人は、たっぷり三コールもさせてから応じた。

『……。はい』

「遅いよ」

『すみません、怖かったんです』

沈んだ低い淋しげな声が耳と胸を刺激して痛み、思わず肩を竦めた。

「……文字では平然としてたのに、声はやっぱり正直だな」

『泣き声を聞いても困らないでくださいね。電話してきたのは世さんなんで』

「泣くのか」

『あなたの発言次第では』

……ばかはどっちだ。

「俺もひとつ訊きたいんだけど、ナツミちゃんはどうなんだよ」

　ふいに、小さく笑い声が洩れ聞こえてきた。

『どうって？』

「笑い事じゃないだろ」

『真っ先に訊くぐらい気にしてくれてるんですね』

「気にするっていうか、ふたりを見て真人は彼女をつくれるノンケなんだと判断してた」

『そうやって世さんが勝手に勘違いして嫉妬してくれている気がしたから、ただの同級生だって言わずに黙ってました』

　先日の夜ナツミちゃんとむかいあって親しそうに話していた姿や、これまで見かけたふたりの楽しげなようすが脳裏を掠めた。

「友だち？」

『友だちでもないかもしれないですね。おなじ研究に携わる仲間で、俺ナツミ以外も家に連れてきてますよ』

　たしかに、ナツミちゃんを含めて何人かの学生が真人の家を出入りしているのは見たことがあるけど。

「彼女だろ、って話してるときまんざらでもない顔してたろ」

『拗ねてもらえるのが嬉しくてにやけたかもしれませんね』

「眼鏡褒められたって言ってた」

『ナツミ以外にも〝格好いい〜〟って茶化されますよ。……嫉妬してほしい。あなたに』

わざとなのか熱っぽく囁かれてどきりと心臓が疼いた。おまえも怖いぐらい声がイケメンだな。

「……急にがつがつくるじゃん」

『迷惑なら控えます』

これだけこっちの心と身体を翻弄しておいて潮がひくようにさっと距離をおく。自分がこれまで甘え続けてきた結果、真人に植えつけた恐怖心が、こんな癖を芽生えさせたのだろうか。

「いいよ。我慢しなくて」

真人が沈黙した。真人のいる場所からは、周囲の音が聞こえない。大学じゃなくてどこかの宿泊施設にでもいるのかもしれない。

『調子に乗せたら後悔するかもしれませんよ』

「俺のこと襲って放置して後悔してたのはおまえじゃないの？」

また沈黙。しずけさに呼吸も浅くなる。

『……後悔してるのは世さんでしょう』

押し殺すような声色だった。

「俺が？　べつに誰かと寝るのぐらい俺はなんとも、」

『〝誰か〟じゃなくて、あなたは俺に抱かれるのが嫌じゃないですか』

頭が混乱した。真人の妙に確信めいた物言いもひっかかる。

「俺が真人に言い寄られて拒絶したから、強引にレイプしてきた……ってことなの？」

『違います。ひとを外道にしないでください』

はっ、と短くため息を吐き捨てられた。怒らせたらしい。

『想像してみてください。俺が世さんに告白したとして、自分がどう思うか』

真人に告白されて、俺がどう思うか……？

真っ先に頭に浮かんだのは、なぜか真人とふたりで食卓を囲んでいるひとときの光景だった。真人の真人らしいすこし不器用な味をしたハンバーグや鮭のムニエル、鱈の竜田揚げ、トマトとほうれん草の赤味噌汁、じゃがいもとバターの白味噌汁……。

どちらが歳上か歳下かわからない、どちらにも主導権があって甘えあえる軽やかな会話とリズム。その絶対的な安堵感と多幸感。

「……なんか、怖いな」

『……。なにがですか』

「真人と食事できなくなるの」

俺は恋愛がうまいわけではないし、恋人関係には終わりがある。友人なら疎遠になったとしても薄い縁で繋がっていられるかもしれないが、恋愛で拗れたらそうもいかない。

なんだこれ……恋愛ソングの歌詞みたいな思考じゃないか、恥ずかしくて切なくて笑える。

『俺は自分からあなたの傍を離れるつもりはありませんよ』

「俺が失敗したら終わりってことだろ」

『なにがあってもなにをされても俺の気持ちが冷めることはないです』

「これから社会にでてたくさんの出会いが待ってるのに、そんな断言できるところが怖いよ」

『都合よく子ども扱いしないでください』

「大人扱いしてるんだ」

『出会いがあるのはおたがいさまでしょ。世さんは会社でも定期的に好意を寄せられているし、アプリでも性交目的で出会いをくり返してる。あなたこそ俺とだけつきあえるんですか』

「俺は不誠実な人間じゃない」

『絶賛二股中でしょうが』

　ぐ、と詰まってしまった。

「おまえがあの夜の真相をはっきり言わないから面倒なことになったんだろ。だいたい戸川とはセックスもキスもしてないからな」

『俺とはしてくれるんですか』

　身体が熱して、服と肌の隙間に変な汗がにじんできた。

『我慢しなくていいって、さっき言ってくれましたよね』

　鼓膜から犯されていくような感覚にごくと唾を呑む。言いたいことを我慢しなくていい、という意味だったんだけど、そんな子どもの言いわけは通用しないよな……この状況。

『このあいだは俺のほうが突然すぎて不誠実だったので、改めてちゃんとキスさせてください。世さんさえよければ』

　攻めてから下手にでる。……おまえも困るぐらいネゴシエイトが上手だな。拒絶したらまた俺に怯えて気づかって自分を抑える癖をつけさせてしまうんだろ？

「じゃあ、名誉挽回のキスは……よしとする」

『……明日の学会発表、頑張れます』

ふはは、と空が晴れたような朗らかな笑い声が聞こえてきて、その真人の笑顔が電話越しにはっきりと見えた。ふやけて無邪気に崩れた可愛い笑顔。

「……敗北感が半端ない」

『世さんもたまには負けてくれていいでしょう』

「たまには？」

『いつも勝ち逃げしてるんですよ、あなたは。無自覚でしょうけど』

「真人の料理なしじゃ生きられない俺も充分負けてるだろ。生活の全部支配されてる」

『料理だけですか』

もう嫌だ、この交渉人ども……。

「……愚痴、なども、聞いていただいて……日々、感謝して、おります」

歯を食いしばりながら目を瞑(つむ)って力んで羞恥(しゅうち)に耐えて唸るように言った。絶対に〝そらみたことか、おまえは俺なしじゃ駄目なんだ〟とばかにされるに違いない。

案の定、小さな笑い声が洩れ聞こえた。

『……はい。愚痴でもなんでも、いくらでも聞きます。あなたが自由に幸せに生きる手伝いを、俺にさせてください。一生。死ぬまで。ほかの誰でもない、俺に』

……スマホを持つ右手が棒になっていた。感覚がない。呼吸も、まばたきも忘れた。全身にじっとり汗があふれて顔まで熱く燃えている。

『明日帰るので夕飯が作れそうなら連絡します。朝はひとりでちゃんと食べてくださいね』

「……わかった」

『キスの約束も忘れちゃ駄目ですよ』

黙っていたら「返事は？」と詰問された。

「わ、かってるよ」

『嬉しいです。じゃあおやすみなさい』

通話が切れたとたん、ソファの背もたれに崩れて脱力した。手からスマホが落ちて膝の横にこぼれた気配がある。

――泣き声を聞いても困らないでくださいね。電話してきたのは世さんなんで。

――……嫉妬してほしい。あなたに。

――想像してみてください。俺が世さんに告白したとして、自分がどう思うか。

――俺は自分からあなたの傍を離れるつもりはありませんよ。

――なにがあってもなにをされても俺の気持ちが冷めることはないです。

――愚痴でもなんでも、いくらでも聞きます。あなたが自由に幸せに生きる手伝いを、俺にさせてください。一生。死ぬまで。ほかの誰でもない、俺に。

……耳と心臓を焼いた真人の声が耳朶にこびりついている。響き続けてひどくうるさい。

「――レトロは予想どおり評判いいけど、やっぱり流行りものは乗っかるメーカーも多かったな。似たようなデザインがわんさかあった」

「そうですね……」

展示会の手伝いを終えて戸川とふたりで帰路へついた。戸川が運転してくれる車の助手席で、カタログとパンフレットをぱらぱらめくる。

「でも俺の担当店舗ではかなり動いてますよ。都内中心ですけど、企画課がつくったあの大きな拡材つかって十店舗以上が入り口付近で展開してくれてますし」

「うん、あのスペースよくもらえたね。戸川だから店も快く受け容れてくれたんだろうな」

「とんでもないです」

「あとはどうやったら他社より頭ひとつ抜きんでることができるか考えよう」

「はい」

新しいものをつくるのと、人気に肖るのとでは商売の難しさが違う。

レトロシリーズは注目を浴びたが、似たような商品があふれる市場で目新しい驚きを提供できたかというとさほどではなかった。正直、柳瀬さんと俺が読んでいたとおりだ。

最近ではぷくアニマルズもそう。最初はイラストレーターの既存のファンはもちろん、初めてぷくぷくアニマルズを知った新規のお客さまに受けて大ヒットしたが、他社もおなじイラストレーターにコラボ依頼を始めると、今度はべつの競争が開始した。うちだけの描き下ろしイラストを使用した商品をはじめ、商品種類や宣伝方法に工夫を凝らす必要がでてきたのだ。そして現在でも市場の先を読みながら努力を重ねて売り上げを維持している。

……古坂課長の勝ち誇った得意げな笑みが見えるようだった。柳瀬さんも俺もこのシリーズをヒットさせるにはさらなる知恵が必要だとわかっていたから。

戸川が啖呵（たんか）を切ったのは、実際のところ一課にとって不利で手痛かった。……まあ、二課はそもそも売り上げ競争の土俵（どひょう）にすら立っていないわけだが。

「……すみません城島さん。俺ができること、もっと考えますね」

道路の前方を見据えながら、戸川がしずかに謝罪をして頭をさげた。唇をひき結んで、自分の失態を自覚している苦々しげな表情をしている。

今日一日、他社の展示を見て刺激を受けたのも関係しているかもしれない。

「気づいてるのが偉いよ戸川。たった三年でここまで成長してくれて俺は鼻が高い。それと、仕事に関係ない個人的な思いだけどさ、俺はおまえが他人を思いやって怒鳴れるところ、変えてほしくないし反省してほしくもないんだよな。だからもう謝るな」

「……。はい。わかりました」

「俺もいつか戸川みたいな他人思いの人間に成長できて暴れたら面倒見てね」

戸川が口もとをゆるめて頬をほころばせ、なんとか笑ってくれた。

「……城島さん、その慰め、ちょっと格好よすぎますね」

「惚れなおした？」

「はい……とっても」

冗談のつもりで言ったのに戸川が意外にも幸せそうな笑顔を浮かべてしんみりうなずいたものだから、失敗した、と天を仰いだ。

「戸川、そういえば、その……調査の中間報告なんだけど」

「犯人がわかったんですか」

「いや……九十九パーセントぐらい確信できたかなと」

「ほぼ確定ですね、その料理人の彼」

やっぱり戸川も俺の反応を見て真人を疑っているのは察していたか。

「なにか決定打があったんですか」

「んー……えー……雰囲気？」

「俺に言いづらいことなんですね」

頭のいい奴って一緒に仕事するのはいいけど恋愛するのは嫌かもな……。

「あの夜のことは謎のままだよ。でも好意を持ってくれているのはわかった。彼女がいるんだと思っていたのにそれも違ったよ。話してるときの感触でたぶん真人だと思うけど、なんで頑なに真相を黙っているのかはわからない」

戸川が右折車線へ車を寄せて停車し、信号がきりかわるのを待つ。社用車についている芳香剤の苦手な匂いが、おたがいのあいだをただよっている。

「……マコト君っていうんですね、彼」

「あ……うん」

尋問ですか、と恐ろしくなる低声だ。

「城島さんは彼のなにを気に入っているんですか」

信号が変わって車が再び走りだし、戸川の細長い手に操作されて右折する。

「気に入ってるって言いかたはあれだけど……料理と存在感かな」

「存在感？」

「食事しながら他愛ない話にもつきあってもらってるから、癒やされてる」

そのときスーツの胸ポケットでスマホが短く鳴った。とりだして確認すると、真人からのメッセージだった。

『世さん、いまから夕飯の食材買って帰ります。もう食べましたか？』

戸川に「ごめん、ちょっと返信する」と断りを入れて文字を打つ。

『食べてないよ。俺も一時間ぐらいで帰れる』

『了解です。今日は疲れてるし寒かったので、味噌キムチ鍋で許してください。気をつけて帰ってくださいね』

どろっと頬の筋肉がゆるんでにやけてしまった。

『許すってなんだよ、豪華すぎるだろ。俺も疲れてるし腹減ってるから嬉しい。楽しみ』

「会社からじゃないですね、そのメッセージ」

ぎく、と戦(おのの)いてしまった。戸川が運転しながら横目でこちらをうかがっている。

「……そうだね、悪い」

「マコト君」

「まあ、うん。……夕飯の件で」

「誘おうと思ってたのに先を越されたか」

薄く笑う戸川の横顔に険(けん)がある。

「城島さん、今度俺にも夕飯作らせてくれませんか」

「え、戸川、料理できるの？」

「一応大学時代からひとり暮らしで自炊してますよ。ネットでレシピ見て作る程度ですけど。ちなみに今夜マコト君はなにを作るんですか」

「味噌キムチ鍋だって」

「なんだ、どんなすごい腕があるのかと思ったら猿でもできる料理ですね」

ふふ、と機嫌よさげに笑われて背中がぞくりと竦んだ。横から戸川の肩と腹に手を当てて、どうどう、とさする。

「落ちつけ戸川……俺そういう争いされるの苦手だから」

「運転中に触らないでください、くすぐったい」

戸川が吹きだした。

「すみません。そうですね、城島さんを困らせるのは本意じゃない。正々堂々と餌づけ勝負で勝ちにいきます」

「なんだよその酷い勝負」

ははは、と戸川が楽しげに笑った。なんとか笑顔から棘が削がれてくれて安堵する。とはいえどっちつかずの態度をとっている俺が、もっとも悪いのはわかっている。

「料理は作ってもらえるなら食べるよ、ありがとうな。でもしばらくは真人がなに考えてるか見極めたいと思ってるから。もうちょっと時間ちょうだいね」

膝の上のカタログを整えながら、戸川の返事を待たずに言葉を続けた。

「は～あ、なんで急にモテ期きたんだろうなあ……神さまって幸福配分が下手くそだよなー。モテ期って人生で三回あるんじゃなかったっけ。戸川は五回ぐらい経験してるの？」

戸川が物憂げな笑みを唇に浮かべて道の先を見据えている。

「……俺は常時モテ期ですよ。城島さんも油断しないでくださいね」

「だよな、そう思う」

こんなイケメンで聡明な男を都合よくキープしている自分はそうとうな悪人だ。

走り続ける車のサイドウインドー越しに、流れていく景色を眺めた。

夏を過ぎてからまたたく間に日暮れがはやくなった。薄暗い繁華街は建ち並ぶ店のきらびやかなネオンが眩しく揺らぎ、買い物客も忙しなく往き交っている。真人もいまごろ鍋の食材を買い揃えてくれているんだろうか。

……たとえば真人に〝常時モテ期だ〟と言われたら、俺はどう思うんだろう。

「じゃあカタログと資料はこのまま社用車に積んで、俺が持って帰ります。明日どうせこれで出社するので」

「ありがとな。めちゃくちゃ冊数あって猛烈に重たいから、俺もオフィスに運ぶの手伝うよ。ひとりでやるなよ」

「わかりました」

アパートの前に車をとめてもらって戸川とふたりで大量のカタログを紙袋にまとめ、後部座席に積みなおした。「送ってくれてありがとうね」とドアをしめる。

「運転気をつけて帰れよ」

「はい。お疲れさまでした、城島さんもゆっくり休んでください」

「うん、おやすみ」

笑顔をひろげた戸川が頭をさげ、再び運転席にまわってドアに手をかけた。すると、がたんとアパートのほうから音がした。

なにげなくふりむくと、二階の扉前に真人がいて目があった。真人の視線が動いて、すぐに戸川の存在も認める。

「……あれ城島さんの部屋ですよね」

黙っていたら、真人が歩きだして階段をおりてきた。いたたまれずにうつむく左側で、た、た、た、と軽やかな足音が鳴りながら近づいてきて、得体の知れない焦燥感に苛まれる。

真人が「どうも」と短く言って小さく会釈し、横を通りすぎていく。どうもってなんだよ、と思わず心のなかでつっこんだら、戸川が「ねえ、きみ」と声を張りあげた。

「――いま城島さんの部屋からでてきたよね。きみがマコト君？」

戸川は攻撃的なかたい表情をしている。真人も足をとめ、戸川を見返した。

「初めまして。会社で城島さんのお世話になっている戸川仁です」

「戸川」と制したが弱々しい小声になってしまった。キープさせてもらっている分際で、これ以上彼の行動を抑制する権利はない気がした。

「安心してください、城島さんに迷惑をかけるような揉め事は起こしません。でも、ひとこと言わせてもらいたい。きみは恋愛をする資格のない最低な人間だよ」

真人が車を挟んで戸川とむかいあう角度に身体を傾け、目を眇めた。夜も更けた暗い路地で外灯の光が真人の横顔と髪を橙色に照らしている。

「城島さんが好きなんだよね。酔っ払っていたからって強姦みたいな真似をして、謝罪ひとつすることなくのうのうと部屋に出入りしてる。どういう神経してるんだ。好きな相手に対する態度とはとうてい思えない」

「許してるのは俺だから」と咄嗟に訴えていた。

「ごめん戸川、頼むからやめてやって」

大事な他人を想って己の正直で率直な気持ちをぶつけていく、その性分は変えてほしくないと、さっきも戸川に言った。だが、自分のせいで真人を口撃されるのは耐えがたかった。

「きみはこうやって城島さんに守られているんだよ。城島さんが大人で、きみが子どもだから。もうすこしちゃんと自覚したほうがいい」

戸川は眼力でも真人を責めている。真人が口のなかで軽く下唇を噛んだ。

「……大人だろうと子どもだろうと、俺はこのひとが望む人間でいる。それだけです」

そう言って頭をさげた真人は、身を翻して駅のほうへ歩いていってしまった。

長い脚で地面を跨いで遠ざかっていくけれど、戸川や柳瀬さんより長身の真人の背中はいつまでも細い影になって視界にとどまっている。夜の闇だけが、視野を狭めて存在感をおぼろにした。

「……すみません、城島さん。じゃあ俺も帰りますね」

戸川も頭をさげて運転席側のドアをあけ、乗りこんでエンジンをかけた。

「ああ……また明日な」

聞こえたのかどうかわからない挨拶をしたあと、車が走りだして戸川も去っていった。

……ほんと映画やドラマで観る修羅場じゃないか。いまになって心臓が騒ぎだして肩にどっと疲れがのしかかってくる。でもって真人はどこへいってしまったんだよ。

なんとか足を動かして階段をあがり、部屋へ帰ったら、右横のキッチンに白菜や長ネギや椎茸や豚肉といった、鍋の食材がひろがっていた。コンロに空っぽの大鍋も用意されている。買い忘れたものがあったってことか……？　だとすれば、真人はまた必ず帰ってくる。

寝室へいってクローゼットの前で着替えをすませ、リビングのソファに座って真人を待った。スマホを睨んで言葉を考え、一応『待ってるよ、キムチ鍋はやく食べよう』と送ってみる。〝さっきはごめんな〟とか〝気にするな〟という慰めの言葉は、いかにも歳上が歳下を守って気づかっているようで、迷って消した。でも結果として脳天気でばかっぽいメッセージになってしまったかもしれない。

――……大人だろうと子どもだろうと、俺はこのひとが望む人間でいる。それだけです。

ばかでもしかたないいか。だって俺は真人の言葉の意味がまるでわからない。

俺が望む真人ってなに。真人は俺のなにを知っているんだ。

真相を言ってくれって頼んだよな。俺が望んでいることをおまえは拒絶してるじゃないか。いったい俺のどの言葉に従って、どの望みに応え続けているんだよ。

「……わけわからん」

ソファに転がってぼやいたら、がちゃ、と玄関扉の鍵があく音に気づいて顔をあげた。

扉がひらいてとじる音も響いているのに、うちの玄関扉はしんとしている。わけわからん。

真人は自分の部屋に帰ってしまったようだった。

「いやいや、待て待て」

急いで玄関へいき、草履を足につっかけて隣の扉前に立った。

「真人、なんでそっち帰るんだよ、鍋作ってくれるんだろ？」

チャイムを押しながら声をかける。

「準備してくれてたじゃん、あれどうするの？」

こつこつ、と近所迷惑にならない程度に手でも扉を叩く。

「真人～……でてこいよ、頼むから。真人ー、真人君、真人ちゃん、真人さま、まこまこ」

耳を寄せてなかのようすをうかがおうとしたら、一気に扉がひらいた。

「まこまこってなんですか」

顔が怒っている。

「よかった、会えた」

かまわずに玄関へ押し入ると、扉を左手で押さえている真人の胸へおさまるような格好になった。

「……あなた、俺の名前を呼び捨て始めたのも突然でしたよね」

「そうだっけ」

「そうですよ」

真人の左手が俺の右頬を覆って背後で扉がしまった。顎をあげられて唇をやんわり吸われる。

寒さでおたがいの口先がかさついていた。棘のようにちくりと刺さる俺の上唇の表面を、真人が舌で舐めて濡らしながら潤していく。

俺も謝罪をこめて真人の唇を唇で覆って舌先でなぞった。かたく乾いた唇が徐々におたがいの唾液でふやけてますますやわらかくなった。

隙間から真人の舌が現れて搦めとられる。こちらから先に舌を吸いあげてやったら、真人があからさまに肩を跳ねさせて緊張したのがわかった。

初々しさが可愛くてつい喉で笑ってしまうと、口を離した真人は間近で目を細めて俺を睨んできた。

「おまえはキスが突然だからおしおきしたんだよ」

「名誉挽回にはなりませんでしたか」

「いまのは駄目だろ。もっと紳士に、想いやりを持って優しくしないと」

「柳瀬さんみたいに?」

息を呑んで、俺もあからさまに動揺してしまった。至近距離で目をあわせていたから、真人は俺の情けない顔を目の当たりにしたに違いない。でも俺は、自分がどれほど不抜けた表情をしたのかわからない。

真人には家の外で起きるどんなことも全部聞いてもらいながら甘え続けてきた。柳瀬さんのことなど当然出会って間もないころに洗いざらい暴露している。そうして弱っておよそ社会人とは言えない怠惰な生活をしていたのを知ったうえで、真人は料理を作り始めてくれたのだ。

「……俺のキスもいつか認めてください。いますぐじゃなくていいから」

両手で両頬を包まれて、また真人の唇に捕らわれた。唇の表面を舐めて甘く吸って味わってから、すぐに舌をさし入れてきて舌同士を撫であわせ、きつく深く吸われ続ける。

「……世さんには俺が子どもに見えますか」

切実な声と吐息を口先に熱くかけられて、いま一度角度を変えて下唇を吸われた。

「柳瀬さんも、戸川さんも大人で……俺だけあなたを好きになる資格のないガキですか」

真人の唇にむさぼられて心臓の痛みに震えながら、そういえば真人にとっては戸川も大人で、自分ひとりが経験も知識もない無力な子どもに見えているのか、と、はっとした。

「世さん、愛してます」

腰と背中を折れるほど抱き竦められて右耳に苦しげな声で囁かれ、耳たぶも吸われた。

「……俺があの夜のことを言わないのは〝言えない〟からです」

「え」

言えない……？

「口止めされているんです。だから言えない」

「なにそれ、誰に、」

キスで塞いで黙らされた。後頭部を大きな掌で覆われて口の奥まで舌で乱暴に翻弄される。

「……世さんが見つけてください。それが無理なら暴いてください。俺を」

崩れ落ちそうになるぐらい強引に唇を支配されて、真人の背中にしがみついた。

口止めってどういう意味だ。もうひとり黒幕がいる？　真人の共犯者……？

なんなんだよ。また謎が増えたじゃないか、誰なんだよそれは——。

4　木崎真人の恋

あの日は徹夜でレポートをまとめて朝七時過ぎにやっと目処(めど)がつき、ベッドへ倒れたとたん意識を失って眠っていた。

外の騒がしさに目が覚めて、スマホの時計を確認したらまだ午前九時。かけ布団にくるまる余裕もなくうつぶせで寝ていた背中が冷えて、眠気と怠さと疲労で身体中が重たかった。でも玄関の外でがたがたとなにやら大きなものが運ばれている気配と、壁一枚隔てた隣の部屋でも響いている騒音と大勢のひとの声が、どんどん鮮明になってくる。

誰かが隣に引っ越してきたんだな、とすぐに察しがついた。

布団を頭から被って音を遮断し、強く目をとじて再び眠ろうと試みた。アパートだけど一応鉄筋コンクリート造だからある程度の騒音は抑えられるはず、と考えている端から眠気に溺(おぼ)れていく。なのに、どたん、がたん、と響き続けて、隣室に家具が置かれているであろう気配に意識をひき戻されてしまう。

もう駄目だと諦めて起きてシャワーを浴び、服を着た。で、腹が減ったからなにか食べたいけど家にはなにもない。引っ越し作業もいつまでも終わらない。怠い。いい加減むかつく。

作業中に外へでるのもどうかと思ったが、苛ついた勢いのまま買い物にいくため扉をあけた。

「——あ、おはようございます。朝から騒々しくしてすみません。今日隣の部屋に引っ越してきた城島です」

そこには大きな段ボール箱を抱えて額の汗を光らせながら満面の笑顔をひろげる天使がいた。子どもの天使じゃない。大天使と呼ばれる崇高で気高い、後光まばゆい美しい神だ。

「……。木崎です。……よろしくです」

あとから世さんには『よろしくです、ってキョドってた真人、可愛かったよな〜？』と腹を抱えて笑われたが、俺は内心あの程度の失態ですんでよかったと安堵していた。本当を言うと頭のなかでは、背中の羽はどこに捨ててきたんですか、という言葉がまわっていたからだ。

苛立ちや怒りなど一瞬ですっ飛んでいた。それどころか、彼が立てる生活音を聞いて存在を感じると、胸が温かくなる毎日が始まった。

三年前の初夏だった。それが世さんと俺の出会いだ。

美しい、と感動する衝動や、造形美を覚える情動、性欲が本能的に湧く対象は個々に違う。言葉ではまるで説明がつかず、自分でもなぜ強い興奮を抱くのかわからないこの得体の知れない欲望は、いったいどこから発生しているんだろう。

もともと他人に興味のなかった俺は、幼少期から孤立するのをよしとして生きていた。

両親ともに健在で仲がよく、経済的にも不自由することなく一般的な常識を教えられながら適度に愛されて、贅沢なほど満たされて育ててもらったおかげでもあるのかもしれない。

幼稚園でクラスメイトの男の子がべつの女の子のクレヨンをいきなり横から盗んでつかった事件が起きて〝ぼくは借りただけだもん〟〝貸してって言わなかったよ〟〝言った〟〝言ってない〟〝じゃあ○○君、謝ろうか〟〝嫌だ嫌だ！〟〝ふたりで謝ろうね〟〝なんで？　わたし悪くないよっ〟とカオスな言い争いをしているのを見て、他人に嫌気がさした。

小学校でも人間不信に陥(おちい)る喧嘩や事件を幾度となく目の当たりにしているうちに、どんどん他人嫌いになり、孤独を寂しさだと感じない人間になっていったのだと思う。

ひとりは自由で気楽だ。

他人と関わろうとするから無駄な期待を覚えて不満を抱く。比較して自分のほうが劣っているのだと落胆する。逆に有能だと錯覚すれば驕(おご)り高ぶる。愛して愛されなければ醜い傲慢(ごうまん)さを身につけたり、愛される価値のない人間は命も無価値だと極論に嘆いたりする。

他人と関わって発生する感情のすべてが煩わしく感じられて、自分は平和な傍観者で居続けようと決意していた。

ただ、一般常識を持って育った結果、恋愛、結婚、妊娠、出産、孫、のような〝普通にたどるべき人生の道筋〟について思い悩むことはあった。

母親は『真人はどんな彼女をつくるんだろうね』『ひとりくらい女の子とつきあった経験もあるんでしょ？』『お母さん、優しい女の子がいいなあ』と〝普通〟に期待を寄せてくるし、父親も『真人の子どもは高身長だろうね。うちの家系はみんな大きいから』『真人は清楚(せいそ)な子が好きそう』と楽しげにからかってくる。

しかし俺は自分がどんな相手にどういう恋愛をするのか、まるで想像できなかった。

アダルト系の動画を観てもシチュエーションや演技が気になって頭に入ってこない。漫画は物語があるぶん、余計に登場人物の言動やオチが納得いかず欲望が湧く手前で冷める。

性欲はあるから処理するものの、脳内で思い描く昂奮材料があるわけじゃなく、無だ。

好きだからつきあってほしい、と告白してくれた子と恋愛をするために努力した経験は何度かある。〝わたしがメッセージをしたらすぐ返して〟と責められればこまめに応じ、〝真人君はわたしにメッセージしたいと思わないの〟と泣かれれば空や落ち葉や授業中の落書きなど、目についたものを二時間おきに送った。

触れあうこともした。なんとなくその場の空気で、ああいまキスか、と察知する都度唇をつけて、デートのあと相手が帰りたくなさげな素ぶりを見せた夜にはホテルやベッドへ誘った。

創りものよりは状況や反応に違和感がなかったからセックスをすることもできた。けど〝できた〟と自身に対して感心していることが、相手に伝わっていたんだろう。

身体まで重ねると、だいたいその後すぐに〝わたしのこと好きじゃないよね〟と指摘されて別れるのをくり返していた。セックスはそれほど繊細な心の交歓行為なんだと思い知った。

その夜も三ヶ月ほどつきあった後輩と別れて帰路についていた。月の明るい日で、夜道でもずいぶん先まで見通せるさわやかな深夜だったから気分は悪くなかった。

自分のような人間は、スムーズな会話ができて双方の価値観に大きなズレを感じない無難な相手と無難な関係を築いて結婚し、〝普通〟の家庭をつくって平凡に生きていくんだろうなあ、と月を眺めてもの思いに耽（ふけ）りながら歩いていた。すると、数メートル先に世さんを見つけた。細い背中が猫背にまがって、うつむいてふらつきつつ家路をすすんでいる。

「……こんばんは」

世さんの左側から上体を傾げて、明るい夜のしずけさを邪魔しないよう小声で話しかけたのを憶えている。

世さんは驚いたようすで顔をあげ、俺だと知るとほっと頬をほころばせた。

「ああ……木崎君こんばんは。いま帰り？　遅いね」

痩せこけてやつれた頬。

引っ越してきた日の夜も改めて挨拶にきてくれて、そのとき気づいたのだが、世さんはげっそり衰えていた。いわゆるブラック企業に勤める社畜ってやつなんだろうか、と思わされた。

「城島さんもお仕事ですか。こんな時間まで大変ですね」

「んー……ありがとうございます。仕事じゃないんだけどね」

「違う？」

いきなり俺の右腕を摑んだ世さんがこっちへ身体をむけて、はあ〜、と息を吐いて笑った。

「匂わない？　酒呑んできたんだよ」

月明かりの下でからから無邪気に笑う世さんが綺麗で、魂が抜けかけた。

「接待……とかですか」

「いやいや、ひとりで。やばいよね、ひとり酒。ひとりで呑むのはいいとしてもさ、ここまで酔ってんなよって。ばかかよ〜って。ひはは」

いまなら〝ごめんなさい〟と言うまで叱りつけておぶって家へ送るだろうが、当時の俺は、美しい天使は酔っ払うとこんなに可愛くなるのか、と呆けるばかりのばか野郎だった。

「木崎君……俺が倒れたら家までひきずってって」

「いえ、ちゃんと抱きますよ」

抱く、と言った自分の言葉にまで心臓が跳ねて焦った。

「や、あの、こういう……なんて言うんですっけ。身体を横から抱きあげる感じの、

「お姫さま抱っこ？」

「それです」

世さんは腹を抱えて笑った。

「木崎君、俺のことお姫さまにしてくれるんだ〜……ははは、やばい、涙でてきた」

あれは笑い涙じゃなくて、傷心の涙だったたんですよね。

そんなことも知らずに、俺は自分がふられた帰り道だというのも忘れて、「笑いすぎです」とか「もうちょっと勉強しておきます」だとか的外れな言葉で世さんをなだめて、世さんとの距離が縮んだのではという予感に高揚していた。

その高揚の名前すら気がつきもせずに。


世さんを本当に抱くことになるまで時間はかからなかった。

翌週の水曜日、夕方にドラッグストアで買い物をして店をでたら駐車場の隅で世さんが蹲っていたのだ。

「城島さん？」と慌てて駆け寄ると俺を見あげて真っ青な顔で「あー……」と笑顔を繕った。

「木崎君、ちょうどよかった、帰り道わからなくて……家まで連れていってくれる？」

「え、迷子ですか。ていうか体調も悪そうですよね」

「そう……なんか栄養失調で、免疫力が落ちてて、風邪ひいてるって言われた」

「病院いったんですね」

「先週末にね。点滴してもらって薬もらって回復してたんだけどな……駄目かな、これ」

「また病院いきますか。救急車呼びます」

「いや、いい。大丈夫……帰りたい。帰らせて」

満足に歩けもしないのに、鼻声で〝帰る〟と言い張って無理に笑う。

しかたがないから背中におぶってアパートへ帰り、世さんの部屋の前でおろした。玄関扉の鍵をあける手も覚束ず、もどかしかった。そして扉をひらくと安心しきったのかまた脚から崩れてしゃがみこみそうになったから、お姫さま抱っこをしてベッドまで運んだのだった。

自分の部屋から体温計を持ってきてはかると熱があったので、常備している冷却シートもつけてあげた。

「着替えたい……」と自分の身体よりスーツのしわを心配するから、指示されたクローゼットの棚にあった部屋着をとり、着替えも手伝った。

それから再びドラッグストアへ戻り、スポーツドリンクとゼリー飲料とバナナなど、風邪の看病に必要なものを買い揃えて十五分足らずで帰ると、世さんに食べさせて薬を飲ませた。

「ありがとう木崎君……体調管理も社会人の仕事ってわかってるのに……ばかすぎるわ俺」

「いいえ、ゆっくり休んでください」

「木崎君は忙しくなかったの。時間大丈夫?」

世さんの瞳が風邪で潤んで瞼の縁に涙が溜まり、きらめいていた。

そうして〝今日の講義は午前中だけだった、明日も大学は午後からだから平気だ〟と自分の予定を伝えながら、俺はまったくべつの自己嫌悪に囚われて苛まれていた。

自分が自炊できる人間だったら、栄養を欲しているこのひとにいまごろお粥(かゆ)や雑炊(ぞうすい)を食べさせてあげられていたのに、と。

大学へ進学して二年目だったそのころは自炊などせず、バイト代と仕送りに頼って、食事は全部買ってくる弁当や惣菜(そうざい)ですませていた。実家でも母親が作ってくれる料理を食べさせてもらいながら贅沢に恵まれて過ごしてきたせいで、料理はてんでできない。世さんにしてあげられることが、自分にはなにもなかった。

「……木崎君、ごめんね」

「謝らないでください」

「いきなり隣に引っ越してきた二十五歳の半端な社会人が、こんな、めちゃくちゃ迷惑かけてきてさ……ウザすぎるよね」

「そんなこと思ってませんから」

ベッドの横にあぐらをかいて座って、世さんがゆっくりまばたきをする姿を見つめていた。ペンで描いたような綺麗な二重と、長い睫毛。無造作に顔の横におかれた右手の、細い指と整ったかたちの爪。

「俺ね、恋愛っぽかった男の上司とうまくいかなくて……セックスして別れたんだよね」

このひとに会って初めて、男の色気というものを意識した。

「無理なんだよ、だって〝パパだ〜〟って思っちゃうんだから。うち中学のころ両親が離婚してて、そのひとといると、ファザコンってこと？　とか、父親と恋愛したがってんの？　とかどうしても考えちゃってさー……ダサいし気持ち悪すぎるでしょ」

世さんが目をとじて、半分笑いながら吐露し続ける。

「いらねえよ父親なんか。母親と不仲なのは夫婦の問題で息子の俺は関係ねーのに母親と一緒に絶縁されたんだよ。捨てられてんだよ。いらない息子だったって言われておいて、俺はゲイで父親みてえな歳上追いかけて惚れてんの？　キモくて嗤える。無理無理。だからヤナセさんは駄目。嫌だ。自分のトラウマを埋めるために利用してるならあのひとにも申しわけねえし、これでよかったんだ。よかった。……よかったと思うでしょ。全国にアンケートとってもみんなよかったって言うよね。満場一致だよ、決まってる。なのに……なんか、食欲ない」

右手で世さんの額と、瞼を覆った。泣いてもいいんですよ、と心のなかから伝えたが、彼は泣かずに「木崎君の手、冷たくて気持ちいいなあ……」と涙声で苦笑いした。

そのまま世さんが眠りにつくのを見守って、隣で朝を迎えた。

七時を過ぎると世さんのスマホが鳴り、寝ている彼を起こしてはいけない、と咄嗟にとったらメッセージの通知欄が見えて〝柳瀬〟とあった。

『世、昨日体調悪そうだったけど大丈夫？　辛ければ午後出社しなさい』

画面をタップして『そうします。午後も難しそうならまた連絡します』と返信し、スマホをナイトテーブルに戻した。

このひとと世さんが別れてくれてよかった——はっきりと明確に、下劣に、そう想った。

その後十時の開店にあわせてホームセンターへいき、調理器具や食器類を全部買い集めて、食材も調味料からなにからすべて揃え、スマホで検索した野菜と玉子の雑炊を作った。

失敗する要素の少ない料理だったのも幸いして、すこし元気になっていた世さんは「美味しい！　ありがとう〜っ」と喜んで食べてくれたが、ひとり分が難しくて作りすぎた。

「……ありがとう木崎君。ひさびさにこんな温かい手料理食べたよ」

「城島さんはこのあいだもひとり呑みしてましたね」

「そう……もうずっと外食かコンビニ弁当でした……へへ」

「酒ばかり呑むのはコンビニ弁当を続けるよりよくないと思います」

「肝に銘じます……」

世さんの膝にある小鍋のなかで、自分が初めて他人のために刻んだ大根や人参、椎茸が残り少なくなって浮かんでいた。

「城島さん。俺は料理が好きで、ふたり分のほうが作りやすいから朝晩の食事を俺が用意します。どうですか」

世さんは目をまるく見ひらいて驚愕した。

「ええ、木崎君が？　料理してくれるの？」

「はい。大学が忙しくて作れない時期は事前に伝えます。可能な限り、毎日朝晩二食」

「え。……えーっ。でもさ。いや……ええ」

さすがに知りあったばかりの隣人から受けとる厚意の度を超えていたのか、世さんはしばらくえーえー困惑し続けて、俺もなだめ続けた。

さっき料理を作って楽しかったから〝料理が好き〟というのも嘘ではない、と胸中では自分のこともなだめながら。

「……わかった。なら翌月に一ヶ月分の食費をまとめて払う。それでお願いしようかな」

「承知しました」

戸惑ってはいたが、約束を結んでしまうと世さんは嬉しそうに笑顔をひろげて雑炊をおかわりしてくれた。「あんなに怠かったのに、木崎君の料理は美味しくて生き返る」と褒めてもくれた。料理を作るのも初めてなら、その味を褒めてもらう喜びを味わったのも初めてだった。

「城島さん。あと、さっき会社のかたから出勤に関するメッセージがきていたので勝手に返信しました。すみません、今後は二度としません」

「ああ、うん。気づいたけど感謝しかしてないよ、ありがとう。……体調崩してるってあのひとにばれたくなかったのに、ばれてたんだなーって情けないやら反省するやらで。それだけ」

世さんが目を伏せて雑炊をすすり、丁寧に噛んでから喉に通していく。

「……木崎君。迷惑かけておいていまさらこんなこと言うのもどうかと思うんだけど……俺がゲイだってこと知ったうえで近づいてきてね」

俺の名前を呼んで機先(きせん)を制しながら、このひとの頭と心には柳瀬さんの姿が在(あ)るんだろうとわかった。

「ゲイだと、ひとづきあいの際にわざわざそんなこと言わないといけないんですか」

「……や、」

「だとすると恋愛を語りだすのが当然だっていう感覚でいる異性同士は、かなり怖いですね」

俺も〝普通〟の世界でずいぶん気持ち悪い〝常識〟に従って生きていたのではと気づいた。俺は相手が異性だからといって好かれたくない。同性でも馴れ馴れしく近づかれたくはない。異性同士だから恋愛してあたりまえ、という価値観に巻きこまないでほしい。ＬＧＢＴＱは受け容れてあげるべきだ、という差別前提の意識の輪にも参加したくない。みんな好きに生きればいいだろ。他人の人生に俺は口をだしたくない。関わりたくもない。だから俺のことも放っておいてくれないか。

俺が惹かれるのは、どうやら城島世という世界でただひとりのこの人間だけらしい。誰にも恋愛感情を抱けず、性的昂奮すら感じられなくてもそれが正しかったのだ。なぜなら俺の心と身体は、このひとにしか反応しないようにできている。そういうＤＮＡと本能と宿命を持って生まれてきたのが俺という人間だった。

「城島さんが忠告してくれたのは、俺を好きになれそうだからですか」

思いきり目を見ひらいて俺を見返し、世さんは赤面した。

「めちゃくちゃからかうじゃんっ……え、木崎君って悪い子なの？　意地悪系？」

「誘惑されてるとも受けとれる言葉だったから訊いたんです」

「誘惑って、勘弁してよ……俺、恋愛みたいなのもともと嫌いなんだ。駆け引きとか苦手だし、下手だからさ。むいてないよ」

恋愛を拒絶されても、俺を好きになれるのかという質問に対する返答はなかったからとくに傷つきはしなかった。恋人になれなくても傍で世話をさせてもらえるなら充分だとも思った。

恋っていうのはこういう感情か、と俺のなかで大きな革命が起きていた。

翌朝、朝食を食べて夕飯の相談をしているときに合鍵をもらった。

その夜、夕飯を食べているときに〝知らないと不便だね〟と話しあって連絡先を交換した。世さんは会社のこと、恋愛のこと、親子関係や生い立ちなど、いろんな話を聞かせてくれるひとだった。知れば知るほど不器用で健気で、愛しくて、食事を終えて自分の部屋へ戻ったあとも世さんと過ごした余韻が消えず、スマホを眺めながらなにげなしにメッセージを送った。

『城島さん、さっきはありがとうございました』

つきあった女の子たちが〝メッセージしてきてよ〟と怒っていた理由がわかった。

ひとりでいるときも声をかけたくなる、と。あなたに思い馳せています、と。常に心を占めているのはあなたです、と。そういう衝動や情熱をしめされたかったんだろう。でもどれだけ努力をしても、俺の彼女たちへの義務的な意識が変わることはなかった。

『木崎君、こんばんは。ありがとうってなに?笑　お礼を言うのは俺のほうなんだけど』

返事をもらって、文字の声を聞いて、心が燃え盛るほど弾む、こんな衝撃に見舞われるのは世界で世さんだけだ。出会うべき相手はこのひとだった。

『俺も手料理を食べてもらえるのは嬉しいですよ』

『それ神さまの発想だよね』

天使の城島さんが神って言うのは面白いですね――と打って消した。

『Win-Win の関係ってことで』

『それだ』

可能なら朝まででも話していたかった。でもキリよく会話が終わったし、しつこくして嫌われるのもさけたい。そう思ってメッセージの履歴を読み返しながらひとりで幸福感に浸っていたら、玄関のチャイムが鳴った。

「木崎君」と小さく世さんの声も聞こえる。

え？　と不思議に思いつつ玄関へむかって扉をひらいたら、世さんが照れくさそうに笑って立っていた。

「……なんか隣なのにメッセージしてるの笑えると思って、きてみた」

笑顔も可愛ければ行動も可愛すぎて卒倒しかけた。

「いや……メッセージだからいいってこともあるじゃないですか」

「まー……それもそうだけど」

目線を横に流して唇をすこし尖らせる。拗ねさせたらしい。

「……もしかして寂しいんですか？」

率直すぎたのか、横目でじろと可愛く睨まれた。

「……木崎君ともうちょっとしゃべりたかった気はする」

駆け引きが苦手だと言ったのはどこのどいつだ……、とあのときはダメージを受けたけど、いまなら掻き抱いてがむしゃらにキスをしているんじゃないかと思う。

「しゃべるって……声で？」

「文字でもいいよ。でも部屋には入れて」

「はい？」

にゃ、と世さんが笑って手に持っていたスマホを胸もとにひきよせ、なにやら文字を打った。すぐに奥のリビングのほうから、ソファに置いてきた俺のスマホがぴぴと鳴る音がした。

首を傾げながら戻って確認すると、通知がきている。

『仕事で疲れてる傷心のおにーさんと遊んでくれよー』

あまりの可愛さにまた衝撃を受けて立ち尽くしていたら、世さんも喉でくすくす笑いながら部屋に入ってきてソファに座った。

『木崎君の言うとおりだ。文字だと恥ずかしいことも言えていいね』

さらに追撃してくる。

観念して俺も隣に座り、返信を打った。

『城島さんって可愛い大人ですよね』

ちら、と右横から視線を感じて、無視をした。

『会社だともうちょっと大人ぶってるんだよ？　でも木崎君の前では大人になる必要ないし、初っぱなから醜態を晒してるから甘えてる自覚あります』

世さんが俺に背中をむけて、ソファの上で膝を抱えて座りなおした。心臓が壊れるんじゃないかと思うほど歓喜と愛しさで熱していた。

『いくらでも甘えてください』

『お。そんなこと言っていいの？』

『いいですよ。俺は城島さんの顔が好きなんです。最初会ったとき見惚れました。顔の造形が好みです、とっても。なので甘えてもらえるのも結果的に Win-Win かなと』

「ぶっ」と世さんが肩を竦めて吹きだした。

『知らなかった、この顔が木崎君には武器になってたんだ？』

『なってますね』

『こんなに褒められたのも初めてかも。美味しくて健康的な食生活まで顔で手に入れたぞ』

『それは顔だけじゃないですけど』

世さんの笑い声につられて俺も苦笑した。

しずかな部屋で、無言でおたがいスマホにむかいあい、声では照れくさくてできない会話をかわす。恋心が深まるには充分すぎる事件だった。

『木崎君って下の名前はなんていうの？　スマホにフルネームで登録したいな』

『真人です。きざきまこと』

『まこちゃん、可愛い』

『城島さんは？』

『俺は城島世。じょうしませいだよ』

『ぴったりですね。綺麗で愛らしくて気高くて、まんまです』

『真人君ちょっと褒めすぎじゃないっ？　俺の顔面力すごいな』

他愛ない会話も重ねて、読み返すのも苦労するほど長い履歴が連絡先を交換した当日に完成していた。深夜一時を過ぎて世さんのスマホの充電が切れそうになったのをきっかけに、彼が部屋へ帰っていくと、それでも『おやすみなさい』と送って名残を惜しんだ。

『おやすみね笑』と世さんからも返ってきた。

このひとが好きだ、と声にも文字にもせず心のなかだけで呟いて、自分の初恋を知った。

ゼミのグループ研究発表のために忙しい日々が始まり、世さんと夕飯を食べている最中にも電話やメッセージがくるようになった。

俺の部屋は奥の寝室にデスクがあるから電話がくるたび世さんに断りを入れて席をはずし、資料を見返したりメモをしたりして部屋にこもって、戻ったときには世さんの食事が終わりかけているということも多々あった。

「真人君、忙しそうだね」

世さんはご飯茶碗に必ず小さくひとくち分だけ残して、俺を待っていてくれる。そして俺が席に着いて再び食卓を囲むと、冷えたご飯を食べて食事を終える。

皿にも野菜炒めや鱈の竜田揚げや玉子焼きが、俺のためにひとくち分残(のこ)してある。

「世さんの大学時代はどんなだったんですか」

「え、俺？　全然不真面目だったよ」

苦笑いして右手をふる世さんの頬は、そのころにはだいぶふっくらして健康的になっていた。行動やしぐさの端々から孤独嫌いの寂しがり屋なのは感じていたので、自分が傍にいて支え続けたいと想う欲も日に日に増していた。

ところが世さんは真逆のことを考えていたらしく、初めて菜都美(なつみ)といるのを見られた日の夜、夕飯のあとにこんなメッセージを届けてきた。

『真人君に彼女がいるなら、俺、デートの邪魔してるよね？』

女性とふたりでいたらそれが恋人だ、という発想に苛ついた。あなたも〝普通〟の枠に俺をおさめて偏見で接してくるのか、と。

けれどメッセージで言ってくる気弱さがたまらなく可愛かった。夕飯中に訊けばいいものを、どこかいたたまれなげな、哀しげなようすでカレーをたいらげてそそくさと帰っていったのはこういうことだったのか。

『しばらく大学の研究が忙しいんです。でも自分の生活の時間配分は自分の意思で決めます。俺は世さんと食事をしたい』

〝恥ずかしいから文字で訊いた〟のではなく〝声じゃ辛くて訊けなかった〟と言われたかった。孤独嫌いなこのひとの寂しさになりたかった。

『そんな不義理してたらふられちゃうよ』

『そうですか』

『俺のせいで真人君の恋愛が駄目になったら困る』

今度はこっちから部屋に突撃してやろうかと奥歯を噛んだ。世さんがどんな表情をしているのか見たかった。

『ひとづきあいは心です。駄目になるとしたら双方かあるいはどちらかが駄目になっていいと諦めたがゆえの結果です。つまりあなたではなく俺と相手のせいになる』

次の世さんの発言次第では殴りこみにいこうと思っていたら、ぴぴと届いた。

『しゃべりかたが先生みたいだね。あるいはーとか、ゆえにーとか笑』

あほな可愛さに殺されて、殴るのではなくキスしてしまいそうだったから家にとどまった。

『いまずっと研究資料をまとめているからかもしれません』

『格好いいね』

『あなたも大学時代にレポートを書いたでしょ』

『忘れちゃったよ』

『そんな昔でもない』

『そうだけど』

その翌週の水曜日、世さんが『今夜は夕飯大丈夫です』とメッセージをしてきた。

週末の土曜日も『今日は夕飯平気です。明日の朝も遅めでお願いします』と届いた。

俺が言うことを聞かないから自ら身を退き始めたのか？　と疑って、不満を持て余しながら
翌朝十時に世さんの部屋へいったら、世さんは風呂からでてくるところだった。

「あーおはよう真人君」

腰と首にタオルを巻いて、細いのにきちんと筋肉のついた小麦色の美しい身体で、ふらふらリビングのソファへいく。窓ガラスからさしこむ陽光に眩しく輝く世さんは、やはり天使でしかなかった。

「……おはよう、ございます」

背中をむけてキッチンに立ち、頭から蒸発しかけていた朝食のレシピを必死に掻き集め、料理を始めた。

「世さん……訊きたかったんですけど、今週忙しかったんですか」

「あー……うん」

歯切れの悪い返事だった。半分ふりむくと、世さんはスマホを眺めて文字を打っている。

「自意識過剰だったらすみません。このあいだの彼女云々の件で気をつかわせましたか」

「違うよ。なんていうか……三大欲求を満たしてた」

「え？」

火にかけたフライパンのなかでオリーブオイルがひろがっていい匂いを放っていた。

「ゲイってGPSつかって近くにいる仲間を検索できるアプリとかあるんだ。それでセックス相手も探せるの」

俺の領分だ、とはっきりとした拒絶をしめされた気がした。

プライベートなことも隠さずなんでも話して招いてくれる世さんでも、ここから先はくるな、ピン、と強く張った一線をひかれたような錯覚をした。

「……そうなんですね」

フライパンにベーコンを二枚敷いて卵をひとつ割った。

ゲイの枠に俺が入っていれば――もしくは世さんに、その輪に入れてほしいと請うていれば、俺も簡単に世さんを抱きしめることができたのだろうか。

偏見は、異性愛者も同性愛者もみんな持っている。

もちろん俺も偏見を偏見だと気づかずにふりかざしていたりするのだろうが、世さんもゲイだからといって差別や区別をしないわけではなく、俺を勝手に、無意識に女性好きのノンケにして扱ってきた。

俺はそれが憎かった。

子どもみたいに拗ねて腹を立てて嫉妬するぐらいならとっとと告白してしまおうか、と悩んでいたら、次の週には「酒買ってきたから一緒に呑もうよ」と缶ビールと缶チューハイを大量に買いこんできて、夕飯を食べながら酔っ払う。

「……柳瀬さんに彼女ができたらしい。営業部って顔で選ばれるんだけどさ、お客さまが一目惚れして告白してきたらしいよ。男と女ってのはさー……ほんと出会いも恋愛もそこらへんにごろごろ転がってるよねえ……」

そしてぐちぐち悲嘆に暮れた挙(あ)げ句(く)酔い潰れた。

テーブルに突っ伏して缶を持ったまま眠る世さんを肴(さかな)に、ひとりでビールを呑み続けた。

ああ、そうか……自分はノンケだと勘違いされているからこのポジションにいられるんだ、と酔い心地の頭で理解した。

俺がゲイだったら柳瀬さんとの失敗を意識させて、このひとはもっと警戒して接してきたはずだ。柳瀬さんに抱いている行き場のない哀しみなど、噯(おくび)にもださなかっただろう。

世さんの頭で下方にむけて流れている細い髪を撫でて、指で梳(す)いた。

ゲイにもノンケにもバイにも、どれにも誰にもカテゴライズされたくないが、世さんが俺を歳下のノンケにすることでここまで無防備に甘えていられるのならそれになろう。

あなたがあなたの都合のいいように俺をつくればいい。

俺はあなたの幸福以外のものに価値を感じない。なにを犠牲(ぎせい)にしてもかまわない。

だから告白なんて余計なことをする必要はないと、そう判断した。

「真人君～……いるんでしょ？　真人君、真人さん、真人さま、おまこ～」

「……なんですかおまこって」

半年ほど経過すると、世さんが酔っ払って俺の家へ突撃してくることが増えた。

戸川という後輩の教育担当になった、と素面のときはずっと後輩自慢をしていて先輩らしい成長も覗かせるのに、扉をひらくと頬を赤らめて子どもみたいな無垢な笑顔を浮かべている。

結局一瞬で負けてしまう俺は、徹夜確定の多忙な夜も、外出予定があった夜も迎え入れた。

「おまこ、可愛くない？」

「……。嫌なこと思い出しました」

「え、なに？」

「……中学のころクラスの奴が〝まんこ〟ってからかってきたから殴ったんです。それで親を呼ばれて『彼が〝まんこ〟とばかにしてきたんです』って教師や親に話す羽目になりました」

「ははは、結局辱められてるっ……」

「そうです。まあ相手の親も真っ赤な顔して頭をさげてくれましたけど」

ソファに並んで座っても、世さんはしばらく腹を抱えて笑いながらのたうちまわった。

「じゃあ、おまこやめる」

「べつに世さんならいいんですけどね」

俺の右肩にじゃれついて、「ふふ～」と額をぐりぐり押しつけてくる。いつからか俺の部屋ではソファのむかって左が世さん、右が俺。世さんの部屋ではむかって左が俺、右が世さん、という位置が決まっていた。

「やめるよ、ちゃんと呼ぶ。――真人」

　恐ろしく美しい微笑みをひろげて、世さんが俺を呼び捨てた。

　俺の右腕にもたれかかって、「あ〜呑みすぎた……眠い」とぼやきつつ続ける。

「……あのひと結婚するんだってさー」

　名前がでてこなくとも、もう〝あのひと〟だけで柳瀬さんのことは通じるようになっていた。世さんが酒に頼るのは甘えたいときだ。もしくは泣きたいのに涙を我慢するとき。

　酔っていても真正直に嘆いてしまうと、たぶん涙を抑えきれなくて、現実が重すぎて、自我を失ってしまうんじゃないだろうか。酒もうまく呑めない難儀なひとだ。

「世さんは〝ふたりでごめん〟ってどう思いますか」

「〝ふたりでごめん〟？」

「その卑猥(ひわい)なあだ名事件のとき、じつは殴り倒した俺のほうが加害者として批難されたんです。俺からしたら突然あんな呼びかたされて嗤われたこっちが、完全なる被害者なんですけどね。手をだすとそいつが起こした事件として教師や親たちが集まって、校内にもひろまるんです。俺も相手の親に謝罪されたけど、うちの両親のほうが教師や学年主任や校長たちに平謝りで、帰宅したあとも叱られた」

「ああ……なるほどな」

「幼稚園でも、俺は直接関係なかったんですが似たような事件があったんです。被害者の子が〝ふたりでごめんしようね〟って先生に言われているのを見て、あの世界と関わりたくないと心底思いました。でも俺、恋愛は〝ふたりでごめん〟できるものがいいなと思うんです」

世さんが軽く顎をあげて、俺の横顔を見ていた。

「離婚とかもさまざまな事情があるとは思いますけど、一度愛した気持ちを失くして二度と顔も見たくない、愛したのは間違いだった、ってなってしまうのは辛くないですか。そうなるともう過去の美しい想い出ごと汚点に変わって、嫌悪のみなんでしょう？　俺そんな未来の自分に会いたくないですよ」

「……うちの両親だ、それ」

「相手の非道な本性を見極められずに結婚してしまったとしても、その自分の愚かさも認めてふたりでごめんして終えられる関係が理想です。別れに限らず些細な喧嘩やすれ違いも含めて。あ、愚かさを認めるって言っても、ＤＶや犯罪者クラスになったら論外ですよ？　……まあ、だから俺、あなたと柳瀬さんの関係は羨ましいんです」

申しわけないが、別れてくれて感謝している。世さんに幸せになってほしいけれど、他人を愛する世さんを平気で見守れるほどできた人間ではないからだ。

しかしこのふたりはべつの誰かが横にいても、ふたりで過ごした過去も、おたがいの現在も、どちらも大事に想い続けている。それは恋を超えた愛の域で、嫉妬せずにはいられない。

「うえー……そこで俺とあのひとの話に繋がるのか」

「駄目ですか」

「駄目じゃないし、俺もいい別れだったと思ってるけどさ……」

俺に寄りかかったままうつむいた世さんが、俺の右腕の袖の、ほつれた糸をいじりだした。

「真人はさ、その卑猥君にごめんしたの？」

「……。しれっと流したのに捕まえましたね」

「はは、捕まえた。謝らなかったんだな？」

「父に頭を押さえつけられて上半身をまげているあいだ、そいつのことずっと睨んでました」

「ははは、中学生の真人可愛いっ……」

世さんの笑い声のほうが可愛い。

「……でもごめんね。俺もさっき話聞いたとき笑っちゃった。〝嫌なこと〟って聞いてたのに考えなしだった」

「いいえ、とんでもない。あなたが笑ってくれるなら救われます。いい想い出に変わる」

左手で世さんの前髪を梳きながら撫でた。あなたは過去の汚点に、美しい色彩をくれる。

「世さんも結婚したいんですか」

「え、いきなりなにそれ。結婚って……パートナーシップのやつ？」

「それでもいいし、外国なら同性婚できるところもありますよね」

「えー、うーん……結婚はべつに……――いや、そうだね。恋愛は無理だけど結婚はいいかも。おんなじ家で暮らして、毎日一緒に食事して、くだらない話して笑って、ふたりで歳とるの。いいなー……」

横から鼻をつまんでやった。「んが」と眉間にしわを寄せて抗う。

「なんだよ」

「なんだよじゃありませんよ」

それと似たような生活をいま俺としてるだろ。

「恋愛結婚だけが結婚じゃないでしょう。煩わしいことをすっ飛ばして誰かといたいなら俺が世さんをもらってあげますよ」

鼻をつままれたまま、世さんが目をぱちぱちまたたいた。

「お、まえ……もらって、あげる、だとお……」

「わかりやすく照れますね」

「照れてない、偉そうでむかついてんだよ！」

「可愛い」

「ナツミちゃんに言いつけてやる、おらスマホだせ！」

ジーンズの尻ポケットに入れていたスマホを探って、世さんが暴れて抱きついてくるから感情が乱れて笑ってしまいながら抵抗した。

「わかった、たしかに傲慢な物言いでした、すみません、わかりましたよ」

「なにが」

ほとんど俺の腹にのっかる勢いで密着して睨みあげてくる世さんを見つめ返した。

「……あなたが俺をもらってください。旦那でも嫁でも、あなたの好きなものになるから」

唇を山型にまげてしばらく黙考していたけど、これはお気に召したらしい。にいっと機嫌よさげな表情になった。

「いいよ。じゃあ真人は料理人な」

「……それ結婚相手じゃなくないですか」

「なくなくない」

「料理させるために結婚するって、あんた現代のコンプラ社会に殺されるぞ」

「料理させるためめって、言いかた悪いなあ」

「違いますか」

「俺の健康管理をしてくれる素敵な旦那さまだろ？　それに他人は関係ない。真人と俺の夫夫関係だから、真人が許せばコンプラもクリアだよ」

「他人は……関係、ない」

「うん」

澄んだ瞳で微笑まれて、世さんが手をおいている俺の心臓のあたりも激しく鼓動していて、狂喜乱舞している感情がばれやしないかと緊張した。

「……承知しました。では、そういうことで」

「よっしゃ。今日から真人は俺のな」

世界一ロマンの欠片もないプロポーズをしあった。

それでも眠れなくなるほど幸せで、結局一時間睡眠で世さんの部屋へ朝食を作りにいったら、世さんは記憶をごっそり失っていた。

「……え、料理人？　夫夫コンプラ？　なんだっけそれ」

「べつにいいです」

「ごめん真人、ちょっと待って、ちゃんと思い出すから。あ～……頭いてえ、なんなんだこれ呑みすぎた」

「薬を飲めばか野郎」

どこまでの記憶を酒に呑まれたのか知らないが、世さんは〝真人〟と呼ぶのだけは継続していた。ずいぶん都合のいい酒だけど、世さん自身がそうしたいのなら黙って従おう。

あなたの好きなものになる――それも俺の望みで、一夜限りの俺たち夫夫の条件だった。

「――いま城島さんの部屋からでてきたよね。きみがマコト君？」

俺の世界や生活はあなたを中心にまわっているが、あなたは違うんだと思い知った。

「安心してください、城島さんに迷惑をかけるような揉め事は起こしません。でも、ひとこと言わせてもらいたい。きみは恋愛をする資格のない最低な人間だよ」

柳瀬さんも戸川さんもあなたが大事だ。

あなたを守りたいひと、あなたの幸福を願っているひとは、俺が知らないところにも大勢いるんだろう。

「城島さんが好きなんだよね。酔っ払っていたからって強姦みたいな真似をして、謝罪ひとつすることなくのうのうと部屋に出入りしてる。どういう神経してるんだ。好きな相手に対する態度とはとうてい思えない」

「許してるのは俺だから。――ごめん戸川、頼むからやめてやって」

あのときとおなじだった。加害者はどうやら俺らしい。

わかっている。もちろん被害者だと主張するつもりはない。だけど俺は、あなたを一方的に傷つけた人間だと責められるのは納得いかないし、あなたを裏切るような行為もしていないと断言できる。これからも絶対にしない、と誓うこともできる。

「きみはこうやって城島さんに守られているんだよ。城島さんが大人で、きみが子どもだから。もうすこしちゃんと自覚したほうがいい」

大人だとか子どもだとか、そんな低次元な話もどうでもいいんだよ。もう区別や差別の枠に俺を当てはめるのはやめてくれ。ばかばかしくていい加減うんざりだ。

善も悪も、この関係にどんな名前をつけるかも、俺は世さんだけに委ねる。

あなたとふたりでごめんをしたい。

＊＊＊

「真人。……真人？　真人君、真人さま、まこまこり～ん」

チャイムを押したらすこし待っていればいいものを、このひとはどうしていつも変な名前で呼んで急かしてくるんだ。

「今度はまこりんですか」

扉をひらいて抗議する。しかし今夜の世さんは目を尖らせて強硬的な表情をしている。

「……どうしたんですか」

「真人」

「はい」

世さんの瞳が揺らいで、その下の頬がやや赤らんでいるのに気がついた。

「いいか、よく聞けよ。今日から俺はおまえを誘惑することにした」

「……は？」

このひとの発想は型破りで、ときどきばかを超えて大ばか野郎だ。

そんなところもすべて愛していると伝えたら、俺はまたあなたを泣かせてしまうだろうか。

5　ふたりで寂しいのならそれはやっぱり幸せな気がしてしまう

「――単刀直入に訊きます。共犯者ってあなたですか」

黄金色のハイボールが入ったグラスを、蓋するみたいにして右指で覆い、彼は苦笑した。

「……どういう発想で俺が犯人ではなく共犯者になったの」

「あなたなら真人を操れる。口止めをすることも容易でしょう。それに事件当日の行動的にも可能です。居酒屋を誰より先にでて俺が住んでいるアパートへいき、なにかのきっかけで隣に住む真人と会った。で、共謀して俺を……」

ぶふっ、と吹いて口を押さえ、滅多にしない下品な大笑いをする。

「世……それもう犯罪だよね」

「犯罪だからあなたたちは俺に黙っているんです。っていうシナリオです」

「本気でそう思ってる？」

「……。あまり」

「よろしい」

まだ喉でくすくす笑っている柳瀬さんを睨みながら、苛々とビールを呷った。顔が熱い。

――……俺があの夜のことを言わないのは〝言えない〟からです。口止めされているんです。だから言えない。

――……世さんが見つけてください。それが無理なら暴いてください。俺を。

真人の辛そうな言葉を聞いて自分なりに一晩考えた結果、誰かべつの犯人を加えるとしたらこのひとしかいないと結論づけた。このひとのことは真人も知っているし、弁が立つから真人が利用されたとしても納得いく。

ただもっとも根本的な問題は、このひとがそこまでして俺を襲うわけがない、ということだ。ちょっとつつけば『このあいだの休日家族で水族館にいったよ』『見て見て、うちの娘可愛いでしょ？』とのろけている親ばかパパだぞ。ありえない。

真人も俺を強姦する3P計画なんて……そんなものに乗るクズじゃない。

「すごいねえ……昔関係のあった上司と隣人の歳下大学生が酔っ払った子を襲うの？　AVの世界だよ。世はいやらしいな」

「ひとを変態みたいに言わないでください」

「変態だしばかでしょう」

「ばか言うな」

砂肝串（すなぎもぐし）をこんちくしょうと頬張ったら、柳瀬さんも梅つくね串を食べた。

「もし俺が世を抱きたくてしかたなくなったら普通に誘うだろうしね。一緒に呑んでいたのにわざわざ家に先まわりして待ち伏せてって……。そんなストーカーみたいな真似してる時点で世のなかの自分の株をさげるだけじゃない？　俺はそこまでばかじゃないかな」

「……そうですね。あなたは紳士です」

「まあ、どんな誘いかただろうといまは不倫男になっちゃうんだけどさ。あと、俺はマコト君と一緒に罪を犯すほど仲よくなれるとは思わない」

砂肝を噛む口が自然ととまった。柳瀬さんの眼差しはやわらかいのにひどく冷たい。

「とりあえず、マコト君が犯人のひとりだってことはわかったんだ？」

口もとに薄く浮かぶ笑みにも寒気がした。

「……たぶん、ですけど。事件の真相は知っているみたいで」

「ふうん……」

梅つくねの串を皿に並べて箸を持ち、柳瀬さんは大好きな玉子焼きに大根おろしをのせる。

「——世。おまえは俺に恋をしていなさい」

咀嚼も不十分に砂肝を飲みこんでしまってげほげほ噎せた。「なに、言ってるんですか」とビールを呑んで痛む喉を整える。

「世自身がもっとも生きやすくなる方法なのに、いつまで経っても気づかないから教えてあげたんだよ」

「え？　気づかない……？」

「世が本当に恋愛嫌いを克服したいなら俺にぶつかってくるべきだ。いちばんの障壁は歳上で父親の面影がある俺みたいな男だからね。そもそも俺と恋愛ができなかったから引っ越しまでして逃げて、歳下の子どもたちとおままごとしてるんでしょう？」

ずきり、と心臓に刺激が走った。……弁が立つとはこのことだ。

「……おままごとじゃありません」

「そうだっけ、失礼しました」

まったく悪いと思っていない慇懃無礼な物言いが憎たらしかった。割り箸が入っていた紙袋を投げつけてやると、「二歳児とおなじだね」と楽しげに笑われて余計にむかついた。

「俺は歳下のイケメン男子と大恋愛して幸せになりますから、どうぞご家族と楽しい映画でも観る気分で傍観しててください」

「変態AVの間違いじゃないの？」

「全年齢対象の全米が泣いて喜ぶラブロマンスだ」

「へえ……本当にそうなるといいねえ」

左手をあげて「すみません注文お願いします」と店員に声をかけた。ふりむいた女性店員さんが「いまうかがいます、ちょっとお待ちくださいー」と応じてくれる。

「めいっぱい食べて呑んで、今夜もおごらせてあげます。パパはごちそうしてくれなくちゃですよね」

「今日も仕事のあとに呼びだされたのは俺なのに……」

「口では勝てないから〝おこづかい〟を搾りとってやりますよ」

「妻子ある身としてはたしかにそっちのほうが手痛いな」

串焼きのほかにも、サイドメニューの長芋のわさび醤油づけやパリパリキャベツのつまみ、それに地酒を注文してやった。

「……酒に気をつけようって反省しないところが潔くて好きだよ」

呆れた顔をして笑われた。口をガムテープで貼りあわせて二度と〝好き〟という言葉を言わないよう頑丈にかたく塞いでやりたい。

「真人。……真人？　真人君、真人さま、まこまこり～ん」

チャイムを押しても、たいていイヤホンをして勉強している真人はすぐにでてこない。連打して手でも扉を叩き、「まこ～まここ～」と呼んでいると、ようやくひらいた。

「今度はまこりんですか」

顔が怒っていて怖い。おまえが遅いせいなのに、なんで毎度毎度俺が苛つかれているんだ。理不尽で腹が立つ。でもそんなことより今夜は大事な話がある。

「……どうしたんですか」

「真人」

「はい」

冷たい微風が左頰をなぞって酔った肌を冷やしていった。真人も神妙な面持ちで俺の言葉を待っている。

「いいか、よく聞けよ。今日から俺はおまえを誘惑することにした」

「……は？」

有無を言わさずに部屋へお邪魔してリビングへいった。

「ちょっと世さん、あんたまた酔っ払ってるな」

「おみやげ買ってきたからとりあえず一緒に食べて呑みなおそう」

「おみやげって、」

串焼き屋でテイクアウトしてきた串焼きとからあげと、とろとろ煮玉子入り鶏おにぎりをテーブルにひろげた。酒も缶ビールと缶チューハイをよっつほど。

「真人は夕飯食べた？　今夜忙しい？」

観念したようすでソファに座った真人は、俺が並べた食べものを眺めている。

「あまり食べてなかったし、時間もかまいませんけど……誘惑ってなんなんですか」

ふたつの缶ビールのプルタブをあけてひとつを真人に渡し、「乾杯ね」と強引にかつんとぶつけた。ブランド鶏の焼き鳥も「はい、あ〜ん」と口もとにむける。

「……なにが目的なんです」

真人は訝しげな表情で首を退いて、逃げ腰になる。

「話すけど食えよ、あ〜んしてやってるんだぞ、拒否するのは失礼だろ」

目を細めて肉厚な焼き鳥と俺の顔を交互にうかがい、慎重に口を寄せて、恐る恐る囓った。これを食べたら罠にはまるんじゃないかとでも思っていそうな警戒っぷりだ。俺から目をそらさずに身がまえたまま頬を動かしている。

「そのツンデレを壊してやるよ」

「は」

「どろどろに甘やかして可愛がって俺の魅力に溺れさせて、素直に正直にさせてやる。それであの日の真相もつるっとしゃべらせてやるからな」

犯人捜しから真相解明へ進展した捜査の、完璧なる次の追究作戦は〝誘惑〟だ。

日本酒の美味さを浴びて意識がふんわり夢心地に蕩けているせいか、こんなに非の打ちどころのない計画を考えつく自分は天才だ、とどんどん自信も湧いてくる。

真人は真顔で俺を見つめながら喉をこくと上下して一口目を食べ終え、口をひらいた。

「……普段からとくに休む間もなく俺はあなたに溺れてますけど、その方法で大丈夫ですか」

どき、と胸に反撃を食らって怯んだ。真人はしれっと口をあけて、もっとくれ、と要求してくる。なんでだ……すでに主導権が危うくなっている。

「溺……れ、ててても、おまえは頑固で頑なだから駄目だ。全然真相も話さないし可愛くない」

焼き鳥をまた口に近づけてやったら、銜えながら串から抜いて食べた。従順な忠犬っぽい、こういうしぐさは可愛いけど。

「そうですか。というか俺ってツンデレですかね。デレ分そうとう多いと思いますが」

「ツンツンツンツンツンデレだろ」

「へえ……だとしたら世さんは天然ですよ。天然ばかの鈍感キング」

「おいっ。ふりまわされて、ぶんまわされまくってこんな計画立ててるぐらい困って頑張ってる俺に対してキングだと？　おまえがキングだろ、横暴で狡猾な王さまだよっ」

残りのブランド鶏を歯でむしりとってがりがり食べてやった。柳瀬さんにも笑われて真人にもばかにされて、こっちは中出しセックスされてる被害者だっていうのに納得いかない。

真人は小刻みに二度うなずく。

「……わかりました。じゃあいいですよ、どうぞ俺を誘惑してください。なんにせよこっちにとっては得でしかありませんから、俺だけを見ていてくれる世さんをしっかり堪能します」

〝俺だけを〟……？　と真人の言葉に囚われていたら、ふいに真人の腕に腰をひき寄せられた。顔が近づいてきて、唇が触れそうになる。

「待った」

自分の口を押さえて咄嗟にガードした。目の前で停止した真人の目が冷めている。

「……なんでとめるんですか」

「とめるだろ。身体の接触はしない。戸川に対して不誠実だからな」

「俺もあちらに気をつかう必要がありますか」

「俺はばかにはなってもクズにはならない。真人にも俺をクズにさせるような行動をしないでほしい。じゃないと真人を嫌いになるよ。誘惑するとは言ったけど、ちゃんと真正面から正々堂々と口で、話しあいで決着をつける。性欲を暴力みたいにつかって暴走するのは駄犬のやることだ。わかったか？」

真人はすぐに手をおろして上半身を離した。

「……ならひとつ教えてください。このあいだのキスは名誉挽回になっていたんですか」

「俺が真人の心を砕いて暴くから、いつか真相を全部話してほしい。それで名誉挽回してよ」

「……。なるほど。……わかりました」

なんとかまた一歩進めたようで安心した。

最初は犯人など知らずに忘れてしまいたいとすら思っていたけれど、自分がそれぞれ大事に想っている真人や柳瀬さんや戸川をここまで巻きこんでしまっては無視もできない。過去にも現在にも、未来にも、なにかしらの答えを見いだせたらいいなと思う。

はあ、と真人も息をついてうな垂れ、左手で後頭部を掻いた。乱れた髪と気怠げなようす、大きな掌とイカゲソみたいに長細い指……真人とふたりで過ごす時間には慣れているはずなのに、特別な意味で好かれていたのだと知ったいまでは他愛ない接触をするだけでも意識した。もともと認識していた高身長の男前って感覚を上まわって、こう……色気を感じるというか。

「……なあ、真人はいつから俺のこと、そんなだったの」

「いつから好きだったんだ、って訊きたいんですね」

「まあ、そうかな」

真人は邪魔そうな長い脚をよけてテーブルの上のねぎま串をとり、唇に挟んで串をひいた。

「俺が世さんを好きになったのは世さんが引っ越してきた日ですよ」

「えっ、はやくない？」

「何度も言ってるけど俺は世さんの顔が好きなんです。一目惚れして、そのあと世さんの風邪の看病をしていたとき明確に恋愛感情を自覚しました」

驚愕を超えてパニックに陥った。

「かん……看病って、おまえおかしいよ、あの日は迷惑しかかけてないだろうが」

社会人の大人のくせに道で倒れていたところをおぶって家まで運んでもらい、着替えを手伝わせたり、必要な水分やゼリー飲料を買いにいかせたりした挙げ句の果てに、男の上司に失恋したんだと泣き言まで聞かせて、しまいには翌朝雑炊を作らせた。

「あれの、どこを、どう間違ったら、恋愛になるんだよっ」

「あなただったんだと理解したんですよ。俺の心も欲望も、世さんにしか動かなかったから」

酒のせいなのかなんなのか、目眩がしたからソファの肘かけに寄りかかって両手で顔を覆った。脳みそを掻きまわされているみたいにくらくらする……。

「神さま、この子おかしいです……もっとまともな恋愛させてあげてください……」

「天使って神のつかいだとか言うじゃないですか。でも俺にはあなたが神で天使ですよ」

指をずらして真人の横顔を見返したら、腿に腕をおいた猫背の姿勢でねぎま串を食べている。かたい表情で、極々冷静に串焼きたちを眺めているが、こっちは見ようとしない。

横からずずずと近づいて右手の人さし指で頬をつついてやったら、目だけでじろと俺を見た。

「……なんですか」

「……照れてるだろ」

「まあ……とうとう言ってしまったなとは思いました」

「〝天使〟って……？」

「はい。正確には大天使です」

だい、てんし……おれが、だいてんし……！　言葉の魔法が強すぎて自分のひ弱な身体に本当に力が宿ったような錯覚をした。むくむくと力が漲ってくる。

「すごい、真人、俺いまならきっと世界の人々を幸せにできるぞっ……」

「さっさと正気に戻ってください」

「天使さまになんて口の利きかたするんだ、おまえはっ」

「……言うんじゃなかった」

胸が弾んで大笑いしてとまらなくて、真人の右腕に寄りかかって笑い続けた。

「嬉しい。嬉しいなー……俺この顔で生まれてきてよかったなあ～……」

「ちゃんと聞いてました？　顔だけで惚れたわけじゃないですからね」

「だとしたらさ、真人って世話のかかる奴が好きなの？　雑炊作ってくれて、朝晩の食事も用意してやるって言ってくれたのもあの日だよね」

真人がせせり串をとって、右腕を俺の背中へまわして支えながら口もとへ寄せてきた。真剣な目をしている。さっきのあ～んのお返しか、と納得して俺もせせりを真人の手から食べる。

「世さん」と至近距離で呼ばれた。

「もうひとつ暴露しますけど、俺あの日が初めてです。料理したの」

頭が真っ白になった。数秒かけてゆっくり現実に色が戻ってくる。

「――え⁉　嘘だ、だって美味しかったし、料理好きって、」

「俺、基本的に人間が嫌いなんですよ。恋愛もあなたが初恋です。料理もあなたのためだから勉強して作り始めました。ほかの人間とは必要ない限り話もしたくない」

……せせりのやわらかい食感とタレの味が舌の上で転がっている。真人の目は憤怒も浮かぶ真面目さで、この言葉が真実だと訴えている。

「人間、嫌いは、聞いて知ってたけど……そこまで心の壁が厚いタイプだったのか」

「そうですよ。だから世話好きではありません。あなたの世話だからするし、したいんです」

誰にでも好かれて大事なひとのために心を乱せる戸川と、他人を拒絶して俺だけを大天使だと崇めている真人は、まったく異なる人間だった。歳下の可愛いイケメンたち、なんて一括りにできるはずもない。やっぱり個々に全然違う性格と性質を持っているのだ。

「一応、最低限の社交性は持ちあわせているので安心してください」

真人がまた俺の口にせせり串を寄せてきて、されるがままにかぶりついて口に入れたら、俺の背から手をおろして正面にむきなおった。

「……なんか、さっきから真人格好よくないか」

「はい？」

「誘惑しにきたのは俺なのに圧されて負け続けてる」

隠し事が多くて、それが全部数年越しの口説き文句にすりかわっていてまるで敵わない。

悔しくて抗議している俺の横で、真人は悠然とビールを呑んでいる。

「料理ができるように見せながら陰で勉強してたんですよ。格好いいですか」

「格好いい」

「心のなかで天使天使言ってたのも？」

「それは格好いいっていうか嬉しい」

「人間嫌いなのは？」

「真人の特別なんだーって調子乗る」

「……。そうですか」

ビールを置いた真人が両腿に左右の腕をついて頭を垂れ、はあ……、と大きく息を吐いた。

左手で首のうしろをさすりながら沈黙する。やがてしばらくすると半分ふりむいて恨めしげな目で俺を見つめた。

「……はやくあなたにキスしたい」

睨まれているのかと思ったら違った。真人、耳が真っ赤じゃないか……？

「誘惑できた？　いまのなにがツボったんだよっ」

「そうですね、あなたは無自覚なんでしょうけど結構悪魔ですよ」

「ちょっ、天使っつったろうがよっ」

右腕を揺すって抗議しても真人はふらふら揺れるだけで抵抗もしない。

「嫌だ、天使がいい～天使ちゃんにしろよ、天使ちゃんだって言え～……っ」

「……とりあえず帰って寝て酔いを醒ましてきてくれませんかね」

騒いで疲れたからビールを呑んだ。うまい。

「呑むな」

「なあ真人……誘惑ってどうすればいいの」

「は？」

「真人はほんとに俺にメロメロらしいから、話を聞けば聞くほど誘惑方法がわからなくなる。それに身体をつかわない誘惑ってなに？」

がし、と頬を摑んでタコ口にされた。

「あんたが、自分で、言いだしたんだろうがっ……！」

「いだいいだいっ。さ、参考までに、なにか〝これされたら弱っちゃうぞ〟っていうの教えてくださ、性的なの以外でっ……」

悶えていたらいきなり背中を両腕で抱きしめられてきつく縛りあげられた。身体の横幅が数センチ縮まるんじゃないかと恐ろしくなるほど強烈な腕力に、背中が軋む。

「……ひとつだけありますよ。俺が自分の意志を保っていられなくなる世さんの行動」

え……。

「それってなに。って……訊いてもいい？」

真人の腕に圧迫されて喉が詰まって、掠れた息苦しげな声になった。徐々に真人の腕の力がゆるんでいき、覆い包むように抱いて、俺の背中を上から下まで大きすぎる掌で撫でていく。

「――……涙です。あなたに泣かれたら、俺はどんな意志も常識も見失う。あなたのために」

朝食はきゅうりとミョウガと梅肉を混ぜあわせて鰹節をかけた冷や奴と、きのこと小ネギの雑炊だった。

――どうせまた記憶を失くして二日酔いで苦しんでるんだろうと思って、さっぱりした料理にしました。薬もどうぞ。

そこまでひどくはなかったものの微妙に頭痛がしたので、メニューも薬も助かった。

――やっぱり雑炊美味しいよ。最初食べたときも風邪の身体に沁みたな……あれが初めての手料理だったとは思えない。

そうこたえて懐かしんでいたら、

――初めてでしたよ。調理器具も小鍋も、全部買い集めないといけなかったぐらいね。

と、昨夜に続いてまたイケメンエピソードの追い撃ちをくらい、トドメを刺された。

いつも不機嫌そうなのに、ふり返ってみればたしかに真人は想いやりをむけてくれていた。

ナツミちゃんや友だちとも親しそうにしていたから、基本的に気配り上手な面倒見のいい奴なんだろうと勝手に解釈していたけれど違ったらしい。

いままで見聞きしてきた真人の大学生活や親子関係を含むプライベートごと、ごっそり自分一色に塗り変わって、俺が独占できているみたいで嬉しい反面恐ろしくもある。あんなに信心深くて激しいほど一途な男だったんだな。なら泣いてしまえば一発で問題解決なのだろうか。真人の前で、映画やドラマ以外で泣いたことは一度もないんだけど。

「――城島さん、おはようございます」

会社の最寄り駅で電車をおりて改札をでたら、戸川が声をかけてきた。

「あ、おはよう戸川。おまえは今日も朝からイケメンだねえ……」

左側で小首を傾げて微笑んでいる戸川の頬を、ちょうどいいあんばいに朝陽が照らして輪郭を溶かしている。宇宙がイケメンだけに当ててるスポットライトだよ。

「城島さんの褒め言葉って厭味っぽくないですよね」

戸川が右手で口もとを押さえて上品に笑う。

「厭味？」

「はい。〝おまえは顔がいいからなんでも許されるんだろ〟的なこと、学生のころからたまに言われていたので」

戸川の場合、人柄もよすぎるのが影響しているんだろうと想像がつく。

「俺だって妬むよ？　イケメンは悩みの種類が違うなー？　ふふ」

「そうですか？　じゃあ俺が城島さんの厭味だけ気にしてないのか。あ、喜んでるからか」

戸川がわざとらしくすっとぼけた表情をして肩を竦め、にこお、と笑顔を咲かせた。仕事にでればでたで今度はこっちのイケメンに口説かれて、ほんと心臓に悪いったらない。

「ところで城島さん、二十四日の夜って空いてますか」

「二十四って、来月？」

「そう、クリスマスイブです。昨日スケジュール調整してて、城島さん仕事だったでしょう？　俺も出勤するのでそのあと城島さんのおうちで一緒に過ごさせていただけたらと思いまして」

今年のクリスマスは土曜日がイブだ。如何せん年末商戦でうちの会社は繁忙期なので休日出勤が決定したが、恒例のことだからとくに気にならない。

「いいよ」

「え、いいんですか」

「いいよ、なんだよ自分から誘っておいて」

笑ったら、戸川は困惑しながら目線を横に流して「……いえ」と照れた。

「じゃあ、このあいだ約束した手料理をごちそうする件、イブの夜に頑張りますね」

「本当に？　嬉しい、楽しみだな。なに作ってくれるの？　クリスマスっぽいもの？」

戸川の顔を覗きこんだら、ン、と深くうなずいて左手で力強く拳を握った。

「美味しいキッシュとパエリアを作ります。期待しててください」

「するっ。名前だけでもう美味しそうじゃん、明日がイブならいいのになあ」

「さすがに気がはやいですね」

ははは、と戸川が眉をさげて嬉しそうに笑い、俺もほっとして一緒に笑った。

イブまで約一ヶ月。二十四日にどういう店まわりをして何時ごろどこで落ちあうのかはまた後日決めよう、と話して改めて約束をした。

朝から戸川が太陽の下できらきら幸せそうに笑っているのを見ると安心する。これは自分がこいつの教育担当だったからこその、心の癖みたいなものだろうなと納得する。


会社に着くと、年末商戦と春の新商品に関するふたつの会議に出席して、午後から外出した。店員さんと一緒に立ちっぱなしで接客し、自社の商品をひとつでも多くお求めいただくため、笑顔と言葉と心を尽くして努力する。

お客さまと接するのは嫌いじゃないし、俺が担当している店の店員さんもいいひとばかりで余計な気苦労もない。しかし年末商戦を前にすでに大規模なセールが始まっていて、普段以上にお客さまの人数が多いから喉も痛ければ脚もぱんぱんだ。

あと数日で十二月に入ってしまえばプレゼントのためのラッピング依頼も増えて、連日レジが混雑し、惨憺（さんたん）たるありさまになる。

師走辛い、師走怖い……、と鬱々（うつうつ）しつつ疲弊（ひへい）して帰宅したら、「おかえりなさい」と真人がキッチンで料理をしながら迎えてくれた。

「お疲れさまです。今日も酷い顔ですね」

「名誉の負傷だ。今夜は呑んでないぞ」

「ありがたくて涙がでますよ」

そら見ろ、ツンツンツンツンじゃねえか。

「今日は夕飯なに？」

　肉の焼けるいい匂いだけで幸せすぎるけど、近づいて横から真人の手もとを覗きこんだら、カボチャの煮つけの鍋と、豆苗の肉巻きを焼いているフライパンがあった。

「美味そうで目眩がする」

「このほかにホッケとゴボウサラダと味噌汁もあります」

「あぁ〜……愛してる真人、これがあるから一日頑張れるよ〜……」

　真人の右肩に額をつけて「誘惑誘惑〜」とじゃれついたら、「はいはい」とあしらわれた。

「キスされたくなかったらさっさと着替えてこい天使さま」

「なんだよ、ったく……天使的にはそういうツンツン過多な態度よくないと思いますー」

　睨んで文句を垂れながら寝室のクローゼットへむかう。

「キスしたいって言ってるのにどこがツンなんだよ」

「その〝だよ〟みたいな言動ダヨ」

「キスさせてくださいい天使さま」

「だめ」

「殴るぞ」

「あーツンツンキング怖いぃ」

　真人がキッチンの前で吹きだして、俺もつられて笑いながら寝室へ入って着替えた。

　真人の夕飯は相変わらず真人の優しい味がして美味しい。ふっくら焼けたホッケの干物、ほろほろの甘いカボチャの煮つけ、塩こしょうでシンプルな味の豆苗の肉巻き、大根の味噌汁。

箸を入れて、俺もひとつまみいただく。

「美味しい、生き返るっ」

「今日も忙しかったんですか。毎年この時期は大変そうですよね」

「そうだね……年末商戦も控えてるからな」

「商戦か。会社員は楽じゃないですね」

真人がホッケの骨を尻尾のほうから綺麗にとり除いて皿の横に置く。まるだしになった身に箸を入れて、俺もひとつまみいただく。

「真人も来年から就活するんでしょう？」

「しませんね」

「え、しないの」

真人もホッケの白い身をとって口に入れた。薄い唇の奥で、もくもくと咀嚼している。

「俺はこのまま大学に残ろうと思ってます」

「博士号を取得していずれ教授になるとか……？」

「どうでしょうね。とりあえず興味のある研究を続けられればいいなと思っていますが」

箸をとめて、正面にいる真人の姿に見入ってしまった。真人は視線をテーブルの上のゴボウサラダにさげて見つめながらとって口内に運び、茶碗を持ってご飯もひとくち食べる。ふと、目を上むかせて俺を見返す。

「……どうしたんですか」

「や……なんか、准教授とか教授の真人、ものすごくすんなり想像できるから」

生徒を相手に授業をしながら、研究に没頭する真人……物理学科で、俺が訊いてもまったく理解できなかった研究をしている真人が、白衣を着て教壇に立つ姿は容易に想像できる。常に厳しい表情で、生徒にも敬遠される気難しげな教授になるんだろうな。生徒たちが羨ましい。俺も真人の講義を受けてみたい。

「真人みたいな一握りの天才が未来を拓いていくんだろうな……尊敬するし格好いいよ」

「会社員が嫌で勉学の世界にひきこもってるだけですよ」

「謙遜するなよ」

「いえ。俺は世さんを見ていて、自分に会社員の才能はないと感じていたんです。実際いくつかのインターンに参加して確信しました。楽しさもやりがいも見いだせなくて怠いだけだった。だから俺には世さんが格好よく見えます」

ははっ、と笑ってしまった。

「そっかー……まあ、ひとにはあう、あわない、があるもんな。真人が格好よくなれる場所は〝こっち〟じゃないのかな。……いや待てよ。オフィスで怠そうにパソコンを打ってる真人も、店で接客して怠そうに愛想笑い浮かべてる真人も格好よくないか？」

「〝怠そう〟ってばれてる時点で社会人として駄目でしょ」

ははは、とまた笑ったら、真人も、ふふ、と笑って味噌汁をすすった。

「真人の成長と未来って未知で、夢にあふれてて、すごく楽しみだなー……」

食事を終えてふたりで食器も洗い終えると「話そう」と真人をソファにひっぱっていった。

「なんですか」

俺も真人の左横に座って、にやりとスマホをとりだす。

『こっちで話そう』

真人はジーンズのポケットで鳴ったスマホを訝りながらとってメッセージと俺を睨み見る。

『声で話せない恥ずかしい話があるんですか』

真人も応じてくれた。

『そういうわけじゃないけど、文字なら誘惑っぽい大胆なことも言えるかもしれないだろ？』

『〝キスしたい〟以上に大胆なことを言わせたいのか』

ふっ、と笑ってしまいながらちょっと考えて返事を打った。

『真人が卑猥なこと言うのって想像できないな』

『声で言ったことありますよ。あなたが忘れているだけで』

『嘘、忘れてる？　いつの話？』

『教えません。忘れたことを反省してください』

横から腕を叩いたら、一瞥もくれずに無視された。

『それより、世さんはどうして横でメッセージをするのが好きなんですか』

『好きっていうか、隣の部屋同士でメッセージすることに違和感があるんだよ。もっと距離があるならまだしも、壁一枚隔てて居るんだから。なにしてるんだろうって笑えない？』

『それで、会えばいい↓恥ずかしいなら文字でいい↓横でメッセージ、になるのも変ですよ』

『流れはおかしくないだろ』

真人が俺を見て、唇をまげながら首を傾げる。そして文字を打つ。

『そうですかね……』

しぐさと文字の同時返信が面白くてくすくす笑ってしまう。

『そういえば今年のクリスマスは真人、どうしてるの』

『忙しいけど夜は家にいますよ』

『じゃあ二十五日一緒に過ごそう。二十四日は俺、戸川と会うから』

また真人の視線を感じて見返したら、じとりと目を細めている。

『お忙しいですね、二股中のかたは』

『誰のせいだよ』

『年末年始はどうするんです』

手をとめて考えた。

真人と出会ってからクリスマスと大晦日は毎年ふたりで過ごしていた。イブの夜には真人が作ってくれたクリスマス料理と俺が選んだケーキを食べて、大晦日はテレビを観ながら真人が茹でてくれた年越しそばを味わい、日づけが変わる前に近所の小さな神社へ初詣にいく。そしておたがい元日に実家へ挨拶にいって、帰ってきたら親にもらったおせちのお裾分けを持ち寄り、食べながらだらだらと正月休みを漫喫する。

三年かけて定着した、俺たちの年末年始だ。

『今年は戸川に誘われたら二日に初詣にいくよ。真人とはいつもどおりで』

『いってらっしゃい』

返ってきたメッセージを読んでから、真人の左側にぴったり寄り添って顔を覗きこんだ。

「いまの声で言って」

　真人はスマホを持つ手も腿に腕をのせた格好もそのままに、目だけ俺にむけて睨んでくる。

「……なんで」

「いいから」

「それはメッセージで話すっていうルールに反してるんじゃないですか」

「いまのは声で聞きたい。聞かせろ」

「本当に悪魔ですね」

「天使ちゃんだ」

　がくり、とうつむいて、真人が「……うまく再現できるかわかりませんよ」と断りを入れてからすうと息を吸った。

「どうぞ初詣でもなんでも楽しんでいってらっしゃい」

　嫉妬に染まった刺々しい、冷淡な物言い。どうしたらこんなに心臓がくすぐったくなる声をだせるんだろう。

「ふふ……セリフ違うし」

　頬までだらしなく蕩けていく。

「にやけるな」

　タコ口攻撃をされた。

「いでえ……」と悶えて笑っていたら、寄せられてふくらんでいた右頬もすばやく嚙られた。

「いたいしキスするな」

「キスではないしあんたが悪い」

　解放されてすぐ、上半身を抱き寄せられて真人の胸に寄り添う体勢にさせられた。真人の腕の輪にやんわり包まれて、頭にゆっくりと、何度もキスをされる。

「……まだ風呂入ってないから臭いよ」

「臭くてもいいです」

「否定して、そこは。もしくは〝世さんはどんなところもいい匂いです〟って言え」

「俺、嘘はつけない質なんですよ」

肘で腹を殴ってやったら、真人は「いっ」と息を詰めて俺の首筋に顔を埋めながら悶えた。

「くくくっ」と俺は笑いを噛み殺す。

「……じゃあ一緒に風呂入って身体を洗ってあげます」

「俺、おまえにされたことは戸川にも許すからな？」

ぱっ、と手を離して放りだされた。笑いを抑えられない。

「真人といると、ほんと、笑うのとまらない……ふふ、楽しすぎる」

「こっちは寿命が減って大変ですよ」

姿勢を正して真人のほうへ上半身を傾け、目をきちんとあわせた。地球どころか宇宙規模の難しすぎる勉強や研究をして、日常的に世界を俯瞰（ふかん）して見ている真人は、将来の夢や生きる道も凡人の俺とは異なっていて、壮大で格好よかった。知らないあいだに成長して、いま以上に大人になって、気づいたら教授や学者になっているんだろう。

「俺、真人があの日の真相を話してくれたら、真人と戸川のどっちかひとりと必ずつきあうよ。でもどうなろうと、真人の人生は隣で見ていたいな。どんな立派な男になるのか、ずっと毎日見ていたい」

真人が瞳をにじませて右手をあげ、イカゲソみたいな指を俺の左頬へ近づけた。触れそうな数センチの隙間を空けて、俺の目もとを親指でなぞるみたいに空気を撫でる。

「……まるで別れの言葉ですね」

「違うだろ」と反射的に声を張りあげていた。

「違うよ。……けどわからないな。そのうち真人が俺のちっぽけさに気づいて捨てたくなるかも。そうしたら俺、いつかこっそり真人教授の講義に潜入するよ。おまえが俺に気づいたら、俺は天使ちゃんフェイスでにこって笑ってやるからさ、安いドラマみたいに、はっ、て講義とめてかたまってよ。で、生徒に〝せんせーどうしたんですかー〟って文句言われててね。感動の再会ってやつ」

俺が座るのは窓辺の席で、天使ちゃんらしく陽射しにきらきら輝いて笑っている。真人は〝先生ってば～〟と生徒に怒られながらも俺から目をそらせない。俺もそんな真人を見て懐かしんで笑い続けている。

「……俺が捨てられて、あなたはべつの男と幸せだからへらへらしているって状況じゃないですか、それ」

「わからない。真人が決めていいよ」

妄想していたらかなり現実感があって、胸の中心がぽつんと冷たくなった。自分から言っておいてばかかも、と苦笑いしていたら、いきなり視界がぶれて、また真人の腕のなかにいた。

「そもそも俺があなたをちっぽけだと思う日は永遠にきません。大天使ですからね」

「生活雑貨をこつこつ売って毎日おなじルーチンでせかせか働いてる凡人会社員だぞ」

「尊敬してるって言ったじゃないですか。人間は自分が簡単にできることほど価値を見失うんです。俺にとって世さんは怪物ですよ。他人と協力して他人を想った商品づくりをして、他人と店頭に立って、他人のために笑顔をふりまいて売っていく。そんな苦行をこなせるあなたは変人だし、気が触れているとしか思えない」

「悪魔とか怪物とかなんだよ、天使ちゃんだろばか」

「あなたに会って仕事の話を聞いたあと、バイトして貯めた金ですこしずつ家具を買いなおしました。あなたの会社の商品にしたかったけどさすがにそれはいやらしいので、あなたの目に適(かな)うようなものを探して揃えたんですよ」

　腰を両腕できつく抱かれながら、「えっ」と声がでた。

「あの、真人の部屋のアイアン家具……？　俺のこと意識してたの？」

「そうです。ソファカバーも、バスタオルやフェイスタオルや、ベッドのカバーやシーツや、小物類も、季節ごとにデザインにこだわって変えています。プロであるあなたに愛想を尽かされないために。そんなせせこましい努力までして、こっちは追いつくのに必死ですよ」

　顔をあげて真人を見たら、鬼の形相をしていて怖かった。たしかに最初はいまほどおしゃれなインテリアじゃなかった。社割をつかうから今後はうちの商品を買ってくれ……、と営業心も喉からでかかったが、胸はどうしようもなく熱く震えて嬉しさで騒いで鼓動していた。

「ありがとう……ふたりで尊敬しあえるのっていいな。へへ」

　ばかっぽい感想で返してしまった、と自分の幼稚さを恥じていたら、口を塞がれて息ができなくなっていた。舌まで一気に掬(すく)われて、呑みこまれそうなほど強く吸いあげられる。

「……キスしないでください、戸川さんとは」

口を離すと、頭を胸に抱えこまれるようにして抱き竦められた。苦しい。真人の胸もとの、匂いが濃い。

「……フェアじゃ、ないだろ」

「いまのキスは戸川さんにはできない。俺だけがあなたにできるキスです。何度したって対等にはならない」

「どんなキスだよ」

額を舐められて、前髪を噛まれた。

「……あなたがいなくなったら生きられない。別れてそんな再会をしたら、講義の声がでなくなるだけじゃ済みません。教授ほど分別のある大人に成長していたとしても泣き崩れる自信があります。あなたが俺のすべてで、人生そのものだっていう……そういうキスです」

言葉が、心臓を直接鷲摑み（わしづか）にして握り潰すような痛みと疼きをふり落としてきた。肩先や、背筋までしびれるぐらい強烈に響いて背中が竦む。

力の入らない両腕をゆるゆるあげて真人の背中を抱き返し、さすった。

「……おまえが泣くのはルール違反だろ」

右のこめかみにもキスをされた。

「泣いてません」

「真人が真相を話してくれれば、その内容次第で真人とつきあうかもしれないだろ。なのに、それでも黙ってるってことは、やっぱり共犯者と一緒に俺が嫌うようなことしたから？」

ここまで泣き縋って俺にしがみつこうとしているのは、よほど凶悪なことをしたからなのか。ならば俺がすべてだとのたまいながら、どこのどいつに飼い慣らされて俺を陥れるための共犯になったんだよ。

「おまえのご主人さまは誰なのか言ってみろよ真人」

身体を捩って真人の拘束から逃れ、顔をあげて睨みつけた。真人は涙目の無表情で洟をすすり、俺を見つめる。

「……AVの陳腐なセリフみたいですね」

ぱん、と背中を平手で力いっぱい叩いてやった。

ブラックフライデーなる数年前から開催されるようになった大セールがようやく終わる。

俺が担当している店舗はすべて昨日の日曜日までだったが、月曜日の今日が最終日だった二課の担当店舗に戸川が応援で駆りだされていた。

『そっちの状況はどう？』

お客さまが押し寄せる最終日とあって店には古坂課長もいる。今日は迎えにいくから一緒にお疲れ会をしよう、とあらかじめ戸川を誘っていた。変なトラブルが起きていなければいいのだが、どうだろう。

『お疲れさまです。あと撤収作業だけです。さすがに疲れました』

メッセージの返信は落ちついている。やっぱり戸川が二度も過ちを犯すことはないかな。

『よく頑張ったね。じゃあ俺は駐車場で待ってるよ』

『寒いから駅の喫茶店にでもいてください、迎えにいきます』

『いや、いい。ちょっと買い物もしたいから』

都内の有名百貨店だ。最寄り駅で電車をおりて徒歩で店に着くと、すでにクリスマスの装飾が施された店内は華やかできらびやかだった。大きなツリーが飾られているクリスマスプレゼントの特設会場をしばらく眺めたあと、裏から入りなおして従業員駐車場へむかう。

出入り口付近にいれば会えるだろうと考えつつ『着いたよ、待ってる』とメッセージを送り、奥の自販機で温かいお茶を買っていたら声が聞こえてきた。

「――もういいだろ、おまえは自分が上に立って会社を支えていきたいって考えてるような、いまどき珍しい若者だろうが。いい加減二課にこい」

「俺を買ってくださっているのは嬉しいです。でも一課にいてもまだ力不足で貢献できていないのに、二課をどうこうするなんて考えられませんよ」

古坂さんと戸川か……？

「おまえもわかってるだろ。二課は社内でも下に見られていて誰も戦力だと思っちゃいない。一課が上で、会社をまわしているのも一課だ。そこで貢献するなんざ、大口叩くもいいところだよ。まずは二課を変えろ。一課と同等か、あるいはもっと上までひっぱりあげて勝つんだ。そして主戦力として業界ごと変えていく。おまえだから期待してるんだぞ」

「すみません、何度も言いますが俺以外をあたってください」

自販機の陰から、ふたりが出入り口のドア横で足をとめてむかいあうのが見える。

「三年目のペーペーがここまで期待されることもねえぞ」

「もちろんそれはありがたいです。でも、」

「オカマの犬のほうがやりがいあるか？　え？」

　マズい、と緊張したが殴り倒す音や呻き声は届かない。息をひそめてうかがうと戸川が古坂さんを黙って見あげている。

「はい」

　それだけ言って出入り口の扉をひらき、駐車場へいってしまった。「待てよ」と古坂さんも追いかけていく。

　困ったな。五分ぐらい待ってからいけば大丈夫か？　とお茶を飲んでいたらスマホが鳴った。戸川からのメッセージだ。

『城島さん、どこですか？』

　そりゃそうなるわな。

『自販機のところにいるよ。ごめんな、さっき古坂さんとの話聞いちゃった。そっちいっても平気？』

　返事を待っていたら、どん、と大きめな音を鳴らして再び出入り口の扉がひらいた。

「城島さんっ」と焦った表情をして戸川が駆け寄ってくる。……そういう子だよね、きみは。

「すみません、気づかなくて。酷い言葉も聞かせて申しわけございませんでした」

「気にしてないし、おまえが言ったわけじゃないだろ」

「言わせたのは俺です。城島さんの耳にまで入っていたのなら殴っておけばよかった」

「いまからでもまだ、」と身を翻そうとしたから、思わず吹きだしながら「いいから」と腕を掴んでとめた。

「ご老人にとっては掘られて悦ぶ男がみんな面白いんだよ。そんなことよりおまえ古坂課長と犬猿の仲かと思ってたのにめちゃくちゃ好かれてるじゃん。ほっとしたよ、よかった」

笑いかけたら直後に一瞬で掻き抱かれた。

身長の違いか、真人より抱きしめられたときの顔の位置が近くて、胸や腹も密着する。柳瀬さんは胸板が厚くてもっと包まれている感覚が強かったな。すこし触れるだけで、みんな違う人間なのだとわかる。

「……俺は、あなたを優しく掘って、悦ばせたい人間ですよ」

「……。おい王子。そのセリフは違うわ」

上半身を離して睨みあげ、「ロマンチックが台無しだろ」と抗議したら、戸川もやっとすこし笑ってくれた。

「じゃあ優しくよしよしさせてください」

もう一度やんわり抱き寄せられて、後頭部を撫でられた。髪をよけて頭皮を右掌でしっかり包みこみながらさすられてくすぐったい。

「……我慢させてすみませんでした。俺の前で笑う必要ありませんから。辛かったり悔しかったりしたら、その気持ちを全部ぶつけてくれていいですからね」

よしよし、と掌から声が聞こえてきそうなゆっくりしたしぐさで頭を撫でられて、取引先の店舗にいるにもかかわらず理性のネジが飛んでいきそうになった。

「よしよし、やばいな」

　戸川の腰を軽く叩いて苦笑しつつ身体を離す。

「じつは新人研修のころからなんですよ。古坂さんに買ってもらってるの」

　車を運転しながら戸川が言った。

「絶対に二課にこいって言ってくれていて、でも俺は一課を希望していて、運よく配属されて……今日みたいに二課の応援にいって一緒に働く機会があると必ずなんです。ああやって執拗（しつよう）に誘ってくる」

「そうだったんだ、全然知らなかったな」

「教えたくありませんでした。古坂課長の大人げない八つ当たりなんでしょうけど、俺を教育してくれた城島さんのことを目の敵（かたき）にしていて言葉を選ばないときがあるので。たぶん、俺が城島さんに懐きすぎたのもあるんですけどね」

「ふうん……」と相づちを打った。戸川は新人研修のころから十年にひとりの逸材という勢いで、訪れる部署すべての上司が『あの子はすごいよ』『噂は本当だったな』『みなさんが褒める意味がわかりました』と称賛していた。

　二課は古坂さんが言っていたとおり〝一課の下の部署〟だと社員も認識していて、たとえば一課顔、二課顔、と裏の差別があるぐらい人材の外見や商才、姿勢も少々劣る。そこへ戸川が放りこまれれば、砂漠の真んなかに大輪の花が咲くのも同然だ。一課にとっても脅威になるに違いない。古坂さんが喉から手がでるほど欲しがるのも当然と言える。

俺も戸川の教育をまかされたとき鼻が高かったものだ。上司たちが褒め称える新人を、うちの部署で、俺が教育担当として独占しながら指導する――柳瀬さんと別れたあとだったのもあって、戸川がいてくれたおかげで自信をとり戻せたし、仕事へのやりがいも再び見いだせた。

戸川だから、俺は矜持と存在価値を得て〝先輩〟と呼ばれても恥ずかしくない自分へ成長できたのだ。

「すみません城島さん」

「なにが？」

「俺は古坂課長に好かれて、驕っているというか……噛みついても許されるってわかっていたんですよ。柳瀬さんも古坂さんに謝罪してくれたそうですけど、『なにも気にしてなかったよ。おまえほんと好かれてるね』って笑われて終わりでした」

「柳瀬さんも古坂さんの気持ち知ってるの？」

「そりゃ、はい。古坂さんが柳瀬さんに〝戸川よこせ〟ってしょっちゅう言ってるので」

車は両側に明るい外灯が輝く首都高を走り続けている。時期や時間が悪く時折渋滞にはまるものの比較的スムーズにすすんで、一定間隔に外灯の光を越えていく。

「……教育担当なのに、俺だけハブだったんだな。それちょっと拗ねるわ」

もやもやした胸のうちを正直に吐露したら、戸川が横で小さく吹いた。

「いや、でも城島さんだけが知ってるでしょ、俺が古坂さん大嫌いなこと。二課をどうこう言う前に、あのひとの人間性が生理的に無理なんですよ。だからわざわざ〝好かれてるけど転属する気はないですよ〟なんて言わなくていいかと思っていたら今日まで経っていました」

まあ言われてみればたしかに、他部署の苦手な上司に好かれている自慢をなんのきっかけもなしに報告するのは難しいとわかるけど。

「じゃあついでに俺も、戸川とこれからも一緒に一課で仕事したいって言っておくよ。戸川が二課にいったら営業部自体が活気づいて、会社により貢献できるのは目に見えてる。だから本当にそんな話があるなら俺の我が儘でしかないいんだけど、いままでどおり一緒に働きたい」

前をむいたまま微笑んだ戸川が、俺の右手を握りしめて、二秒ほど時間をとめてからハンドルを摑みなおした。

「城島さんに求めてもらえるのがいちばんの幸せです」

ミラーを見ながら戸川は車線変更して、「城島さん」と声色も明るい彩りに変える。

「夕飯の前に寄り道していきましょう。ずっと話したいこともあったので」

美しくて巨大なレインボーブリッジを渡って、ベイブリッジを眺めながら戸川が連れてきてくれたのは大黒パーキングエリアだった。

「せっかくなのでたまには俺のイケメンさがちゃんと映える場所でデートしたかったんです」

ふふん、と冗談めかして胸を張り、瞳に夜の光をにじませて微笑む。

「うん、本当に映えてるからすごいよ戸川」

ベイブリッジと海のそばにある大黒パーキングエリアは頭上を這う美しいジャンクションが見られる。円形にカーブして重なりあうジャンクションを夜は外灯の光が照らしていて、その荘厳さと造形美に圧倒されるほどだ。

太陽光に照る戸川も眩しいけれど、夜景を背負って輝く戸川もまた格別に格好よくて目が溶けていくんじゃないかと思う。

「城島さんって狡いひとですよね」

「なんでだよ」

コートを羽織ってふたりで移動し、戸川にカップの温かな紅茶をおごってもらって二階の広場へいった。端の奥まった休憩スペースからは正面に駐車場とジャンクションを見渡せる。

「あのあと捜索に進展はありましたか」

「ああ……うん。まだ微妙かな。真人は共犯者がいるとかなんとか言ったきりなにも話してくれないし」

「なるほど。俺が苦言を呈(てい)しても変化なしでしたか」

戸川は走行音を響かせるまばゆいジャンクションと、白線に沿って車が整然と並ぶ駐車場と、空へむけて立つ照明灯を眺めて左横でコーヒーをすする。夜風に淡く潮の匂いを感じる。

「城島さんには秘密にしていたんですけど、俺、性格もイケメンなんですよ」

「え？」

「頭もいいので、いま自分が間男のポジションにいるのも薄々気づいています」

戸川の手にあるカップから白い湯気が浮かんでいた。

「だって城島さん、あのとき俺を一度も見ませんでしたよね。真っ先に彼を庇って、彼の表情をうかがって、彼が傷つくことだけを恐れてた」

「それは、あの状況が、」

「イケメンの俺としては間男っていう役柄が不満です。主人公の恋人が無理ならせめて舞台を去るまで完璧なイケメンでいたいんですよ。だから考えていました。〝城島さんはマコト君が好きなんですよ〟って教えてあげればいいのか、わざと波風を立ててふたりが結ばれるように仕向けてから去ればいいのか。城島さんはどっちがいいですか」

俺を見返そうとしない戸川の横顔は、ひどく穏やかに、甘やかに微笑んでいる。仕事で見せるのとおなじ繕ったものなのか、悲哀を必死に抑えこんだものなのか……わからない。

「……早計だよ。俺は戸川もちゃんと好きだから」

「そうですか。でも普通は恋している相手を格好いいとか愛しいとか想うと心臓も反応するんですよ。城島さんはさっきも平然と俺を〝映えてる〟って褒めてくれましたね。彼に対してはもっと感情が乱れるんじゃないですか?」

ぎく、と戦慄(おのの)いて、心臓が反応した。

「いや、抱きしめられて顔が近いなと思ったし、よしよしも嬉しかったし、会えば必ず見惚れるし、」

「必死ですね、可愛い後輩を傷つけないために」

呼吸と一緒に言葉も詰まる。

「城島さんが俺をキープしたのは、下手に傷つけて仕事に支障がでたら困るって考えたからでしょう。社会にでて三年も経てばそれぐらいわかります。城島さんと彼の三年が、俺との三年より濃密だったのも彼の言葉を聞けばわかる。そして城島さんは彼の存在に『癒やされている』とも言いました。俺が望んだ場所に、彼はとっくに居座っていたんです」

手もとにある紅茶のカップを見おろして奥歯を噛んだ。自分の言葉の無力さが歯がゆくて苦しいうえに、知らずにいた戸川の感情を一気に投げこまれて頭の処理も追いつかない。

「それで最初の質問に戻りますけど、城島さんはどの俺が欲しいですか」

戸川が身体ごと俺にむきあって、橙色に輝くジャンクションを背景に瞳を揺らした。

こたえられるはずもない。なぜならそのどちらも、戸川はすでに実行してしまっている。

「俺、怒ってますからね」

戸川が上半身を傾げて、俺の額に自分の額をこつ、とぶつけた。

「……大人でしょう？　俺が城島さんを好きだって知る前に自分の恋心ぐらい気づいておいてくださいよ」

視界の先でぼやける戸川の唇が切なげな囁きをこぼし、右手が俺の左頬をそっと覆った。

「キープは解除してあげます。でも罰として、俺の気持ちにはちゃんと答えをだしてください。〝戸川も好きだけど〟とか〝戸川は俺がいなくても大丈夫〟とかふざけた文句は却下します。俺が納得のいくふりかたをしてくださいね」

……左頬が戸川の掌の熱と、皮膚(ひふ)の厚い感触に包まれている。

おしまいを決められてしまった。俺はまだなにも、どこにもたどり着いていないのに、俺を好きだと言ってくれる相手はみんな勝手に自分で終わりを決めて去っていく。

頭のいいイケメンは全員こうなのか。柳瀬さんも〝面倒くさがり屋は仕事ができる〟と言っていた。だらだら答えをひきのばす無駄な駆け引きや、衝突や嫉妬や喧嘩は、機転を利かせて綺麗になにもかも事前回避か。立ち上がれなくなるほど傷つけあう前に、格好よくスマートに身を退いて危機も回避？　相手の心を慮って自分の本音など一切言わず、極力円満におたがい優しさを与えあえる距離で、器用に笑顔で別れましょうって……？

　ふざけるな。

「……イケメンはみんな恋愛がうまくて感心するよ」

　戸川の手から逃れ、カップに口をつけて紅茶を飲んだ。パーキングを囲むようにカーブしているジャンクションを見あげ、複雑にうねっていても美しく整っているさまが自分たちの関係みたいだな、と息を吐き捨てる。

「うちの両親は俺が子どものころ毎日喧嘩してたさ。いまだにああいうの見るの苦手なんだよ。会社の会議なんかで意見をぶつけあうのは全然いいよ。ただ、こう……相手の人格否定とか、欠点潰しみたいな、精神を口撃する言いあいが辛い。トラウマだとか簡単に言いたくないけど、母親がずっと俺に罪悪感を持ってるのも嫌なのかもね。傷つけられる側の顔色ばっかりうかがってるのはそういうことかも」

　戸川の視線を左側のこめかみに感じた。でも戸川は黙って俺の隣に寄り添い、おなじように正面の景色へむかいあう。

「キープっていう関係を頼んだ理由は戸川の言うとおりだと思う。戸川とはどうしても仕事が絡むから、恋愛だけですべてを決めることはできない。でも自分の欲も自覚してたよ。戸川も自分も傷つく結論はだしたくないって。俺にそんな器用な真似できるはずもないのにな」

　舌の上を苦く刺すものが紅茶の茶葉の余韻なのか、苛立ちが起こす錯覚なのか。俺にはなにもわからない。

「本音言っていいならおまえからキープ解除してもらってよかったよ。真人といても頭の隅で戸川に対する罪悪感が燻（くすぶ）ってて、平等に接しなくちゃいけない恐れがあったし、いずれつきあうならどっちだろうって無意識に比較してたしさ。誠実にしようとしても全部不誠実になる。優しくしたいし大事にしたいのに、それが不誠実ってどうすればいいんだよ。本当に辛い」

　左上でトラックや乗用車が轟音を響かせて走り抜けていく。ひとつもロマンチックな場面じゃねえからいくらでも騒げよ。それにこんなふざけた話、映画にもドラマにもなりやしない。

　悪いのは、傷つけたのは、行動を見誤ったのは俺なのに、ひとことも責めたり罵倒（ばとう）したり傷つけ返したりするでもなく不平不満はひた隠しにして、こんな最低でクソな俺のために笑顔で格好つけて去っていくってあほだろ。あほだよ。……あほでしかない。

「なあ戸川」

　ふりむいて戸川を見あげたら、戸川もこちらをむいた。眉間に小さくしわを寄せて遠くのものを見るような表情をしている。

「俺はばかだしイケメンでもないから教えろよ。泥臭い本心をひとつも言わずににこにこ笑顔繕って相手の幸せが自分の幸せですよみたいな優等生の言葉並べて颯爽（さっそう）と去るイケメンって、本人は本当に幸せなの？」

　柳瀬さんは。

　おまえは。

　それが本当に幸せなのか。

「恋愛に上手ってあるの。それどうやるの」

一緒にいたかった。なのに傍にいたら自分の想いを疑って辛かった。優しく撫でたかった。でも自分を撫でているみたいで気持ち悪かった。恋してもらって嬉しかった。だけど自分は愛が足りない気がして苦しかった。温かな言葉を言いたかった。その言葉で何度も傷つけた。笑いかけてもらって幸せだった。無理に笑わせていたと知ったときには遅かった。耳たぶを触るのが好きだった。痛いと叱られるのが楽しかった。二度と触れなくなった。ずっと抱きあいたかったのに、最後の最後にそうしながら傷つけあった。死ぬほど辛かった。それでも忘れられない。後悔できない。捨てられない。会えてよかったとしか想えない。いまも。ずっと。会うたび死にたくなっても。

「俺は恋愛しても傷つけあうことしかできない。だから嫌いなんだよ」

視界の右側で真っ白く煌々と光を放っている照明灯が目に痛かった。

純白で綺麗できらきら光るものは凝視しすぎると痛い。柳瀬さんも戸川も痛い。そうだよ、真人は必死で弱々しくて不器用で泥臭くて、自分と似ているから痛くないよ。ばか言いあえて楽しいよ。俺のだらしないところもダサいところも全部、うんざりしながら笑ってくれるから救われるよ。そういやあいつが最初に話しかけてきてくれたのも月が明るい夜でしたね、それそれ、月みたいなよく知ってるにぶい明るさだからなじむんでしょうよ。だからなんだよ。

真人と生きれば幸せになれるって、なんでおまえが決めつけて優しく笑ってるんだよ。おまえは俺を狡猾で愚鈍な人間だって責めて罵って踏みつけて嫌わなくちゃいけないんだよ。

「……城島さんは本当に優しいひとですね。泣いてくれてありがとうございます」

左側から視界を覆われて暗くなり、戸川の右手だとわかったときには頬をこすられていた。

「イケメン戸川は最後に花を持たせていただいて大満足です」

喉で笑う声も聞こえてきて、「笑うな」と手を払い除けたらもっと笑われた。

「嫌だ、俺は玉の輿に乗るんだよっ……」

「それ俺のことですか？　うちの会社は大手ではないので出世できたとしてもたいした贅沢はさせてあげられませんよ」

「世界に数少ないイケメンを彼氏にして、自慢してまわってやるっ」

「まあそれはマコト君でもできますから。残念ながら俺には劣りますけど」

「辛いことがあるたびによしよしされにいくんだ……」

「それぐらいは後輩でもします。力不足だとしても癒やさせてください、城島先輩」

世さん、と呼ばせてあげられたのは一度だけだった。

あのとき俺が真人を責める戸川を恐れて、怯えて見返すことができなかったから？

真人に感じる色気を戸川に感じられなかったから？

城島さん、の距離のまま恋愛の話などほとんどできもしないうちにこんなふうにまた終わっていくのか。終わらせたのか、俺が。

「イブの約束は反故（ほご）にするなよ」

憤って詰ると、戸川は眉をさげて楽しげに苦笑した。

「もちろんです。でもその日はふらないでくださいね。毎年ふり返るであろうイケメンのイブに辛い想い出があるのは困りますから」

最後だとあらかじめわかっている幸福な一夜——またなのか、と愕然としたけどうなずいた。俺の〝恋愛のようなもの〟は、いつもこうして終わる宿命らしい。でもふたりで寂しいのならそれはやっぱり幸せな気がしてしまうから、恋愛のこういう不可解な矛盾が憎くて……本当に嫌いだ。


地面を踏み潰すように歩きながらアパートの階段をあがった。

——城島さんってたまに他人のために本人以上に傷つきますよね。

食事中も終始うつむいて鬱々していた俺を見て、戸川はくすくす笑い続けていた。

——……そういうところが先輩としても、ひととしても愛おしいです。

なんでイケメン共は揃いも揃って別れたとたん〝好き〟だの〝愛しい〟だの堂々と余裕綽々に言うようになるんだ。世界にはイケメンだけに配布されているイケメン失恋マニュアルがあるのか？

そして俺はどうして戸川が笑ってくれているあんなときまで『なんで恋愛嫌いなのに映画は簡単に泣くんですか』と言った真人の言葉を思い出したんだよ。クソ野郎すぎるんだよちくしょうが。

——大丈夫ですよ。俺は城島さんを好きだと気づいたのがごく最近なので、傷も浅いです。むしろ、いまのうちに身を退いておきたいっていうのが俺の本心で……泥臭い本音を言えっていうなら、本気になって立ちなおれなくなる前に後輩に戻らせてほしいんですよ。会社の先輩だっていう理性は俺にもありますしね。でもマコト君は違うでしょう。

玄関扉の前に立ってコートのポケットからだした鍵を憎々しくさしこんだ。

——しかしわからないですよね。マコト君はあんな言葉が言えるほど城島さんを想っているのに、なんで強姦みたいなことをしたんだろう。三年も食事を作り続けていて最近恋心に気づいたってこともないはずで、でも告白もしてこなかったんですよね？　秘密にしていた彼が、いきなり襲った理由は？　それこそ誠実なのか臆病なのか非道なのかまったくわからない。

鍵があいた瞬間苛立ちが頂点に達して隣の部屋の玄関扉をガンと蹴ってから部屋に入った。

おまえがとっとと正直にすべての真相を話していれば戸川をあんなふうに傷つけずにすんだかもしれないのに。

だいたい強姦ってなんなんだよ。ずっと好きだったたっていうなら告白してくるのが道理だろ。どこに頭ぶつけて狂ったら酔っ払った俺をレイプしようって発想になるんだ、ばか野郎が。

あんなきっかけじゃなければ戸川も柳瀬さんも巻きこまずに終えられた。

大人同士、話しあいで、俺と真人のあいだの恋愛として、このアパートの小さな空間だけでなにもかも解決することができたのに。

「——世さん？　いまぶつかりました？」

玄関で立ち尽くしていたらチャイムが鳴った。

「また酔っ払ってるんですか」

「うるせえクソばか！」

「は？」

「くるな強姦魔が！」

怒鳴り返したらしずかになった。暗闇に目が慣れてきて、暗い玄関のたたきと自分の靴のつま先がぼやけて浮かんでくる。

「……なにかあったんですか」

「話したくない。だから帰れ」

「……。メッセージならこたえてくれますか」

「ない」

またしばらく沈黙があった。

「……さっき車で帰ってきましたよね。ここまで送ってくれたのは柳瀬さんですか。それとも戸川さん？」

閑静な住宅街ってのは鉄筋コンクリート造でもどんな音も筒抜けだな。

「戸川だよ。おまえのせいだ。おまえのせいで傷つけた。おまえなんか嫌いだ」

嫌い、という言葉に反応して心臓が痛んだ。ちゃんと反応しているのに、依然としてばかな俺は戸川か真人か、誰のためにこのポンコツ心臓が縮んで痛んでいるのかわかりゃしない。

「戸川さんと別れたんですね」

「話したくないって言ってるだろ」

「それでいいんですよ」

「はあ？　おまえ何様だよ」

「いいんです。あなたが好きなのは俺だから」

バン、と玄関扉を殴ってやった。

黙れふざけんな。戸川もおまえも、なんで俺の恋愛を俺より知ったふうに語りやがるんだ。

「自惚れてんじゃねえ、俺はおまえにそんなこと言った記憶ひとつもねえよ」

「ええ、腹が立ちます」

「苛ついてんのはこっちだ！」

鍵をさしこまれて、外側からあけられる気配があったから咄嗟に摑んでガードした。

「帰れって言ってるだろ⁉」

「話をしましょう」

ノブをひっぱられて、両手で摑んで思いきり力をこめて押さえる。

「嫌だ、もう疲れた、今日は寝る」

「じゃあ明日」

「嫌だっ、おまえの顔見たくない」

「世さん、」

「あの日の真相を話せよ！　好きだとかどうとか恋愛の話はもううんざりなんだよ、おまえは真相を全部話して自分の責任を果たせや‼　それ以外の戯れ言はもうなにも聞かない‼」

酒を吞んでいない頭に、これ以上は近所迷惑だという冷静な思考が過る。鍵をかけなおして呼吸を整え、外の静寂と、ノブの落ちつきを確認しながら唾を吞む。

……諦めて帰るか？　と、隣の部屋の扉がひらく音を待って耳を澄ましていたら「世さん」と呼ばれた。

「じゃあひとつだけ言うからそこからは自分で考えてください。――共犯者はあなたです」

6　戸川仁の恋

去年の夏だった。一泊二日の社員旅行の夜、城島さんを好きだと想った。

「――戸川、見て見て」

沖縄の美しい海辺でバーベキューをしていたとき、城島さんはほかの社員と一緒に花火を持って遊び始め、俺を呼んだ。

「うわ～花火なんてひさびさだわ。なんかすごい、童心に帰るーっ」

薄暗くなってきた薄明の海空の下で両手に三色花火を持った城島さんが笑いながらくるくるまわり、そんな自分がおかしいのか、照れたようすでばか笑いをする。

「子どものころ花火持つとふりまわす奴いなかった？　いたよな？　大人に〝危ないぞ〟って怒られてもはしゃいでる奴。あ～、でもいまその気持ちわかるかも。はははっ」

「くるくる～」と言いながら、城島さんも火花が噴きだす細い棒を慎重にまわした。

炎の光が青、赤、と色を変えながら城島さんの姿をぼんやり浮かばせて、円を描いていく。

息を呑むほど綺麗だった。

「城島さん、俺、花火文字を撮影できるカメラアプリ持ってるんで撮りますよ」

声をかけたら、潮風に髪を掻きまわされながら「え～？」とまた笑った。

「すごい、最近の子ってそういうの普通に入れてるの？　それとも戸川がイケメンだから？」

前の彼女の影響だ、と言うのはなんとなく憚られた。

「イケメンだからです」

花火を持った城島さんが近づいてきて俺の脚を蹴り、拗ねた顔をして吹いた。

そして新しい花火を持った城島さんは、海の波に追いかけられながら大笑いしつつ俺の正面に立った。

「うまく撮れよー？」

「イケメンに失敗はありません」

潮の香りと海の波音。大黒パーキングエリアもほんのすこしあの日とおなじ匂いがする。

「せーの」

シャッタースピードを遅く設定して撮れるアプリはゆっくり景色を刻みつけて画像にする。

城島さんの手が下から上へ大きくあがって山をつくり、再び下がっていく。そして撮れたのはピンク色をしたハート型の炎の光だった。

「素敵に撮れたかー？」

月に輝く海の水面を背景に、城島さんが綺麗に可愛らしく小首を傾げて微笑んでいた。

「……城島さん、悪いひとですね」

「え、なんてー？」

よれたハートの火花は炎と光を弾いて城島さんの笑顔と一緒に画像の中心でまばゆい輝きを放っていた。

あのハートの炎に、イケメン戸川はあっさり落ちていたんです。

新人研修で各部署をまわっていた半年のあいだ、城島さんの噂はよく耳にしました。『あのひとゲイだから気をつけろよ』と嗤うひともいれば、『ゲイって女のうちらには無害だからいいよね』と他人事として捉えているひともいたし、『同性愛者なんていまどき珍しくなくない？』と受け容れているひともいた。どんなかたちであれ、城島さんは社員の心になにかしらの影響を残す、目をそらせない存在であるらしいとわかりました。

そして一課に配属されて、城島さんが俺の教育を担当してくれることになった。

本人はどんなひとなんだろうと、最初こそようすをうかがいながら接していましたが、その人柄に惹かれるまで時間はかからなかった。

俺、本当は仕事大嫌いなんですよ。生きるためにしかたなくこなしているのであって、毎日さっさと帰って家でゲームでもして寝たい。酒を片手に映画観て夜更かししていたい。

満員電車に詰めこまれて会社へいってへらへら笑って疲れてまた電車乗って帰るルーチンに飽き飽きする。狭い空間でおなじルートを往き来して他人に媚び諂って人生を生き潰すだけの日々に、虚しさを覚える。このまま歳をとって死ぬために生まれてきたのなら、明日死んでもいいんじゃないかとすら思う。

その狭く空虚なうんざりする世界で、城島さんはただひとりの俺の眩しい火花でした。

仕事やウザい上司が大嫌いな俺の、イケメンではない面を見ても、城島さんはいつも笑ってなだめてくれました。

「……いまのままでいいよ。不満があるっていうのはおまえが本気でむきあってる証拠だよ。大嫌いって言ってる時点で真面目に努力してる証しなの。おまえのどこが怠惰なのか俺は全然わからないな。偉いなー、優秀ですごいイケメンだなー、っていつも思ってるからさ」

憎くて辛くて、男のくせに泣いて嘆く夜、目の前にいてくれたのもあなただった。

「泣くほど大事なものって俺にはあるかな……戸川は本当に努力家で格好いいな」

城島さんがいなかったら会社もとっくに辞めていたと思います。俺、自分が他人より器用で有能なのは知っているので、もっとべつの楽しい生きかたも探せばあると思いますし。

ただ、どんなに驕り高ぶってもまだまだ足りない社会人としての経験を、城島さんのもとで積み重ねて身につけたかった。ほかの誰でもない、あなたがよかった。

恋をしていました。あなたが抱かれた一夜の事件がきっかけだとか、まだ傷は浅いから離れたいとか、たくさん嘘をついてすみません。でもイケメンらしく身を退けて満足です。それは本当です。

「……大人だろうと子どもだろうと、俺はこのひとが望む人間でいる。それだけです」

悔しかったんです。俺はあんなこと言えません。城島さんが望む人間でいるとは言えない。だって城島さんの前でだらしない姿を晒して、素の自分を一方的に押しつけ続けていたのは俺のほうで、俺だけだったから。城島さんは俺の前でずっと頼りがいがあって手の届かない、〝城島先輩〟だったから。

教えてください。城島さんはどんな俺でいてほしかったんですか。どんな俺なら欲しがってくれましたか。俺にはわからないんです。なにかを望んでもらえる男になれなかったんです。どう出会いなおせば、どう生まれなおせば、あなたを癒やせる男になれたんだろう。

「城島さんは彼のなにを気に入っているんですか」

「気に入ってるって言いかたはあれだけど……料理と存在感かな」

「存在感？」

「食事しながら他愛ない話にもつきあってもらってるから、癒やされてる」

俺が欲しいものや願うものをマコト君は全部持っていた。

優秀だと持ちあげられ続けているイケメンの敗北感はものすごいんですよ。でも好きなひとの目にうつる姿はイケメンのままで居続けたいので、負け戦はしません。あなたに泣き縋る、格好悪い俺を見せてあげられなくてごめんなさい。

一度でいいからあなたに〝仁〟と名前で呼ばれてみたかった。なにも返せていないのに請い願うばかりだから駄目なんですよね。イケメンでも、中身が残念な駄々っ子の子どもで恥ずかしいです。

教えてあげます。優等生になるのは、これまでが不良だったからですよ。

マコト君と幸せになってください。俺には残念ながらあなたを幸せにする力が足りないので俺の想いも彼に託します。

寂しいけど、あなたがマコト君とメッセージをしていたときに浮かべた笑顔が好きでした。だから泣いたとしても泣けることが幸せだと想える日々を生きてください。

たまにのろけてもいいですよ。気をつかわれるほうが嫌ですし、俺にも幸せそうな可愛い笑顔を見せてほしいから。でもすみません。俺はもうあなたの前で泣いてあげません。大人になっても青春はあるんだとあなたのおかげで知りました。ありがとうございました、大好きです。忘れません。幸せな恋でした、城島先輩——。

7　身体が磁石になってくっついて一生離れない呪いにかかればいいのに

……全然眠れなかった。

寝室のドア越しに、キッチンのほうからフライパンの油が弾ける音や、包丁がまな板を叩く音が響いている。

朝陽に瞼と眼球を焼かれながら、寝不足で痛む頭を傾けられずに茫然と薄目で現実を見まわしていると、いい加減起きないとな、と社会人の意識も目覚めてきた。

背中が軋んで、上半身を起こすのも辛い。なんとか両脚を投げだしてベッドの横に腰かけ、猫背の体勢で後頭部の髪を掻く。

いかなければいけないし、いきたい気持ちもあるのだけれど、心臓がドアのむこうの圧力に竦んで足を動かしてくれない。

令和って嫌なこと全部から逃げていい新時代なんじゃないの？　……ああでも逃げたいのは真人からじゃなくて自分からなんだった。それじゃいつまでグズってても堂々巡りだよな。

ベッドに手をついて勢いをつけて立ちあがり、ドアに近づいて押しあけた。

「——……おはよう真人」

真人はフライパンを揺すりながら背中をむけて立っている。

「おはようございます」

声の微妙な低音とふりむかない態度だけで、三年分の行動データが〝不機嫌そうだ〟と教えてくる。下手に刺激せずにまずは顔を洗って食事の準備をするべき、と適切な対応も瞬時に抽出できるので、そそくさ横を通りすぎて洗面所へ入った。

「……なに怯えてるんですか」

ダイニングに戻って椅子に腰かけたら、真人が俺の前にオムレツとサラダのプレートを置きながら指摘してきた。……真人の脳内にも、三年分の俺の喜怒哀楽べつ行動パターンデータが入っているんだった。

「……怖いのは真人じゃないよ」

真人を通して見えてくるであろう自分が怖い。

ふっくらふくらんでいる黄色くて温かそうなオムレツと赤く艶めくトマトとレタスのサラダを見つめて、自分の情けなさをため息に変えた。

焼き鮭とほうれん草の味噌汁とご飯も並べると真人も正面に腰をおろして、ふたりで「いただきます」と食事を始める。

「……まず、昨日は騒いで申しわけございませんでした」

箸を持つ前に頭をさげたら、味噌汁をすすった真人がそれをおろして頭をふった。

「いえ、俺もすみませんでした。また世さんが酔って倒れているのかと心配だったんです」

我ながら思い当たる〝また〟の多さが恥ずかしい。

「本当にごめん。酔ってはなかったよ。すこし話したけど……戸川にキープを解除してあげるって言わせて真人に八つ当たりした。おまえが全部のきっかけをつくって、みんなを巻きこんで傷つけてるんだ、って暴走したんだよ。だけど悪いのは俺だったんだよな」

真人が手をとめて、落ちついた瞳で俺をまっすぐ捉えている。

「つまり……俺が酔っ払って真人を誘惑して、今回の事件が起きたんだろ？」

自分で言って、改めて声で発して認識すると己のろくでもなさに辟易した。

共犯者が俺なら真人に行為を強要したのも、それを口止めしたのも俺で、柳瀬さんと戸川と真人の全員を巻きこんで迷惑かけた犯人こそ俺自身だったわけだ。どんな真相よりも酷い。

「誘惑ですか」

「……アプリで相手探すより手っとりばやいって考えたのかな。憶えてないからあれだけど、おまえに抱いてくれとかなんとか言って嫌々やらせたのは想像がつく。……本当にごめん」

真人は黙ってご飯茶碗を持ち、オムレツを箸で裂いた。こぼれでるチーズと一緒に口へ入れる。

「そうだとしたらどうして俺はあなたにわざわざ〝犯人を捜してこい〟って要求したんですか。朝から開口一番〝なんで抱かせたんだ〟って怒鳴ればよかったですよね。なぜそうしなかったんです、俺は」

「それは、だから……いまから聞かせてください」

「嫌です」

真正面から顔を凝視して棘のある大きめな声できっぱり断言された。

「理由もわからずに、世さんはなにに謝ったんですか。自分のせいだと言いながら適当もいいところですよね。それが大人の謝罪なんですか」

「詳細は思い出せないけど、すべての元凶が自分だってわかったんだからそりゃ謝るだろ」

「あなたが謝るべきなのは別件です」

「別件っ？　まだあるのかよ！」

頭を抱えて愕然としたら、「冷めますよ」と料理を顎でしめして叱られた。

食欲なんかまるで湧かないけれど、作ってもらった料理まで駄目にするわけにいかないからどうにか手を動かして箸を持ち、まだ稼働していない胃腸に味噌汁をそっと落とす。

「……真人はなんでいつまでもちゃんと教えてくれないの。共犯は俺だってわかったんだからもういいじゃないか。ちゃんと謝罪したいから教えてよ」

「嫌です」

「なんで」

「あなたと約束をしたから」

結局俺か……。

「あー……もう、あの日に戻って自分のことぶん殴ってやりたい」

昨夜大黒パーキングエリアで見た戸川の、微笑みを浮かべる横顔が脳裏を過った。

この事件を発端に俺はすでにひとを傷つけている。目の前にいる真人のことなどそもそもの初めに自分の欲望に従わせて、それを口止めまでして行動を抑制しているらしい。そのせいで戸川に〝恋愛する資格のない最低な人間〟と責めさせて、あんな我慢まで強いた。

「……俺が自分で自分の罪を受けとめて全員に謝罪しなくちゃいけないのはわかるよ。いまの時点で罪悪感も半端ない。だけど酔っ払って失った記憶なんて戻らないし、真人が教えてくれないのも俺のせいだって言われたらもうどうしようもない。……どうすればいいんだよっ」

箸を握りしめて呻いたら、真人が鮭を食べて味噌汁をすすってから手をおろした。

「……世さんの行動は、世さんの心のなかに全部答えがあります。俺はそれに気づいてほしい。自分の心の底を探るか、俺の心を暴くか、どちらか誠心誠意、真剣にしてみてください。件の詳細を思い出せなくても、あなたが自分のした行動と理由に気がついたら、俺も話したいことがあります」

味噌汁のなかで浮かんでいる緑色のほうれん草を見つめていた。

真人の箸がオムレツを裂いて、プレートがかつかつと鳴っている。

「……それ、俺が真人を好きとか……そういうことなの」

オムレツが真人の口に運ばれて、蕩けたチーズがプレートにすこしのびた。

「世さん。泣いたあとは目に濡れタオルを置いて寝てください。そうすれば腫れないから」

無感情な声音だった。それから真人の手も止まって朝の涼やかな静寂がひろがった。

「……。おかえりなさい」

今度は千切れそうに掠れた小声。

「……いまから出勤するんだよ」

ダイニングテーブルに明るい朝陽がさして、オムレツとサラダと、焼き鮭とほうれん草の味噌汁とご飯と、真人の指を白く照らしている。

「……おかえりなさい。世さん」

会社へいくと、朝の簡単なミーティングを終えたあと戸川はすぐに店へでかけていった。いつもどおりのさわやかなイケメンで、事務の女の子や営業の同僚と楽しげに談笑しているようすがきらきら眩しかった。そうしながら俺にも視線をむけて小さくうなずきかけ、微笑んでくれた。哀しみなど覗かせもしない完璧なイケメンを繕ってくれていた。

知ってるんだよ。おまえには子どもみたいに駄々っ子なもうひとつの顔があること。それを、俺はもう見せてもらえないんだな。これが俺の望んだ戸川との関係だったのかな。

午後から俺もでかける予定だったのだが、柳瀬さんに誘われて昼食へいった。

「今夜はまた一課のみんなを誘って長かったセール期間の打ちあげをしようと思ってたのに、おまえの顔見たらできなくなったよ。がっかりだ」

はーあ、とわざとらしいため息を吐かれる。

「で？　おままごとはどうなったの」

「おままごとじゃないって言ったでしょ」

「失礼失礼」

「いや……でも例の事件の真相は、ままごと以下だったのかもしれません」

会社の上司にもかかわらず、このひとにもプライベートな事柄でずいぶんと相談に乗ってもらってしまった。お詫びをこめてしかたなく昨夜のことを簡単に伝えた。……厳密には、俺の駄々を聞いてもらいたかったとも言える。

「……なるほどね。だから戸川に熱い視線を送ってたのか。まあいいんじゃないかな。一夜の相手もマコト君で、誰にも気兼ねなくつきあえるようになったんだ、これで解決だ」

「ええ、概ね解決です。でも仕事みたいに右から左へさっさと処理することはできない」

「戸川ならモテるから放っておいても大丈夫でしょう。すぐに相手ができるよ。世の罪悪感も時間が解決してくれる」

「そうかもしれませんが、」

「マコト君にしなさい」

ビーフシチューをすすりながら、柳瀬さんが仕事の指示をするみたいに言い放った。

「……自分に恋してろって言ってたくせに。今度はなんで真人をすすめてくるんですか」

「フェアじゃないからだよ」

「ふぇあ?」

「俺も妻との関係を目の前で見せてはいないだろ。おまえと戸川が付箋でこそこそ会う約束をかわしたり、外出先から一緒に直帰したりするのを毎日見せられたら俺が可哀想じゃないか」

面食らって、タンシチューを口の端からこぼしそうになった。

「そ……んな、子どもの我が儘みたいな理由ですか」

「世は耐えられるの」

「転職します」

「ほら」

柳瀬さんが左手で口もとを押さえてハンサムにくすくす苦笑するから、俺もつられた。

「まったくもう……こんなばかな嫉妬話になると思いませんでした」

「許されたいな。俺たちはすこし傷つけあうことでしかあのころの愛情を確認する方法がないんだから」

ご飯をスプーンで掬ってシチューをつけて食べる。柳瀬さんの丁寧な食事の仕方やしぐさを俺は永遠に愛しているんだろうと心から想う。もっとちゃんと、好きだと言えるときに好きだと言っておけばよかった。

「……後悔はいけませんね」

「本当に」

――……。後悔をしないように行動すればいいと思います。

真人も言っていた。

そうだな。これ以上他人にも自分にも後悔するような行動をさせたくないし、そんな生きかたをさせたくないから、そのために俺は自分にむきあって答えを見つけなければいけないな。

真人を誘惑した俺の深層心理か……考えようとすると心臓を押さえつけられるような抵抗感が湧く。なんなんだろう。そこにいたから適当に選んだ、っていう単純な理由じゃなさそうだからこそ知るのが恐ろしい。

「……そういえば柳瀬さん、あなたも俺に黙っていたことがあるでしょう」

「ん？　どれだろう」

「どれって」

やわらかいタンをきちんと喉の奥にしまってから「戸川のことです」と睨み据えた。

「古坂課長に好かれてたのに、そのこと俺に教えてくれませんでしたよね。このあいだ戸川がキレたときも俺がひとりでやきもきしてたなんて、ばかみたいじゃないですか」

「ああ、戸川に聞いたの？」

「古坂さんが戸川にラブコールしているのを偶然聞いてしまって、本人に教わりました。戸川から言いづらいのはわかるとしても、あなたは教えておいてくれてよかったでしょ」

　単なる戸川の同僚ならまだしも、教育担当だった俺を袖（そで）にしていたのはどうなんだ。しかも他部署の上司から届く転属のラブコールだぞ、超重要事項じゃないか。

「仲間はずれにされて拗ねてるな？」

「子どもみたいに言うな」

「その件は近々世にも改めて話すことになると思うよ。せっかくだから世の気持ちも聞いておこうかな」

「え？」

「世は課長補佐に興味はある？　もちろんちゃんとした役職だからいまより給与もあがるよ。その名のとおり課長を補佐しつついままでの仕事も継続するからすこし忙しくなるかな」

　課長補佐……俺が柳瀬さんの下につく、ということか。

　小さな会社とはいえほかにも先輩社員はいるのに、三十手前にして俺が昇進……？　柳瀬さんの仕事の手伝いはもともと彼に教育を受けていた流れでいまだに続けていたから、仕事内容としてはほぼ変わらないだろう。むしろ補佐として柳瀬さんの右腕になれる仕事もまかされるならやりがいがあるどころの話じゃない。名誉なことで、僥倖（ぎょうこう）だ。

「もちろん、やらせていただけるならひき受けます。でも戸川とどう関係が」

「同時期に戸川も二課へ異動させる話がでてるんだよ。来年の春あたりかな」

「そう、……なんですか」

本人は嫌がっていたけれど、古坂さんの粘り勝ちになるということだろうか。やはりほかの上の人間たちも戸川が二課にいけば営業部どころか会社全体が活気づく、と期待を寄せていたのだ。

「戸川の希望ではないので、気の毒な気持ちはありますが……それだけ期待を一身に担う人材もそうそういないから、誇りに思ってほしいです」

柳瀬さんが小さく苦笑してから紅茶を飲んだ。

「戸川のことは心配しなくていい。あいつは自分の価値を誰より理解していて扱いかたも巧みだからね」

「どういう意味ですか」

「戸川は自分が二課に異動しなければいけないならって、ひきかえに条件をだしていたんだ」

「条件？」

「世も正式に辞令が下るまでぬか喜びしないようにね。課長は俺だけじゃないでしょう」

「え……」

絶望と同時に、はっと目が覚めた。つまり戸川は俺も二課にひきこむのを条件に上と交渉していたっていうことか。そして古坂課長の補佐に俺が選ばれた……？

あんなセクハラ上司の下につくのは嫌だ。そんな仕事したくない、名誉に思えない。

「俺が二課にいく価値なんかないでしょう？　古坂課長も俺のことを嫌っているんですよ」

「早合点はやめなさい」

「俺はあなたの下にずっといたい！」

無気力にスプーンの先をシチューに浸けたまま必死に叫んだ。柳瀬さんは瞳を細くにじませて微笑し、幸福そうに俺を見返している。

「俺が世を手放すことは絶対にないよ」

「約束してください。破ったら針を飲ませます」

「いいよ、千本飲む」

「一億本飲ませて海に沈める」

「ははは。怖いなあ……その針は口移しでもらわないとわりにあわないかもな」

だったら一億本の針でおたがいの舌を痛めつけながら海に身投げしてこのひとと心中してもいい。それぐらい嫌だ、予想どおりの辞令が下りたら冗談抜きで転職したい。

俺の性指向を陰で嗤っている社員がいるのは知っている。古坂さんもそのひとりだが、問題なのは陰口なんかじゃない。

あのひとは日常的に尻や股間を触ってくるからなにより質が悪いし吐き気がする。ばかにして見下しながら〝男同士だから触ってもいい〟〝あわよくばシてみたい〟という下劣な下心を覗かせてくるのがとにかく不愉快で生理的に受けつけない。尊敬できる面を探す前に近づく気が失せる。右腕になりたいなどと無論思えやしない。

戸川の条件とやらも、本当に自分が関係しているとしたら憎くてやるせなかった。

「世、酷い顔がさらに悪化したね」

食事を終えてレストランをでると、柳瀬さんが俺の前に立って顔を覗きこんできた。

「これを持っていきなさい」

スーツの胸ポケットにしまっていた眼鏡をだして俺の耳にかける。ウエリントン型の黒いフレームでシンプルながらテンプルの内側には青い柄がおしゃれに入っている。

「老眼鏡ですか」

「伊達(だて)眼鏡だよ」

「若いふりして」

「男は四十過ぎたらやっと大人らしくなるんです」

香りや体温などない無機質なフレームにわずかなぬくもりを感じた。温かくて優しい錯覚が息苦しい。

「なんで眼鏡をかけ始めたんですか」

昔はしていなかった。

「パパはハンサムを隠さないといけないときがあるんだよ」

「近ごろは眼鏡も人気ですよ」

「へえ、じゃあ世にモテたら困るな」

脚を蹴ってやって身を翻した。「痛いなー」と全然ダメージを受けてない笑い声が背後から聞こえてくる。スクエア型の紺色フレーム眼鏡を愛用している真人の横顔が頭のなかにいる。

なぜかどんどんあふれて記憶の映像が忙しなくきりかわる。とまらない。増えて抑えられない。

いまおまえに会いたい。

大型セールが終わったあとも当然忙しいうえ、あと数日で十二月に入ればまた歳末セールが始まるから準備にも翻弄される。必死に営業スマイルを保ちながら働いたが、脳内は人事異動の件で渦巻いていた。

よっぽど戸川に〝なにを条件にしたんだ〟とメッセージや電話で追及してやろうと思った。でも柳瀬さんから内密に教わった情報をもとに騒ぎ散らかすわけにもいかないし、そもそもふんわりとしか聞いていなければ確定でもない。

戸川が人事異動などという重大なことに他人を巻きこむ人間だとも思えない。そんな勝手な男じゃないはずだ。けどそこに恋愛感情なんていう厄介な欲が絡んでいたとしたら暴走もあり得るかもしれない。わからない。

ひとつの妄想が次の疑念を生んで、疑念が不信感をふくらませ、信頼や好意まで不安定にもつれてこんがらがっていく。

しかしとにかくなにより嫌でしかたないのは二課で古坂課長の下につくことだ。

一課の担当店舗とも細かな変動はあれど六年弱のつきあいがあって、それなりの関係や絆も築いてきた。ここから、またいちから、二課ですべてを立てなおして築きあげていけというのか。

あのセクハラ課長に毎日尻を撫でられて、オカマと噂われて平然と受けながして、嫌々支えながら？　あいつが定年退職するまでの数十年ずっと……？

会社などという小さな世界に精神を支配されているのが心底悔しい。だけどどうでもいいとは言えない。この小さな世界が俺には容易く捨てられないほど大事な居場所だから。

終の棲家のつもりでもあった。最後まで勤めあげたかった。その大事な環境が侵されたなら転職も選択肢のひとつではあるけれど、そこは人間関係も社内環境もさらに未知で不安は増す一方だ。だいいち古坂さん以外の全条件は大事なままで……柳瀬さんや戸川やほかの社員たちと育み積みあげてきた全部を失う辛さと虚しさは受けとめきれない。……しんどい。哀しい。

本当だな戸川……明日あいつの頭に鉄骨落ちてきて死なねえかな、仕事でとんでもねえミスかまして精神的に死んで自ら樹海いってくれてもかまわねえわ。

生きる気力を失った足をどうにか動かしてアパートへ帰り着くとキッチンに真人がいた。

「――おかえりなさい、世さん」

「……なにかあったんですか。その眼鏡は？」

三年分のデータは優秀すぎて、顔を一目見ただけで真人は俺の絶望を察知したらしい。

室内に鍋の匂いがひろがっている。なに鍋だろう。……ここは癒やしだ。ここだけが外敵から身を護ってくれる安息の地だ。

「よしよししてくれ真人……」

「は？」

玄関に立ち尽くしている俺の前へ真人がきてくれた。首を傾げて訝りながらも、頭に右手をおいて「よしよし」と撫でてくれる。大きな掌が遠慮がちに頭の上の髪を掻きまぜている。

「足らん。スペシャルなよしよしよしがいい」

要求しておきながらどんなことをされるのかわからずにじっと頭をだしていたら、掌が増えて両手で髪をわさわさ掻きまわされ、吹きだしてしまった。

「なんだよ、これがスペシャル？」

「違いますか」

「わからない。よしよしは戸川の技だからな」

「は」

「でもいま戸川にはよしよしされたくないんだ」

二課にいくのが不服で、でも会社の期待も理解できれば、それを拒絶しきれない立場なのもわかる。条件をだしたのも戸川の苦肉の策だろう。俺を道連れにするのが戸川の唯一の望みで救いなら、応えてやるのも教育担当だった先輩の俺の務めなんだろうな。

大人にも先輩にもなれない俺が悪いのか。駄目なのか。なら大人の先輩になれるまですこし時間をくれ。救世主の先輩面しておまえの前に立てるまで、ここでよしよしされて癒されるのを許してくれ。

「……この眼鏡はどうしたんですか」

上背のある真人に顎をあげられて見つめられた。

「酷い顔を隠しておけって柳瀬さんが貸してくれた」

瞳を薄くにじませて、目の奥と眼鏡を観察される。ふいにブリッジの部分をつまんで奪われ、それを真人が自分の耳にかけた。

「似合いますか」

……柳瀬さんと似た目もとのようでいて、若干ほっそりした輪郭に対するおさまり具合も、髪型とのバランスも、グラス越しに見る眼差しも、不思議なほど全部違う。

「……似合う」

「格好いいですか」

真顔で追及されながら至近距離に寄られて、心臓が痛いぐらい鼓動した。

「……いいよ」

「柳瀬さんと俺とどっちのほうがいいですか」

見ていられなくて視線を横に流したら右腕で腰をひき寄せられた。余計に顔が近づいて「う」と思わず肩をすぼめてしまう。顔面が熱い、スーツの下の身体も熱して冷や汗がすごい。

「ま……前は、柳瀬さんで……いまは、……真人、みたいな、気がします」

腰にあった真人の右手が背中をあがって後頭部を覆い、左手で腰をひき寄せられた。やわく強く抱きしめられながら後頭部を大きな掌で包んで撫でられる。慈しむような想いと言葉が、掌から聞こえてくる。ああ、マズい……今日一日の心労が全部、ここにいると消えていく。

「……キスしていいですか」

真人の肩に顔を押しつけた。

「……もういいんですよね」

戸川も柳瀬さんも真人も、俺が真人を好きだと言う。そしてあの一夜の事件で真人を誘ったのは俺で、俺の行動と心理も俺自身が探り当てられるはずだと真人は断じた。

「真人と、恋愛……してみる。それで迷惑かけたひとにも、謝れるようになれたらと、思う」

顔をあげると、泣く寸前みたいなしわを頬に刻んで苦笑する真人がいた。柳瀬さんの眼鏡をはずして上半身を屈(かが)め、しずかに唇をあわせてくる。

唇同士を重ねて上唇と下唇をこすりあわせ、舌で唇の表面や口端を舐めるだけのキスだった。むさぼろうとしないのは昨夜泣き腫らした俺への配慮なのかと想像すると、俺の胸にも泣きたいような苦しさが迫(せ)りあがってきた。岩石ほど硬い激情で、身体の中心で暴れて痛い。

「……優しくするなよ、なんか……辛い」

恋愛するって言ってしまったな……、と唇のあわいに真人の舌先を感じながら悔いた。許可が下りるまでここにいる、と訴えてくる真人の唇の想いやりも、二十二歳のこの真人の懸命な愛情も、受けとる権利を得てしまったのだと思うとたまらなく怖い。

——……好きだったよ世。

嫌だな……どうしよう。もう心地よすぎるこの場所から逃げられない。

「大丈夫ですよ」

真人の腕がさらに強く俺の背中を抱いて唇をねぶってきた。

「これからリハビリしていきましょう」

「リハ、ビリって……なに、」

「あなたは俺に愛されていることをきちんと理解する必要があるんです」

右頬を噛まれて、耳の下と、首筋もちくりと吸われてからきつく抱き竦められた。後頭部を撫でながらいま一度しっかり抱きしめられて真人の体温が胸に浸透してくる。

「それ……理解したら、どうなるの」

「とりあえず泣きやんでくれると思う」

真人の肩で瞼を拭った。

「……俺、泣いてないけど」

「泣いてます」

「ないよ」

「いえ」

「ない」

耳たぶをしびれるほど吸われた。

「いたい」

「大概にしないともっと触りますよ。スーツの奥まで」

どきり、と戦いて竦みながら硬直した。されるがままに耳と頬を一方的に噛まれ続ける。

「……ほら、怖がってる」

「べつに、……真人が、嫌なわけじゃない」

「知ってますよ」

余裕ぶった物言いにまでなぜか胸が熱く痛く疼いた。

「なんなんだよもう……意味わからない、」

「いいえ、世さんはちゃんとわかってます。そうだな……寝る前に〝真人愛してる〟って必ず十回唱えるようにしてみたらどうですか。なにか変化があるかもしれませんよ」

「悪質な催眠術みたいだ」

首筋を思いきり吸われて、「うぁ」と声がでた。

「催眠にかけるまでもなくあなたは俺を愛してるでしょう」

「愛、までは、言ってない」

「じゃあ言ってください」

「なんで……嫌だ、こんな玄関先で」

「これから何度もどこででも言うんだからかまわないでしょ」

「知らないし」

愛って、まだ好きとも言ってないのに何度もどこでもってなんだよ。なんなのこいつの余裕。未来にいって数年後の俺たちを見てきたわけ？

「そんなに言うなら真人が言えよ」

「いいですよ」

上半身をすこし離してまた顎をあげられた。あきらかに赤面していると自分でもわかる顔を見られて焦ったのに、それ以上に自分が見た真人の表情に絶句した。……こんな、ゆるみきったとんでもなく幸福そうな笑顔を……初めて見たから。

「――世」

囁かれて心臓がとうとう爆発した。

「……愛してる世」

唇が重なって、今度はやんわり舌先を吸われて撫であげられ、何度も心臓が破裂して身体に穴が空いていくような打撃を食らいまくる。腕にも、脚にも力が入らない……もう抜け殻だ。

「無理……ギブ、頼むから、キスは三分までにして」

「三分。休憩時間は？」

「十分」

「五分で」

「八分」

「三分触れあったら三分の休憩にしましょう」

「全然、交渉になってない……」

俺から身体を離した真人が、右手で背中を押さえて靴を脱ぐのを支えてくれる。ようやく部屋へ入ると、鞄を持ってコートを脱ぐのも手伝ってくれた。

「着替えてきてください」

頭が働かないから次の行動を指示してもらえて助かる。うなずいて寝室へ移動し、着替えて戻ったら鍋が用意されていた。

「餃子（ギョウザ）っ」

「今夜はさっぱり生姜のスープに餃子を入れました」

「天才……真人天才、神さま」

大胆なほど大量の餃子が浮かぶ鍋で、そのまわりには白菜とぶなしめじとニラ、人参が並び、ガリみたいな生姜の甘酢漬けも添えてある。

「嬉しい……癒やされる、荒（すさ）んだ心がぬくもっていく……」

「よかったです」

どうして真人には大人を繕うことができないんだろう。それどころか自分も知らない身体の奥の底にひそんでいた、甘えただらしないもうひとりの自分がどんどん現れでてくる。しかもそいつは数多の駄目な面を持っていて、自分でも〝こんな人格があったのか〟と失望するような、他人には迂闊に見せられない野郎だから猛烈に困る。相手が真人じゃなかったらとっくに縁を切られているはずだ。……あ、そうか。真人はこの俺も許してくれるとわかっているから〝大人〟を脱ぎ捨てられるのか。

「……今日はどんな嫌なことがあったんですか」

真人は左手で器を持って、生姜スープに浸った餃子を食べながらそっと訊ねてくれる。言いたければ聞きますすよ、みたいな軽さの、それでいて鬱陶しいとは思っていない口調と姿勢。普段はしっかり隠蔽している駄目な俺が、「うん……じつはさ、」としれっと心の扉をひらいて甘えにでてきてしまう真人の包容力と柔軟さは麻薬だ。麻薬だ、といまさら気づいたってもう遅い。俺はこのぬくもりを手放せない。

俺の仕事の話など真人は楽しくもないだろう、と脳みその裏側ではわかっているのに、今日起きた絶望の出来事を洗いざらい全部吐きだしていた。

ああ俺、話してますます楽になってる、とそれも脳みその真んなかで自覚して、ごめん真人、と反省もしているのに、「……それは辛いですね」と同調してもらえるとブレーキが壊れて、調子に乗ってとまらなくなってしまう。

「セクハラ上司となると、俺も黙ってはいられません」

「ありがとう……ほんと生理的に無理なんだ。真人も脳内で五億回殺してくれ」

「転職する必要はありません。真っ向から訴えてください。柳瀬さんはどうして黙っているんですか？　おなじ課長ですし忠告することもできますよね。ほかの社員も世さんがセクハラを受けることで助かっているって、感謝して終わりですか？　狂ってますよ。誰もあなたの被害に真剣になっていない」

初めて本気で激怒してくれる人間に会って、自分だけが抱えていた不快感を一緒に持ってもらったら、なんだか気が軽くなってしまった。

「いや、うん……女の子に対するセクハラは大問題になる時代だけど、男相手だとまだそこまで深刻にならないっていうか、軽く見られがちっていうか……してる側も古いひとだしさ」

「同性相手のセクハラもちゃんと問題になります。性別や年齢に関係なく個々の個性や主張が尊重される時代なんですよ、いまは。その害悪上司を会社から排除すれば全部解決するじゃないですか。俺も世さんを傷つけられるのは耐えられない」

……いつの間にか手をとめて食事を忘れ、真人が般若の形相で怒ってくれている。

あ……なんかもう、どうでもいいかも。

真人は社員たちの性格や社内の雰囲気を知らない外の人間だからここまで純粋に怒れるし、正しさをしめせる。こいつがここでこうやって俺の心を護ってくれるなら、もういいや。

尻触られたらまた大声で騒いで古坂を辱めてやろう。戸川たちも便乗して助けてくれるだろ。それだわ。じわじわ追い詰めて変態野郎って社内でも社外でも認識をひろめて地獄に落としていけばいいんだわ。

「……俺、真人に救われて生きてるんだーって、いま本気で実感した」

「なに脳天気なこと言ってるんですか、状況はまだひとつも変わってませんよ」

「俺の心がごろっと変わったからもう大丈夫」

「それこそ催眠術レベルの話でしょ、今後一切あなたの身体に誰も触らない環境ができるまで俺は黙りませんからね」

「ふふ、嫉妬だ」

「笑い事じゃないし単なる嫉妬じゃありません」

「ちゃんと対策するよ。触るの許すのも真人だけにするから。真人が怒ってくれたらへこんでるのが恥ずかしくなっちゃった」

「恥ずかしがることでもないんです」

「わかった、大丈夫。ちゃんと上にも助けを仰ぐし、本人にも〝やめてほしい〟って主張してそれでも駄目なら法的な手段も検討する」

俺を見据えたまま真人が言葉をとめて、制止された獣(けもの)みたいに息を整える。

……胸があったかい。なんで俺、真人を不快にさせておきながらこんなに幸せを感じているんだろう。悪い人間だな。

「ありがとう真人」

「お礼を言われることはまだなにもしていません」

「したよ。してるんだよ、おまえはず〜っと前から」

「あなたを好きでいただけです」

「その想いかたが最強だった」

俺は頼りきるばかりだったのに真人は料理を作って失恋を慰めて愚痴を聞いて、弱くて悪い俺を受けとめて許して心の空隙を埋め続けてくれた。三年間毎日。

「納得いきません。生涯かけて愛し抜きます」

……触られていなくても心臓が忙しいよほんと。

「生涯ってすごいね」

真人の顔を見ていられなくて、餃子を半分に裂きながらへらりと笑った。

「まだ信じてませんね」

「本当に真人がずっと一緒だったら怖いものなしだなあとは思う」

真人も器に口をつけて生姜味のスープをすする。

「俺たちは夫夫だったこともあるんですよ」

「はっ？　なにそれ、どういうこと？」

「婚約したんです。一晩だけでしたけど」

「それも一夜のやつですか……」

俺の一夜の過ちっていくつあるんだろう……想像するだけで恐ろしい。

「そっちの俺は、先に真人に好き好き言ってたの？」

「〝先に〟？」

上目でじっとうかがわれて、顔面が爆発した。

「〝とっくに〟かな、いやええと〝知らないあいだに〟か？　違うな〝思いがけず〟？」

にほんご、むずかしい、わからないデス。

真人が吹きだして、左手の甲で口を押さえてそっぽをむいた。あ、その照れて目尻がさがってる横顔、いい……。

「大丈夫です。まだちゃんとした告白はしてもらっていません」

「そ、なんだ……」

「楽しみにしてますね、世さんの一世一代の大告白。いったいどんな感動的な告白をしてもらえるんだろう。またひとつ生きる理由が増えました」

満面の格好よくて可愛い笑顔で、無垢に言われた。

「ハードルのあげかたがえげつない……」

ベタなドラマよろしくクリスマスに言えばいいのか……？　家でいつもどおり過ごす予定でいたけど、せっかくならベッタベタにデートスポットへ誘ってもいいかもしれない。

真人とデートか。そういえばふたりでどこかへでかけたことって一度もないな。

「真人ってどんなとこにいくのが好きなの」

ふふっ、とまた吹いて笑われた。

「……世さんの思考って簡単に読めますね」

「わかったのかよ」

「クリスマスですか？　それとも初詣？　二月は俺、ご存知のとおり誕生日なんですよ」

「あ、ぅ……――じゃあ、好きな場所、三ヶ所言って……」

今度は首を横に傾けて、はー……、と長く深い息を吐く。

「この会話だけで至福感に震えて……俺、当日ちゃんと歩けないかもしれませんね」

胸がぎゅと縮んだ。なんだよそれ……。

「まだ場所も決まってないのに、足がもつれて歩けないかもって考えてるの？」

「そうですよ。世さんと並んで歩いたことってあまりないですしね。しかもデートなら心持ちも違いますし」

たまに帰り道で会って一緒に帰宅したり、夕飯の買い物につきあったりするぐらいだな。

「デートでもそんなに変わらないよ」

「ですかね。笑いかけてもらっても、好きな映画や動物や魚や、洋服や小物を教えてもらっても、世さんはいま俺を好いて話しかけてくれているんだなあと想ったら、感動もだいぶ違うんですけど」

ふ、ふーん……映画館と動物園と水族館と、ショッピングの妄想か……？

「べつにスーパーでトマトが好きって話をしてても真人のこと嫌いじゃなかったよ」

「ちゃんと想像してます？　ふたりでデートのために待ちあわせして、手を繋ぎたいとかキスしたいとか欲望も抱きつつ遊ぶ一日ですよ」

「うっ。欲、望か……たしかにスーパーで野菜の話するのとはちょっと違うかな……」

よく考えたら俺は人生で一度も恋人とデートなるものをした経験がないぞ。孤独なゲイのまままゆるゆる成人してゲイアプリでセックスを覚えて、柳瀬さんと恋愛っぽいものをしていまに至る。柳瀬さんとは仕事のあと担当店舗のそばの銀杏（いちょう）並木やスカイツリーを眺めて歩いた程度で、デートをするためにわざわざ会ったことなど一切ない。

「まあ俺は夕飯の買い物中も同棲しているみたいで幸せでしたけどね」

ど、同棲って……真人みたいにシミュレートもうまくできていない俺のほうが、下手したら失敗するんじゃないか？　足がもつれて転ぶだけじゃすまないかもしれない。

「俺も、ちゃんと考えておくわ」

緊張して重くうなずきつつ餃子を食べて人参も嚙った。

「じゃあ俺はでかける場所を考えておきますね。世さんに告白してもらえるなら観覧車のなかとかベタなところでもいいな。二月あたりまでイルミネーションも綺麗でしょうね」

真人が浮かれているのも初めて見た気がする。終始笑顔で口数も多く、子どもみたいにはしゃいでいる。自分のせいでこんなに可愛くなってくれているのかと思うと、幸福感が伝染して逆にこっちがダメージを受けるんですけど。

「でもこれからちょっと忙しくて、夕飯は作れそうにないんです。朝食は大丈夫だと思うのでその都度予定を伝えますね」

「え、クリスマス平気なの？」

咄嗟に訊ねたら、真人がまた頰をほころばせて左手で鼻の下をこすりながら照れた。

「俺が世さんと過ごすクリスマスの約束を反故にすると思います……？」

その、ハンサムで可愛い笑顔、やめてくれ。

「……思わ、ない」

苦笑する真人がうなずいて、白菜とぶなしめじを食べる。……俺は今年、イルミネーションを眺めて観覧車で告白をしてセックスして一夜を過ごすという、噂の浮ついた恋人たちの仲間に加わってしまうのだろうか。

真人とならそれも悪くないと思っているのが、もっとも恥ずかしい。

「今日は眠れそうにないから研究データのまとめが捗りそうだな」

真人が呟いて再びおたまで鍋の具材を掬い、器によそっている。……俺もそわそわして興奮状態のまま落ちつかない。ついさっきまでの鬱いだ気持ちがすっかり霧散しているどころか、ポジティブで前向きな思考に変化して活力まで滾っている。

真人がいなかったらどうなっていたんだろう……今夜だけじゃなく、三年前まで遡って考えるともっと恐ろしくて戦慄する。

こんな単純で大事な感情を、どうしていままで直視せずにいたんだろうな。


食事を終えて隣室へ帰る真人を見送ると、しばらくしてからメッセージが届いた。

『ちゃんと〝真人愛してる〟って十回唱えてから寝てくださいね』

水底へ落ちるみたいにソファに沈みこんで深く座り、胸の上にスマホを置いて息をつく。

……恋愛ってすごいな。ふたりで〝つきあっている〟と認識しあって繋がりあう透明な絆の温かさや、些細な睦言に胸が高鳴って熱する感覚……こんなの初めて体感した。

離れた場所に自分を常に想っている人間がいて、自分もその相手に心を支配されている。安堵感なのか、幸福感なのか……そういう絶対的で絶大な信頼に抱擁されている感覚が終始身体を包みこんでいる。

自分のなかに、こんな浮ついた自分がいることも知らなかった。

しっかり心構えしておかないといけないな。真人と別れるときのこと。

留学とかどうだろう。真人が海外へ勉強をしにいく可能性は充分にあるから、遠距離が仇となって自然消滅っていうのは傷が浅くていちばんいいな。

浮気だの心変わりだの嫌気がさしただのと、傷つけあって憎しみあって泥沼になるのだけは絶対に嫌だ。耐えられない。嫌いになった、と真人に言われたら心が死ぬし、おまえを好きにならなければよかった、といまここにある幸せの全部を否定して後悔する自分も見たくない。

留学がいい。また三年ぐらい一緒に過ごしたあと留学してくれないかな。

どこかでまだ自分を好いてくれているだろうと、連絡はこないけど元気に過ごしているだろうと、そんなふうにばかみたいに淡い期待を抱いて真人を想ったままこの世から消えたい。

真人に会ってから三年間、思い返せば本当に信じられないぐらい幸せだった。

ほぼ毎日朝晩一緒に食事をして、他愛ない会話をかわして、淋しいときはメッセージを送りあって、辛いときも酒をおともに弱音や愚痴を聞いてもらった。どんな醜態を晒しても真人は許してくれたから、芯から甘えきって頼りきって、心の拠りどころにしていた。

クリスマスや年末年始や、いつもひとりで過ごしていたハレの日も当然のように真人がいてくれた。同僚が〝クリスマスはぼっちですよ〟とか〝年末年始楽しいことなんにもねえ～〟と嘆くのを聞いていると、真人と出会う前は自分もああだったな、と懐かしむ贅沢さを、真人が俺にくれた。

母親と囲む食卓には空虚さや孤独ばかり感じていたのに、真人が目の前で食事をしているとただただ楽しくて幸せで、幸福な家族の風景というのはこういうものかと浸ることもできた。

……俺、真人に救われていた。幸せだった。恋愛だけではもうこの感情を括れもしない。

『真人が教授になったら、俺、やっぱり講義聴きにいくね』

　天気のいい日を選んで、窓辺の席に座ってきらきらの天使ちゃん笑顔で見守るよ。そのころもしうちの親みたいに喧嘩別れしていたとしても、俺はきっと真人を嫌えずに想っているよ。

『その日のことを鮮明に、きちんと想像してみてください』

　ん？　きちんと想像……？

『世さんの笑顔と一緒に、左手の薬指も銀色の指輪で光っているのが見えるでしょう』

　ぶは、と吹いて、笑いながら目尻に溜まっていた涙を拭った。

『キザなこと言うのな～？』

『真実で、現実の未来です。教室で待ってます。愛してます世さん』

　初めての恋人とか……やばいぐらい怖くて心臓痛くてはり裂けそうだな。


　翌朝から真人におはようのキスといってらっしゃいのキスを必ずされるようになった。三分キスをしたら三分休憩、という約束も律儀に守ってくれている。

　夜は毎日十時ごろ帰宅しているようすだった。隣の部屋で玄関扉がひらいて、バタンとしまる音がする。『今日もお疲れさま』とメッセージをすると『世さんもお疲れさまです。ちゃんと夕飯食べましたか』と訊かれて、食べた外食のメニューや買ってきた弁当の内容を教える。

　やっぱり隣同士でメッセージをしているのは変な気分で、会いにいきたい衝動に駆られたが、一日研究に忙殺されて帰宅し、数時間後には朝食を作ってくれる真人を想うと憚られた。

とうとう師走に入り、仕事も今年最後の繁忙期に突入した。人事異動の件は心の隅に燻り続けていたものの、考えている暇はないし、辞令が下る春まで懊悩しても時間の無駄だから懸命に無視をした。真人のおかげで、戸川と一緒に二課を一課に負けない部署にすればいいんだ、という前向きな意思も芽生えた。いまはそれで充分だ。

会社と担当店舗を往き来して、立ちっぱなしで接客し、疲れ果てた同僚と一緒に柳瀬さんのおごりで夕飯をごちそうになって帰路へつく。

今夜も相変わらず中くらいレベルの味も質もいい店で、同僚が洩らすお客さまからの理不尽なクレームの愚痴なんかを聞きつつ、大勢で楽しく食事をした。なのに腹の奥が満たされないままなのはどうしてだろう。

土日も朝しか真人に会えなかったせいなんだろうな。会社の人間と食事をしていると〝この話がしたいんじゃない〟〝真人と他愛ない話がしたい〟とわかってしまうから困る。

毎朝会っているだろ、と自分に呆れてみても、やっぱり頭が半分寝ているような朝より仕事で疲れて心までぼろぼろに負傷して帰宅する夜こそ傍にいてほしい。現実の闇や痛みを浴びて安息の地に逃げこみたくてしかたないとき、そこに真人にいてほしい。

スマホをコートのポケットからだして見ても、バックライトが眩しいだけで通知はゼロ。

理系の院生なんか、これからもっと忙しくなるのは目に見えている。大丈夫か俺。なにより悪いのはつきあい始める前からこんな調子で精神的な支柱にして甘えていたことだ。

恋愛をすると言ってしまったから拗れたら終わりがくるんだぞ。年末商戦に挫けたぐらいで真人を必要としていたら別れたあとどうするんだよ、ああ嫌だ嫌だ、恋愛嫌だ怖い。

ここまで切羽詰まった依存状態で、いったいどうやってあの一夜の真相を見つけだすっていうんだ……、と自分で自分に追撃を放ってアパートの近くまできたら、笑い声が聞こえてきた。アパートの前に誰かいるのか。

会話の邪魔をするのも嫌だし、愛想笑いをするのももう怠いからさっさと部屋にひっこもうと決めて路地をすすみ、アパートの前へ着くと、そこにいたのは真人たちだった。

「……ほんとばかだねあんたら。ほらそこよけな、迷惑だよ」

真人の腕に手を絡めている女の子がそう言いながら「すみません」と俺に頭をさげてくる。俺の前を塞ぐように立っていたふたりの男たちも「あ、すみません」とへこへこ頭をさげて道をあけた。

「あ、いえ……どうも」

真人は怖気立つほど冷酷な無表情をしていたから一瞬しか見られなかった。かわりに真人が部屋着にしている紺色ボアフリースを着て、両手をジーンズのポケットに入れて立っている姿と、そのふかふかの腕に華奢な女の子の細くて小さくて白い指がひっかかって摑んでいるのを、目に焼きつけてしまった。

足がもつれそうってこういうことだろうか。学生の輪を通りすぎて階段をあがりながら、つま先が地面にひっかかって転びそうになるのをなんとか堪えて部屋へ入った。

とりあえず落ちつこう。深呼吸して靴を脱ぎ、部屋の灯りをつけながら寝室へいく。ストーブをつけて鞄を置き、コートも脱いで着替えをする。ネイルのない素朴で清楚な指先だった。実験とかしている子は爪もいじらないのかな。夜なのによくそこまで観察したもんだな俺も。

「――世さん」

スーツをハンガーにかけてパジャマのズボンを穿いたタイミングで、玄関のほうから真人の声がした。きたのか、もう友だちと別れたのか？　と考えている間に鍵をあけて扉をひらき、どかどか近づいてくる足音も大きくなっていく。

「え、まこ、」

と、と続けた言葉は真人の口に呑みこまれてしまった。

左横から後頭部と腰を抱かれて、顔を覗きこむ格好で否応なしに唇をむさぼられる。優しさもなく強引に舌をきつく吸いあげられて痛いぐらいだった。うわ〜……と頬が熱くなってくる。これ恋愛ドラマとかでよくある嫉妬してすれ違ってごちゃごちゃする、傍から見るといちゃついてるようにしか感じない痴話喧嘩のやつ……。

「……世さん、わかってると思いますけど愛してます」

真人が尖った目で俺を刺して告白してくる。

「うん、わかってる大丈夫。ていうか一応チャイム押してこいよ、驚くだろ」

照れくさくて真人の顔を見られなくて、右手で真人の唇を押さえて何度もうなずいた。

「急いで話したかったんです」

「合鍵あるからって狡いぞ」

「俺も変な名前で呼んだほうがよかったですか」

「……。俺の名前は、あだ名つけるの、難しいと思う」

ちらりと真人の表情をうかがうと、目もとをゆるめてほっとした表情で微笑んでいる。

「……世たん」

囁きながら真人が口を寄せて、また唇を食んできた。

「世にゃん、かな」

あだ名よりも真人が〝たん〟とか〝にゃん〟とか言っているほうがレアで可愛くて、笑えてしまった。笑う俺の下唇を、真人も甘く噛んで吸いつつ一緒に笑う。

「世界さん、でもいいですね。……世界。あなたは俺の世界だから」

つい吹きだしてしまった。

「おかしいですか」

「いや、うん……ごめん、そうじゃない」

遠い昔の記憶が蘇ってきて思わず笑ってしまっただけだ。でもこれは真人に言えないうえ、いまは絶対話題にしていいことじゃない。ないのに、一度思い出したら芋づる式に記憶の映像や応酬がひきずりでてきて笑いがとまらなくなった。口をとじて喉の奥にとどめて、なんとか堪えようと試みても肩が震える。

「？　そんなにツボりましたか」

「ごめん、ほんとに真人のせいじゃないから……ちょっと懐かしいこと思い出して、ふふ」

「懐かしいこと？」

真人がせっかくつけてくれたあだ名や〝俺の世界〟と言ってもらえた幸せな気持ちを嗤いたいわけじゃないから勘違いしてほしくないんだけど、どう説明したものか。

「ふふっ……ごめんね、嬉しかったよ、でも真人が絶対怒るから、笑ってる理由は言えない」

笑い続けているせいでキスも中断してしまった。真人も不服そうに唇を尖らせる。

「俺が怒る？　世さんに？」

「うん、百パー怒る。ふふふっ」

「言ってください。そんなふうに匂わされたら気になる」

「駄目、嫌だよ」

「怒らないから」

「怒るって。いま言う話でもないし」

「どういうことですか？」

悪いループに入ってしまった。記憶の内容以前に真人が怒り始めている。

「ごめん……笑ったりしなければよかった」

「手遅れです。怒らないから話してください。俺が怒ることを世さんがいつ、どこでしていたのか知りたい」

抱かれながら目の前で追及されては逃げるにも限界がある。昔のことだから平気か……？

「真人と会ってからじゃないよ、大学のころの話。俺ゲイアプリで〝セカイ〟って偽名つかってたんだよ。それで相手は〝セカイ君〟って呼んでくるんだけどさ、あるひとがしてるときに『セカイ君、セカイ君、ああセカイ、いくー』って喘いだから、俺『なんのスポーツ選手だよ』ってつっこんでふたりで爆笑しちゃったんだよね、ふふふ。『セックスアスリートかよ』って腹抱えて笑いあって、おっかしくて、あれ以来名前変えたんだよ、はははっ」

ははは、と爆笑してとまらない俺の身体から真人の手がするりと落ちた。……あ。

「……浮気の誤解をときにきて、まさかこっちが死ぬほど嫉妬させられるとは思いも寄りませんでした」

「真人、ごめん」

横にあったベッドへ真人が腰かけて、両腿に左右の腕をのせて頭を抱える。俺も右横に寄り添って背中に左手をのせ、さすって謝罪をくり返した。

「ごめん……うっかり思い出したら笑っちゃって。ごめんな」

「怒らないって約束した手前、責めることもできない」

「本当に申しわけない……」

「……過去の行為だから目を瞑るにしても、〝ふたりで爆笑した〟っていう和やかなムードがなにより嫌です。淡泊（たんぱく）に行為をして別れているんだろうと思っていれば心の安定も保てたけど、プライドを傷つける言葉を言っても笑いあえるって、それほとんど恋人ですよね」

「ち、違うよ、そんな仲じゃないって。あの一回で終わって縁切れたし」

「だとしたら世さんのコミュニケーション能力の高さなんでしょう。大学のころから営業マンの才能があったわけだ。俺には絶対にできない」

身体がかたまって、口も動かなくなってしまった。棘のある真人の言葉と声音が恐ろしくて愕然と震えることしかできなくなる。

――あなたなんでそうなの⁉　わたしと世の気持ちをちっとも考えてないでしょ‼

――おまえらは俺のことがわかってるのかよ、偉そうに責めてくるんじゃねえよ、わかってほしいなら口で言え、黙っててなにもかも伝わると思うんじゃねえぞっ‼

どうすればいいんだろう。瞬時に自分のばかさを正す方法なんてない。言ってしまった言葉をとり消すこともできない。真人が俺を責めている。怒っている。嫌われていく。

「……真人、俺、」

うつむいている真人の下方へ流れている髪と、端が赤く冷えた耳を見つめた。触りたいのに手も動かせない。ほんのすこし福耳だった柳瀬さんの耳たぶが視界にぶれて掠める。また触れなくなるのは嫌だ。手が届かない遠くへいってしまうのは嫌だ。真人だけは嫌だ。

「世さん」

口をひらこうとしたら、真人が上半身を起こして無感情な顔で俺にむかいあった。

「これから一週間嫉妬します」

「え……なんで一週間」

「大人になるまでそれぐらい必要だからです」

「嫌だ、子どもでいいから一緒にいてよ」

唇を噛まれた、痛い。

「じゃあ慰めてください」

真人が俺の右肩に頭をのせてもたれかかり、腰を抱きしめてくる。

「……どうやって」

訊きながら俺も真人の首に腕をまわして抱き返した。触れた。温かい……安心する。

「それは世さんが考えないと駄目でしょう」

真人の慰めかた……真人に嫌われないために、繋ぎとめるために、俺がするべきこと……？

なんだろう。両親が仲なおりする姿も見たことがないから全然想像つかない。柳瀬さんとも戸川とも不満を剥きだしにした争いはしなかった。真人と観た不倫映画も別離で終わったし、ハッピーエンドを迎えた恋愛ドラマの主人公とは喧嘩の内容が違いすぎて参考にならない。

大人って、恋愛してる大人同士って、どうやって仲なおりしているんだ。

「ごめん真人、真人と喧嘩するの怖くて、もとどおりになりたいのに、俺やりかたわからない……ヒント、ちょうだい」

真人を抱きしめられるのが最後になったら耐えきれないから、真人の右首に顔を押しつけてひき寄せて両腕で力いっぱい自分の身体に縛りつけた。

放せって言わないでくれ、と目を強く瞑って祈っていると、やがて俺も腰をひかれてきつく抱き返してもらえた。

「俺もごめん世さん。俺はさっき世さんの知らない人間に腕を摑まれているのを放って、昔じゃなくていま、世さんに見せつけたんですよね。俺の罪のほうが重い」

……真人が、謝ってる。

「罪ってほどじゃないよ。俺はわざわざ昔のこと蒸し返して嫌な思いさせたからばかすぎた」

「世さんに言えって迫ったのも俺です。怒らない約束だったのに責めたのもすみません」

「真人が謝るなよ、ほんとに、ばかなの俺だから。真人が俺のこと心配してすぐ謝りにきてくれたのも嬉しかった。気にしないで」

「いえ。ごめんなさい世さん」

なんでふたりで謝りあってるんだ……？　今度は謝り合戦になってしまって困惑する。

「……ふたりでごめんできましたね、世さん」

え……。

「あれ、なんだっけ、それすごく大事な話だった気がする。ふたりでごめん……?」

首を傾げて記憶を探っていたら、身体を浮かせて離した真人がまたキスしてきた。唇を舌先で舐めて撫でて、口で覆って甘く吸うだけのキス。

唇を愛撫されているうちにさっきまでの恐怖心が薄れていって、安堵に変わるのを感じた。

……よかった。真人がまだ求めてくれていてよかった。

俺も唇をひらいて真人の舌先を舐めた。濡れた舌で撫であっていたら口のなかでも抱きあっているような錯覚をして、抑えきれなくなって大胆に搦めて吸い寄せて、唾液も掬ってこくりと呑んだ。

「……慰めるって、どうすればよかったの」

真人の首にまわしている手で、うしろ髪を梳きながら訊いた。

「……いましてもらってますね」

「え、いま?」

「世さんからキスしてもらえると、俺結構簡単に蕩けるんですよ」

照れて隠れるみたいに首筋に顔を埋められて、首もとを吸われた。「ンっ」と声が洩れる。

「こんなのが、慰め……?」

「〝こんなの〟ではないですね」

納得がいかない。

「もしまた喧嘩みたいになったら言葉で仲なおりできるようにするよ。ごめんって謝ればいいわけでもないだろ。仕事ならどんな誠意が必要か判断できるんだけどな……恋愛は手本も研修もないし、たぶんそんなのも役に立たないから、パニクっちゃって……ほんとごめん」

真人の両腕にさらに腰をひき寄せられて身体がぴったり密着し、わ、と驚いた。倒れそうに傾く背中を軽々と支えられて、真人の腕の逞しさと掌の大きさを思い知る。

「〝ごめん〟以外か……ごめんの先は考えたこともなかったな」

吐息まじりの感慨深げな物言いだった。

「……やっぱりあなたです。俺は世さんだけだ」

首筋にかかる真人の囁き声が熱くてくすぐったくて、心臓も一緒にこそばゆく熱する。

「な、んで……いまので、そうなったんだよ」

俺も仕返しに真人の右耳たぶを軽く噛んでやった。小さく肩を竦めて反応するから、可愛くて喉で笑ってしまう。

「……世さんのほうがたまにツンデレですよね」

「は？　俺そんなへそまがりじゃないぞ」

また首をちくりと吸われた。真人って首も結構好きっぽい。

「仲なおりのしかたはともかく、慰めてもらうのはキスで充分嬉しいですよ」

「あ、うん……慰めはキスか、わかった」

「世さんから求めてもらえるのって俺には奇跡のような状況なので、心が荒んだとき癒やしになるんです。疲労回復にも効くから毎日でもしてほしい」

俺が仕事で疲れた夜、真人に会って癒やされたくなるのと似た感覚か……？

「そういえば真人って、朝食の食材をいつ買ってくれてるの」

腕をゆるめて身体のあいだに隙間をつくり、肩にある真人の耳を見て訊いた。「食材？」と真人も顔をあげて俺を見おろす。

「夜帰ってくるときに駅前のスーパーで買い物してますよ」

「そうなんだ。それ俺も呼んでよ。駅に着く十分前にメッセージちょうだい。家にいれば駅にいくし、俺も帰宅中なら間にあうかどうか返事する」

「え、家にいる日もわざわざ駅まできてくれるんですか？」

「うん……駄目？　迷惑かな」

「いや、もちろん嬉しいですけど」

「じゃあ決まりな」

真人が目をまるく見ひらいて、俺を見つめながらぱちぱちまばたきしている。

「……俺、いまものすごく可愛いこと言われた気がするんですけど気のせいですか」

「気のせいだろ」

誘ってるこっちは結構恥ずかしいし。

「……やっぱり世さんのほうがツンデレですよ。ツンデレデレデレだけど」

「デレ多すぎたら甘えてるだけだろうが」

「そうか、甘えてくれてるのか」

あ、と赤面したときには真人に抱き竦められていた。……そろそろ、三分休憩が、ほしい。

「夜も世さんと会えるの、幸せすぎるな……」

真人も一日の終わりの疲労と空虚を埋める相手に、俺を求めてくれている。

「……真人こそ、そんなふうに想ってくれるんだ。もしかしていまだけじゃなくて昔から？」

「もしかしなくても昔からですよ。でも世さんと恋愛を始めたいまは重傷ですね」

そこもおなじか。

「その気持ち……わかるかも」

小声で言ったけど、これだけひっついていれば当然聞こえているに違いない。

「俺を舞いあがらせていいんですか」

俺も右側の耳たぶを吸われて噛まれた。

「痛いっ。知らないよ、そんな加減できない」

「なにも期待していなかった俺を目覚めさせた自覚はしておいてくださいね」

……真人のボアフリースの毛先に鼻先をくすぐられる。好きだと言いあうことも、触れあうことも、ひとつも望んでいなかった三年間から唐突に解放された気持ち……？

「俺があの夜、真人に〝抱け〟って言ったとき、真人はどう思ったの」

喜怒哀楽のどの感情に苛まれたのか、俺には想像がつかない。返事を待っていたら後頭部にふわりと真人の掌が届いて優しく覆われた。

「〝泣かないでほしい〟と想いました」

泣く？　俺が……？

「真人の、サイズが……キングだったりするの？　挿入れるのが泣くほど辛いとか？」

身体をひき剥がされて、真正面から蔑視の眼差しを浴びた。

「違います」

怒鳴るのと変わらない声量で否定してすぐ、真人がベッドから立ちあがる。

「そろそろ帰ります。世さんも風呂入ってゆっくり休んでくださいね」

「なんだよ、怒ったの？　キングなひとだって苦労してるんだぞ、真面目な話だぞ」

「どこのキング男の話をしているんですか」

さっさと寝室をでていく真人に、俺もついていく。

「真人がそうなのかって話をしてるんだろ」

「自分の身体に訊いてください」

「え？　うー……そういう系統の違和感はなかった気がする、かなあ……」

考えている間に真人が靴を履いてしまった。

「おやすみなさい世さん。また明日の朝に会いましょうね」

ふりむいて、唇に一瞬だけキスをして玄関扉をあけ、去っていく。最後に小さく笑っていた気配があって、やられた、と気がついた。

「ごまかして逃げたなっ」

謎ばかり増えて、答えに近づいているんだか遠退いたんだかわからない。

あーもう……そもそも真人にとっては不本意な誘いだったのに〝泣かないでほしい〟って、状況が全然見えねえよ、キングじゃないならどういう意味だよ。

まったくもってわけがわからん。

ひさびさにとんちきクレームの会心の一撃を食らってライフも残り一の状態で帰宅し、ソファにぐったり沈んだ。

〝先日購入したクリスマスプレゼントを娘にあけられてしまったからべつの物に交換してください〟ときた。しかも〝商品に対して箱が大きすぎるからうまく隠せなくて娘にばれた〟だの〝一度使用したら想像していたのと違う、不良品だ〟だのと、こっちに非があると認めさせたいがために次から次へとモンスター持論を喚き散らして暴れるものだから途方に暮れた。

胃腸のあたりにストレスの靄が溜まってぐるぐるとどまり、不快で食欲も湧いてこない。とりあえず着替えなければ、と寝室のクローゼットまで重たい身体をひきずっていってスーツを脱いだらスマホが鳴った。

『世さん、お疲れさまです。昨日の約束憶えてますか？　一応あと十分で駅に着きます』

メッセージの四角い吹きだしが後光をまとって輝いているみたいだ。……真人ってすごいな。

このたったひとことだけで俺の心を浮上させる。

『憶えてるよ。家に帰ってたから歩いていくよ、改札のとこで待ちあわせしよう』

『楽しみです。気をつけてきてください』

楽しみ、という言葉の想いやりに胸が熱くなる。

『真人もね』と返して瞬時にタートルネックのニット……ではなくVネックの緑色をしたニットセーターを着て黒のパンツを穿き、紺のチェスターコートを羽織って再び家をでた。

楽しみだってさ。

数十分前に歩いていた夜道をまた駅にむかってすすみながら、晴れた夜空を仰いだ。

――娘のために五千円もだして買ったんですよ、クリスマス前にばれたら意味ないじゃないですか。違います？　わたし変なこと言ってますか？

わからず屋の無能だ、と責められまくった俺でも、真人は会うのを楽しみにしてくれる。

――娘には、せめて小学生になるまではサンタクロースを信じていてもらいたいんですよ。おかしいです？　あなたも親がサンタだって知ったとき傷ついたでしょう？

うちにはサンタがこなかったたし、侘しい食卓をより虚しくさせないためだったのかどうか、母親がチキンやケーキをテーブルに並べたこともなかった。

俺に初めてクリスマス料理とプレゼントをくれたのは真人で、子どものとき得られなかった喜びを、大人になってから真人がすべて与えてくれた。

男同士だとあの髭面老人のいかにもなビジュアルでサンタごっこできる可能性もあるよな。何十回もプレゼントを贈りあってじいさんになっても真人といられたら、一緒にサンタコスプレするのもいいな。サンタなんか一瞬たりとも信じなかったくせに、大人になったいまさら夢見るのは子どもすぎか。

――ああ、あなたまだ独身っぽいもんね。娘を持つ親の気持ちはわからないわ。すみませんけどね、店員さん。このひとじゃなくてもっと上のかたを呼んでもらえません？　ちゃんと結婚していてわたしみたいに子どものいるかたが適任だわ。ねえ、そう思うでしょ？

結婚結婚、娘娘娘――トラウマ全部掻きまわされて疲れきっていたのに、ありがとう真人。

月が綺麗とか言ったのは漱石だったな。今夜は今年最後の満月だとニュースで見た。たしかに夜道がとても明るくて胸も弾む。吸いこむ空気が冷たく澄んでいて心まで浄化していく。

あの路地をまがったら駅前のロータリーにでる。それでこのコンビニを通りすぎて、バス乗り場の人波をよけて、すり抜けて、パン屋とファストフード店の残り香を無視しつつすすめば、駅だ。

「真人」

改札口前の片隅に、長身の真人がすらりと立って待っていた。真人は灰色のタートルネックニットに黒のムートンジャケットとジーンズで、耳に眼鏡、肩に鞄をかけている。

小走りで近寄ったら無表情だった顔がだんだんゆるんで眉がさがり、口角もあがって照れくさそうな苦笑いに変化しながら感情が宿った。っとに……格好いいのに可愛すぎるだろ。

「お疲れさまです世さん」

真人の声と言葉を聞いた瞬間、一だったライフが全快した。おまえは賢者だよ。

「ありがとう。真人もお疲れさま」

真人もくしゃりと笑顔になってうつむき加減に視線をそむけ、眼鏡のずれをなおしてから「いきましょう」と隣のスーパーへうながした。

照れてる。こんなに格好よくて頭のいい未来の教授が、夜の買い物の待ちあわせをしたぐらいで照れてるぞ。

「真人ってただ立っててても格好いいけど、照れても格好いいな。でもって可愛いな」

こっちまで照れてどぎまぎしながら笑いかけて隣を歩いた。

「世さんは美人で可愛いですよ」

「格好いいって言え」と抗議して肘で突いてみたものの、正直どう返すのが正解かわからなくて反発するのでやっとだった。心臓が高鳴りすぎて、平静を保つために可愛くない態度をとるしかない。たしかにこれはツンデレかもなー……。二十八でツンデレって大丈夫か俺。

「じつは買い物につきあってもらえるの、結構助かります。世さんの好みを訊けるんで」

「俺の？　俺は和食ならなんでもいいよ。その次に中華が好きで、次がイタリアン」

「そういうアバウトなのは知ってます」

話しながらスーパーの自動ドアを通り、真人が買い物かごを持った。「あ、俺鞄持つよ」と真人の鞄を受けとって肩にかけ、野菜売り場から一緒に歩いていく。

たまに買い物につきあっていたから知っているけど、この時間帯は日保ちしない生ものや惣菜が値引きされて爆安になっている。

「世さん、セロリは食べます？」

「うん、好き」

値引きシールが貼られた残り少ないセロリから、葉の部分が黄色く変色していない元気めなものを真人が食い入るように見つめて探してかごに入れる。眼鏡はこのためだ。

「サラダも好きですよね」

「好き」

半額になっているカットサラダの袋も、新鮮めなものをじっくり選んで入れた。

「カリフラワーは？」

「……あんまり」

「ですよね、ブロッコリーは好きなのに」

「はー……でも前にヤングコーンをだしたらすこししか食べなかったじゃないですか。あれもしゃきしゃきしてるでしょう」

「カリフラワーは食感がごわごわしてるだろ。ブロッコリーはしゃきしゃきしてるから好き」

「あれはなんか、味がはっきりしなくてぶつぶつしてて得体が知れないから」

右手の甲で口を押さえて、真人にくっくくっく笑われた。

「アスパラもホワイトアスパラは嫌いでしょ。それはどうして？」

「白いのは腑抜(ふぬ)けた味に感じるんだよ。ブロッコリーもだけど緑色のほうがいい。でも食べられないわけじゃないよ」

「面白いですね。じゃあ食べてもらいたいときはなにかアレンジしてみようかな」

特売日の余りのほうれん草やピーマンもかごに加わった。きのこも、よく味噌汁に入れてくれるえのきと、炒めものにも添えものにもよくいる万能なぶなしめじが仲間入りする。

「朝に食べたい魚は鮭以外になにかあります？」

訊かれて鮮魚コーナーをふたりで覗きこむけれど、ほとんど残っていない。

「もうないよ？」と真人を見あげると、「あるときに買うので参考までに」と言う。

「んー……魚はいろいろあるからなあ。とくに好きなのは鮭と鱈とホッケとアジ」

「鯖(さば)は？」

「鯖も嫌いじゃない。でも生臭さがちょっと苦手」

「ほら。訊いてみると結構苦手なのあるんですよねー、世さん」

真人が冷凍魚のばら売りコーナーから鮭とホッケをそれぞれ透明袋に入れてかごにしまう。

「好みがあるだけだよ、食べられないわけじゃないってば」

前に買い物をしたとき、真人の好みを訊いたらびっくりするほど俺と真逆だった。朝食は食べない派で、好みの順番はイタリアン、中華、和食だという。

罪悪感に襲われて『俺も真人にあわせるよ』と申しでたけど、『世さんの健康のために料理をするのに朝食を抜いたら意味がないし、夜は日替わりで和洋中作るから問題ありませんよ』と許してくれた。『自分が苦手なものも世さんといると食べるので身体にいいんです』とも。

真人は食生活を俺にあわせると決めてくれたんだ、とあのとき理解した。だから真人の好きな料理もだしてくれと頼みつつほかは口だしせず、俺は真人の〝想いやり献立〟を楽しみにして、きちんと完食するようにしている。

隣にすすむと、刺身のセットが半額になっていた。ふたりで顔を見あわせて、「世さん夕飯食べました？」「今夜はまだ食べてない」「じゃあ一緒に刺身を食べましょうか」とうなずきあって相談し、まぐろとサーモンとはまちと甘海老の豪華四点盛りを選んでにんまりした。

「この時間帯は宝の宝庫だな」

「ですね。帰ったらご飯を用意して、炊きあがるまでの一時間で風呂入って寝る準備も整えて集合しましょう」

「最高！　俺ビール買っちゃおうかな〜」

「一缶だけなら許します」

客もほとんどいない夜のスーパーで、会話も楽しみながら買い物をしていると、真人の言うとおりだなと思った。ふたりで食べる夕飯を一緒に考えて、おなじ場所へ帰る……ほんと同棲しているみたいだ。

むしろ、どうして同棲せずに隣人同士でいるんだろう、と不思議になってくる。真人は勉学で俺は仕事っていう、人生と精神を占める外の生活があるから隣人同士の距離感があっている気もするけれど、一緒に暮らしても不都合はないんじゃないか。……いや、近くなりすぎると別れることになったとき打撃がでかいか。

マグカップも歯ブラシもひとつに減って、クローゼットもソファもベッドも、部屋全体もひろく感じる日々に戻るって……ああ、無理。無理無理無理。いまでさえ箸やご飯茶碗や味噌汁椀なんかが部屋にふたつずつ揃っているんだぞ。この程度の打撃に抑えておかないと完全に死ぬ。

「世さん、お会計は俺がしますね」

「あ、うん。お願いね」

刺身のほかに、投げ売られていた酢豚（すぶた）と麻婆豆腐（マーボーどうふ）と焼き鳥と山芋揚げと枝豆も選んでレジへ並んだ。真人が会計をしてくれている間に俺が袋詰めをする。

「夕飯っていうか酒飲みセットだね」とふたりで笑いあいながら袋詰めを終え、ふたつの袋を分けあって持つとスーパーをでた。

重たい食材が詰まった袋はたいていい真人が持ってくれる。

「次は俺が重たいほう持つよ」

「疲れていなければお願いします」

まだ若干賑やかなロータリーを尻目に、駅前の大通りから路地へ入ってアパートへむかう。さっきより夜が深くなって満月もさらに高くのぼり、足もとが鮮明に見えるほど明るかった。

「真人も一日頑張って疲れてるだろ」

「まあ。でも世さんみたいに一日中立ちっぱなしってわけじゃないんで」

「疲れって身体のダメージだけで溜まるものじゃないんだぞ？」

左隣にいる真人が苦笑しながら眼鏡のずれをなおして、その横を車が走り抜けていく。ふたりで歩くと真人がいつも道路側を選ぶのは、守ってくれているから……なのだろうか。

「精神的なダメージも会社員ほど重くないですよ。世さんは今日どうでしたか。例のセクハラ上司は大丈夫なんですか」

古坂さんのことを教えてから、真人は毎日必ず〝平気か〟と訊ねてくれる。

「大丈夫だよ。いまはセールで出ずっぱりだし、まだ部署が違うから全然会わない。ごめんな、心配させて。ありがとう」

「世さんは自分も美人イケメンだってことを自覚してくださいね」

「この顔が武器になるのは知ってる。真人に」

真人が笑って、俺もつられた。無意識に歩調をあわせて、隣に並んで、晴れ渡った夜を歩く。風が吹いて首もとを冷やしていった。吐く息がまるく白く浮かんで夜気にまぎれていく。

『世さんは今日どうでしたか』――真人の声が頭の裏でまわっている。

ライフは回復したはずなのに、なぜかまた腹のなかに蠢く靄の存在を感じた。真人に会って消失したわけじゃなかったのか。……どうしよう。気づいたら無視できなくなってきた。

「……。今日、ひさびさにしんどいクレーム受けてさ。真人に会ったら救われたよ。買い物の約束しておいてよかった」

言ってしまった。

「クレームか。どんなのですか?」

うち明けるとこうやって訊いてくれちゃうもんな、真人は……。

神さまごめんなさい、仏さますみません、と内心で平謝りしながら件の会心の一撃を話させてもらったら、相変わらず見る間にストレスの靄が消えて楽になっていった。

もう充分だ、ありがとう真人……と感謝し始めると、しかし今度は「それ最悪ですね」と同意と肯定の神対応まで返ってきてしまう。

「俺いつも思うんですけど、そういうモンスターってどういう親からどういう教育を受けて、なに食って育ったらその狂った価値観を持つんですかね。娘を管理できなかったのは親の責任だし、百歩ゆずって返品を受け容れるにしても一度使用したってどういうことですか?」

うわー……俺が思ってたこと全部言ってくれる～……。

「きっと親も周囲の人間もみんなカスなんですよ。旦那も狂ってるんでしょうね。ああそうだ、それで娘もゆがんで、将来おなじようなクレームをするようになるんだ」

「うん……ごめん、ありがとう真人」

「世さんは本当に偉いしすごい。俺、あなたの仕事をしてたら人間不信どころの騒ぎじゃないですよ、たぶんすでにひとりふたり殺ってるんじゃないかな。なんで我慢できるんですか? どう考えても辛い仕事でしかない、心から尊敬する」

こうやって真人が俺を千パーセント肯定して味方になってくれると、自分もそこまで立派な人間ではないよ、ととたんに萎縮してしまうのはなぜなんだろう。

「真人ありがとう。でも俺も親の気持ちとか、サンタを信じる子どもの気持ちってわからないしさ。お客さまの言うように人間として足りない部分があったのかもしれない」

「世さんに欠陥なんかありません」

「けど結果的にお客さまを満足させられなかったのは俺の落ち度だから。どんな意見にも寄り添って、最後に満足して帰ってもらうのが俺の務めなのに、それができなかった」

真人のおかげで、気づけば俺は被害者意識を捨てて中立的な目線を持てるようになっていた。事態を俯瞰して見る余裕を、得られていた。

そして感情を整理できたことで、本当に辛かったのは自分の力のなさだったんだとわかった。そうだ。俺はお客さまに〝べつのひとを連れてきて〟と言わせて、最後まで対応できなかったことが辛かった。自分の未熟さが、不甲斐(ふがい)なさが、もっとも耐えがたかったんだ。

「……。それ、結局どう解決したんですか」

「柳瀬さんだよ。俺より上の人間で、娘を持つ父親の彼が、あっさりお客さまの怒りを鎮めて解決してくれた」

あのひとの下で七年も働いてきたのに、まだ助けられている。ひょっとしたら彼が最後に『ひとつ貸しだよ』とウインクして笑ってくれたのも、俺の矜持を刺激しないためだったんじゃないか。〝いまだにクレーム対応もできないのは困る〟とも〝気にしないで忘れなさい〟とも言わなかった。叱責(しっせき)や慰めで口撃せずに、〝貸しだ〟と対等の位置で笑ってくれた。

「……そうか。柳瀬さんか。……やっぱり羨ましいな」

見返すと、真人が唇に苦笑いを浮かべてうつむき加減に歩いていた。

「羨ましいってなにが？」

真人があのひとに対して羨むことなどあるだろうか。

「内緒です」

「え、なにそれ。おなじ会社で働いてるからとか？」

探ろうとしたら、ふっ、と短く苦笑されて、買い物袋を持ちかえた真人の右手に左手を握りしめられた。

「まあそれもありますね。俺はその客のことぶん殴って大ごとにして終了させただろうから、一緒に働いていたところで世さんを助けられないでしょうけど」

「柳瀬さんが俺を助けたことを羨んでくれているなら、それは違うと思う。真人のほうが俺を救ってくれてるから」

「そうですか？」

「そうだよ」

あからさまに〝俺がなにかしたか？〟と顔に書いている真人が面白くて笑ってしまった。

「柳瀬さんは仕事の面でも親みたいなものなんだよね。助けられると、まだおんぶに抱っこで情けない、って劣等感しか湧かない。けど真人は俺に自分を見つめなおさせて、成長させてくれるんだよ。ずっとこんなふうに真人に甘えてきたんだよなー……俺」

見あげるまんまるの満月も〝そうだぞ〟と笑顔で俺を叱っているみたいだ。

「なるほど。酔っ払って弱音をこぼす世さんの話を聞いて恋しがっていた時間も、なにかしらの力になれていたわけか」

「そーだよ、その節はどうもありがとーございました」

笑いながら、真人が指と指を絡めて手を繋ぎなおした。……喜んでくれているのは伝わってくるんだけど、さっきから周囲の目も気になってどきどきしてるんですよ真人君。誰もいないからかまいませんけれども。

「世さん、今夜は今年最後の満月らしいですよ」

真人が上空で皓々と輝く満月を見あげて微笑んでいる。

「こういう夜にこの道を歩いてると、世さんに声をかけた日のこと想い出すな」

「……それって俺がひとりで酔っ払ってへろへろになってた夜のことでしょうか」

「そうですね」

愉快そうにくすくす笑われた。こっちは恥ずかしいったらない。

「あの世さんといま恋愛してるんだなあ……」

「いや、うん……もっとまともな世さんを思い出してしみじみして」

「まともな世さんねえ」

「頑張って思い出せよ、ひとりぐらいいるだろっ」

繋いでいる手を強く握って痛めつけながら訴えたら、真人が「ははは っ」ともっと笑った。

真人も今夜の満月が今年最後だと知っていたんだ。恋愛しているふたりで一年の締め括りの満月を眺めて笑いあうって、隣人関係のころとは明らかに違う、特別な温かい感慨がある。

　アパートに着いて俺の部屋へいくと、買ってきた食材を整理する俺の傍らで、真人がお米を炊飯器にかけて準備してくれた。当然のように分担する家事も、俺の部屋のキッチンになじんでいる真人も、やっぱり同棲感がある。

「じゃあ支度ができたらまたきますね」

「ああ、待ってる」

　すぐ真横の玄関へ見送りにいくと、微笑んだ真人にそっと腰を抱かれてキスをされた。

　同棲をしなくとも生活のすべてに真人の存在が住みついていて、心のなかにもあたりまえに生きていて、この日々が終わるのはどうせもう絶対に耐えられない。

「真人、あのさ……」

「はい」

　真人の右肩に目をつけて深呼吸する。真人の匂いのするムートンジャケットがあったかい。落ちつく。身体が磁石になってくっついて一生離れない呪いにかかればいいのに。

「……この関係になってから俺、真人に嫌われるのが怖いとか負担になりたくないとか考えるようになったんだけど、さっき話してたみたいに、いままでは甘えて、頼りきってたんだって実感して……感謝と反省をしております」

　ふっ、と真人が右側で吹いた。笑いながら「……はい」と震えた声でこたえてくれる。

「存分に甘えてください。俺はあなたに自由に幸せに生きてほしいって言ったでしょ」

「うん……ありがとう。でも真人も遠慮なく甘えてね。俺も真人を支えられる恋人になりたいから」

首筋に真人の唇がついてちくりと吸われた。肩で反応して、俺も真人の背中に腕をまわす。

「きちんと確認しておくけど、あの夜俺を抱いたのは真人、ってことで……いいんだよね」

首を吸う真人の舌がとまった。やがて小さな音を立てて唇が離れ、力強く逞しい腕にきつく痛く抱き竦められた。

「——……はい」

8　先まわりの遠まわり

　十二月半ばに入って疲れて帰宅した夜、戸川から画像つきのメッセージが届いた。

『城島さん、お疲れさまです。仕事中は話している時間がないからメッセージで失礼します。イケメンニュース速報なのですが、俺、彼女ができました。城島さんはマコト君とその後どうですか？』

　色とりどりの電飾が輝く大きなツリーの前で、微笑みあう美形の男女の画像——心のなかにぽかりと空いたままだった戸川への思いや罪悪感を、その画像が埋めてくれたのを感じた。

『さすがイケメンだな、恋人できるのはやいったらないわ』

『言ったでしょう。俺は常時モテ期なんです』

『ちょっとだけ妬いてやる』

　戸川にお似合いの、とても美人な彼女だった。次のイケメンニュース速報は柳瀬さんみたいに結婚の報告なのかなと想像すると、すこし寂しさが過る。

　十時半に真人が帰ってきた気配を察知すると、すぐさま追いかけてチャイムを押した。

「まこまこ、入れてくれ」

まだ玄関にいた真人は扉をあけて、まるい目で「どうしたんですか」と招いてくれた。

「戸川に彼女ができたんだと」

「よかったですね」

ＡＩより感情のない声音だった。

「戸川の横に並んでも劣らない超絶美人だった。画像こっそり見るか？」

「俺、世さん以外はみんなじゃがいもに見えるんで大丈夫です」

「だったらブランド芋レベルだぞ」

「へえ」

部屋へ入って寝室にいく真人についていく。デスクの前に立ってリュックをおろし、ノートパソコンをだして荷物整理をする真人のうしろで、ベッドに腰かけて肩を上下した。

「すごいな、イケメンって。半月程度で新しい恋に出会えるんだよ。柳瀬さんも一ヶ月そこらだったなー……」

「嫉妬してるんですか」

「ミジンコ程度な」

「オオミジンコぐらいありそうですね」

「この一年恋人の影なんかなかったのに一瞬でブランドじゃがって。きっと結婚もすぐだ」

「逃した魚は大きかったわけですか」

「今日だけめいっぱい嫉妬して悔しがることにする。ふった奴が〝幸せになってほしい〟とか言うの、上から目線でウザいだろ？」

「本当に妬いてるだけでしょ」

ばた、とベッドに仰向けに倒れて天井を仰いだ。

「ブランドじゃがかー……」

女性っていうのがすこし憎かった。性別の違いは嫉妬も届かない部分がどうしてもある。

柳瀬さんは〝妻との関係を見せていないだろ〟と言ったが、結婚します、娘が生まれました、と報告を受けて社内が祝福ムードになる空気を、虚しさを、裂かれそうな想いで笑う苦しさを、俺は味わわせてやれないんだぞ。

「俺に嫉妬させて愉快ですか」

真人も左横に転がって、右腕をついて俺を見おろしてきた。

「なあ、俺らも子どもつくろう」

真人は穏やかな眼差しで俺の目を見つめ、鼻と、唇をしずかに視線でたどってから、左手で前髪を梳いてやんわり撫でてきた。

「……いいですよ。でも子どもは嫉妬でつくるものじゃありません」

目から鱗が落ちるとはこのことよ。自分の愚かさと反省が迫りあがってきて、真人の胸に顔を埋めた。

「教授ー……俺はおまえが旦那さまなのを誇りに思う」

「はいはい。あなたの誇りになれて幸せです」

恋愛も、恋愛っぽいものも、総じて苦しい。ひとりの人間に対してひとりだけが選ばれて、そのほかの他人はどれだけ身を切るほど愛してもみんな報われない残酷なものだからだ。

真人を見あげて、俺も真人の目や鼻や唇や、掌で感じる逞しい体躯や熱い体温を抱きしめた。真人の唯一になれてよかった。真人がこの世に生まれてくれてよかった。会えてよかった。

「今日も一日講義と研究で疲れた？」

「疲れました。でも楽しいから苦じゃないですよ。世さんに会えないのが辛いだけで」

「朝は会ってるだろ」

「朝しか、ね」

夜の買い物もだいたい三日おきだから隣に住んでいても会える時間は相変わらず少ない。

真人が俺の頭に唇をつけて、すぅと匂いを吸う。

「風呂に入った匂いがする。夕飯はちゃんと食べました？」

「食べた。今日は柳瀬さんに寿司をおごらせた」

「あなたはなんでそんなに俺を嫉妬で狂わせたがるんですかね」

肩を支えて仰向けに転がされ、口を塞がれた。不躾に舌を入れることはせずに、上唇と下唇を唇で挟んで舌で舐めて味わい続ける。真人の優しい気づかいが伝わってくる、浅めのキス。

「寝るときは？　ちゃんと〝真人愛してる〟って唱えてますか」

「言わん。ひとりで言ってるとおまえが遠くにいったみたいで淋しくなるだろ」

星に願いを、じゃないんだ、虚しいったらない。睨んだら信じられない強力さで抱き竦められた。骨が軋むほど痛い、苦しい、折れる。

「い、た……いた、い、ばか、」

「まだリハビリが足りていないみたいですね」

背中から離れた真人の左手が胸もとにきて、パジャマのボタンに指をかけた。え、と息を吞んで呆けた隙にひとつはずれて、ふたつめのボタンも器用に穴をくぐらしてはずされる。

「まこ、」

湧きあがる恐怖心を揶うようにキスをされた。唇の動きは優しくて、いつもと変わらない。やっぱり舌は入れずに、おたがいの唇のやわらかさを教えあうような甘いじゃれあいのキスをする。

「……ン、」

でも胸もとが、夜気に触れて冷たい。そのうち真人の唇の位置が右側の口端から頰へおりて、首筋から鎖骨までたどっていった。

「真人、」

生暖かい真人の舌が首筋を吸って鎖骨を噛んでくる。刺激された箇所から快感がひろがって、ぞくりと肩をすぼめて震えた。

真人の身体が自分の上に重なって、重みと体温で温かい。抱きしめられて首もとが気持ちよくて、歯を立てて噛んで求められて嬉しいのに、どういうわけか胸が締めつけられて苦しい。欲望を剝きだしにして率直に、まっすぐに愛されるのが怖い。

「まこ、と……やめて、」

「世さん」

「なんか……寂しい、」

首筋を強く吸って噛まれた。うぅ、と真人の背中に縋りついてきつく抱きしめて呻く。

「……わかりました。じゃあ次は胸を刺激しても平気になるまで頑張りましょう」

「へ……なにそれ」

「世さんのセックスレッスンです」

至近距離で宣言されて頬が熱くなった。

「ちゅ、中学生じゃあるまいに」

「あなたは中学生以下ですよ」

「はじ、めてしたのは、大学のころだけど、俺はそこそこのセックスマスターだぞ」

「俺とはできないでしょ」

淡泊な表情と口調で言明されて、いきなりパジャマの胸もとを唇で割いて右側の乳首を口で覆われた。ひわ、と情けない悲鳴が洩れて、真人の頭を抱えてしまう。

「や、待っ……気持ちい、けど……待ってっ、」

「三分休憩ですか？」

しゃべりながら舌で舐めて吸われて、再び快感が背筋を駆けのぼっていく。気持ちいいのに同時に真人の想いも石の塊みたいに流れこんできて抱えきれなくてどうしても切なくなる。

ゲイアプリでセックスを目的に会う相手とは官能のみに溺れられたけど、真人相手だと愛情がおたがいのあいだからあふれだしてくる感覚のほうが強烈で、苦しくて耐えられない。

「変だ……なんか、無理、」

「言ったでしょう」

乳暈(にゅううん)を甘くねぶってから、真人が戻ってきて口になだめるみたいなキスをした。

「なんで……俺が無理なこと、どうして真人は知ってるの」

「自分の心に訊いてみてください」

あ、と我に返った。

「一夜のあれかっ。でもおかしいだろ、俺が真人とセックスできないならなんで中出しされてたんだよ、おまえが無理矢理襲ったわけじゃないんだろ？」

「どうぞ悩んでください」

意味わかんねえ……っ。

「柳瀬さんとの最後がトラウマになってて、真人としようとすると拒否反応がでるとか……？いや、いくらトラウマとか深層心理とか言ったってそこまで傷になってねえよ。ていうか俺は真人とつきあってていま普通に満たされてるんだけど？」

真人の頬がゆるんで腑抜けた笑顔になった。右手で頭を撫でられる。

「つきあってるって初めて言ってくれましたね」

「う。そりゃ、もちろん……いまはな。あの夜はつきあってなかったけど俺が誘惑して、でも真人とセックスするのは怖くて泣きそうなほど怯えてて、なのに中出しさせて口止めした？なんなんだそれ……」

「頑張って。俺も我慢の限界があります。こっちの欲求面は残念ながら若いですからね」

名残惜しむみたいに胸もとと鎖骨にくちづけながら、真人が俺のパジャマのボタンをしめる。それから俺の首筋に顔を埋めてうつぶせ、腰を抱いたまま脱力してじっと停止してしまった。

あ……マズい、本気で辛いっぽい。

「ごめん……すぐ答え見つけるから、ちゃんとセックスしような」

背中を抱いて真人の頭を撫でた。

「……言葉の力もなかなか刺激的なので抑えてもらえると嬉しいです」

「わ、かった。……こんな忍耐強いおまえに中出しさせた俺ってどんな奴なんだ」

「その中云々(なかうんぬん)っていうのも連呼しないでくれます」

「……。なかだしなかだし」

腰をくすぐられて、「ぎゃは」と身を捩って大笑いしてしまった。嫌だ嫌だ、と逃げてはしゃいで、真人も吹きだしてふたりで爆笑する。

「ごめん、わかったよ。お詫びに、口でする……?」

真人の目を見あげて羞恥心を隠しながら誘ったら、不機嫌な顔になった。

「ふたつ不満があります」

「え。……なんでしょうか」

ここで先生モード?

「ひとつ。そういう順序のなってない行為が俺は好きじゃない。先に大告白してもらいます」

「そ、うか……好きって、言ってないもんな、そういや」

「ふたつ。外で学んだテクニックを俺にひけらかさないでください」

こめかみを殴られたような衝撃を食らった。

「真人先生が、可愛いことを、おっしゃってるっ……」

右頬を噛まれた、いたい。

「もちろん経験がゼロだとは思っていません。歳上だしアプリのことも知ってる。三年のあいだ夕飯はいらないって言われた日も何日もあった。でも慣れてる素ぶりは見せられたくない」

今度は俺が頬をでれとゆるめて笑ってしまった。

「わかった。だけど俺、恋人って認めてつきあってるの人生で真人だけだよ」

「それでセックスに慣れている自分をどう思いますか。ゲイなら許されるんですか」

「ぐっ。……わかったよ。フェラしない」

「大告白したあとしてください」

「するんかい」

ぶふっ、と吹いたら、真人も俺の額に額をつけてキスをしながら笑った。

「……真人先生はこんな立派な男なのに、なんで俺みたいな駄目な男を恋人にしてくれたの」

頭もよければ常識や倫理観もあって、古風なほど厳しい若者なのに、酒呑んで定期的にへべれけになる倫理観がばがばな俺のなにがいいんだ。

「格好いいところだけが人間の魅力だと思っているんですか？」

「ん？　んー……格好いいに越したことないじゃん」

「そんなことありませんよ。映画を観て泣く感受性豊かな世さんに憧れます。辛いとき酒を呑むくせに泣かない世さんを抱きしめたかったです。他人嫌いの俺の偏屈さを壊してくれるのはあなたのめちゃくちゃで可愛い我が儘だけだし、甘えてもらえると自分の存在価値を覚えます。会話のテンポやリズムも好きで、たまに漫才みたいになるのも楽しいです。こういうの、俺、世さんとだけですよ。他人と会話してて笑うことってほぼないんで」

えっ、とびっくりした。

「真人、ひとと笑いあったりしないの？」

「ないですね」

「クール君だなっ」

「見ててわかるでしょ」

……たしかにちょっと前まではほとんど無表情か仏頂面だったけど。

「たまに笑いな？　可愛いから。あ、でもおまえの笑顔が可愛いのばれたらモテちゃうか」

真人の両頬を両手で覆って見つめた。つまらなそうな、怒っていそうな無表情が崩れると、この顔はものすごく可愛くなるって、俺だけが知っているのも悪くないかな。

「笑わなくてもモテましたよ」

ぱち、と右手で無意識に頬を叩いていた。ぶっ、と真人が吹きだす。ほら可愛い。いまの笑顔は小憎らしいからいらんけども。

「ちなみに真人は何人恋人がいたんだよ」

「五人ですね」

「ごっ⁉」

ばち、と両手で頬を叩いてやったら今度は吹きだしたあと顔を伏せて大笑いしやがった。

「……笑いすぎて腹が痛い」

「こっちは笑い事じゃねえんだが。おまえもがっつりテクあるじゃんかよ」

「俺はひけらかしてませんから」

「これからひけらかされる。あーむかついてきた。真人とセックスすんのやめた。やめやめ」

大の字になってそっぽをむく俺を、真人がしみじみした眼差しで見おろしてくる。

「……ほんと二十八と思えない可愛さですよね」

もう許せん。両頬をつねってやる。唇がのびた変顔も可愛いってどういうことだ、クソ。

「言っておくけど俺がこんな素を見せてるのおまえだけだからな」

「じゃあ世さんも俺だけに魅力的なところをたくさん見せてくれているんですね」

「映画観て泣いたり、酔っ払って我が儘言ったりするののどこが魅力なんだか」

「……うん。理解できなくてもいいんで、そのかわり俺があなたの顔だけを好きなわけじゃないってことはちゃんと知っておいてください。絶対に自分を卑下しないでくださいね」

「ひげ？」

「あなたそういうところあるから」

言いながら、俺の額にくちづけた真人がベッドをおりて立ちあがった。

「そろそろ風呂に入ります。世さんも戻って休んでくだ、」

「ここで寝る」

ぴた、と足をとめた真人が、じとりと横目で睨んできた。

「まここん、喜んでるな？」

おしゃれな真っ黒いカバーのかけ布団を持ちあげてささっとベッドへ横になった。ふふん、とにんやり笑いかけてやる。

「さっさとシャワー浴びてこいよ」

お決まりのセリフをわざと低めな声で言って、しっし、とダンディにうながした。

「……戻ってきてもちゃんと起きていたらご褒美のキスしてあげますよ」

「そんな間抜けじゃねーし」

「そこそこ間抜けでしょ」

「おまえ俺のこと好きなんだよね？　ね？」

「すきすきだーいすき」

クローゼットから着替えをだしつつ、適当にあしらわれる。ちくしょう。

「ではおやすみなさい世さん」

「待ってるってば」

ふふ、と口端をひいて色っぽく笑った真人が浴室へ消えていく。

結局そのあと、真人の押し殺した笑い声で半分目が覚めた。寝ぼけながら「おまえが長風呂だから」「日中立ちっぱなしの営業マンは疲れてるんだ」としっかり抗議したけど、また適当に「はいはい」とあしらわれて眠りに吸いこまれていった。なんのご褒美かわからないキスをされながら。温かい布団と妙に逞しい両腕に抱いて守られて。

「——城島さん、ちょっと」

翌日、午後から店で合流した戸川が声をかけてきて洗面所へ連れていかれた。なにかと思っていると財布のポケットからファンデーションシートをだして、自分の首もとをつつく。

「ここのところ、痕ついてますよ」

「え」

「キスマーク」

あまりの羞恥心に、十年分ぐらいの記憶が脳内から一瞬で消失した気がした。

「俺、朝から接客してたんだけど……」

「誰にも気づかれていないことを祈りましょう。相手、当然マコト君ですよね」

「……です」

「彼のこともちゃんと教育してください。自分の恋人が接客の仕事をしてる社会人だって」

戸川が袋から一枚とって俺のワイシャツの襟もとをよけ、首筋に貼りつけてくれる。

「ありがとう。でも真人のこと勘違いしないでやって。俺が不用心だっただけだから」

「へえー……城島さんが要求したんですか」

軽蔑の眼差しが辛い。

「や……てか戸川ってこんなのも常備してるんだね」

「イケメン営業マンだって言ってるでしょう」

「恐れ入ります……」

鏡に自分の首をうつして確認すると、若干肌色が濃くて浮いた印象を受けるものの、しっくりなじんでいる。絆創膏よりスマートだ。タトゥーや傷を隠すためにこういうシールが市販されているのは知っていたけど、俺も今後は常備しておくべきか……？

「マコト君とうまくいっているんですね」

戸川が横で、鏡越しに俺を見て鼻からため息を抜かす。

「戸川も彼女おめでとう。戸川レベルになるとあんなに綺麗な彼女が一瞬でできるんだな」

「そうですよ。大いに悔しがってください」

肘で鳩尾を突いてやった。

「今度夕飯おごるから詳しく聞かせろよ」

「城島さんこそ、マコト君とのことイブの夜に詳しく聞かせてもらいますよ」

「え、彼女できたのにイブに俺といていいの？」

「当然です。先に約束したのは城島さんですから」

「いいよ、彼女と過ごせよ。俺が恨まれるだろ」

「マコト君と過ごしたいんですか」

「いや、真人とは二十五日に会うからいい」

俺も肘で突かれた。結構痛い……。

「城島さんはもとから二日間連続デートの予定だったんですね」

「だって一夜の事件とかキープとかいろいろあったし、もともとここ数年はクリスマスも真人と一緒だったんだよ。ほら、食事作ってもらってる関係で」

がくりと頭を垂れた戸川が、右手で額を押さえた。

「……俺ほんとに間男だったのか」

「べつにそういうわけじゃ、」

鋭く睨まれて、綺麗すぎる双眸に鏡越しでも刺し殺されるんじゃないかと恐怖を覚える。

「このイケメンを間男役にした罪は重いですよ。必ず幸せになってください。でも別れたら真っ先に俺に連絡してくださいｌ」

「わ……わかった。別れて、生きる気力が残ってたら、報告する」

「のろけかよ」

けっ、と舌打ちされて、駄々っ子の戸川だと思ったら嬉しくて笑ってしまった。

「おまえものろけてくりゃいいだろ。ブランドじゃがはな、希少な高級品種なんだぞ」

「は？　じゃが？　なんですかそれ」

ふたりでうだうだ言いあいながら洗面所をでて売り場へ戻った。

ああ、やっぱり戸川となら二課へ異動させられたとしてもやっていけるなと思った。いや、やっていきたい。

二課が社内で下に見られているからといって、そんな低劣な意識にひっぱられてどうする。会社にとってはどちらも大事な部署で潰しあうべきものではない。戸川とふたりで挑めば二課も一課と同等の位置まで売り上げをあげて強力な二大戦力にできる。してみせる。

「一緒に頑張ろうな、戸川」

ぱんぱん、と戸川の背中を叩くと、不思議そうに俺を見返した戸川もすぐに「はい」とイケメンスマイルで応えてくれた。

仕事を終えて夕飯を食べていると、真人からメッセージがあった。

『クリスマスにデートする場所をいくつか選別しました。世さんはどこがいいですか？』

ホームページのアドレスつきで景色の画像も確認できる。

丸の内では仲通りの街路樹や丸の内ビルの巨大ツリーが観られて、とくに有名な商業施設の会場で今年は白い雪の森をイメージした色彩のツリーが飾られ、ショーも開催されるらしい。

六本木にいけば有名なけやき坂イルミネーションを眺められるうえヒルズの施設内でクリスマスマーケットが開催されており、雑貨や料理も楽しめるらしい。

真人の大本命は横浜の赤レンガ倉庫で、シンボルの巨大ツリーの周囲ではやはりクリスマスマーケットが開催されているほか、すこし足をのばせばコスモワールドで大観覧車に乗れるからすべての条件にぴったりだ、とのこと。

『クリスマスマーケット発祥の地であるドイツと横浜の赤レンガ倉庫は所縁があるらしくて、ヨーロッパ雑貨がいろいろ見られるそうなんです。世さんも興味ありませんか？　本格ドイツ料理やクリスマスメニューもあるみたいなので、テイクアウトして家で一緒に食べてもいいですよね。デートの日にまで仕事のことは考えたくないかな』

文章だけではしゃぎっぷりが伝わってくるのってすごいな。ついくすくす笑ってしまった。

「ずいぶん楽しそうだね」

正面で炒飯を頬張っている柳瀬さんがつっこんでくる。

「柳瀬さんはクリスマスマーケットっていったことあります？」

「ああ、クリスマス雑貨が売られる市だね。一度いったことがあるよ。ツリーに飾るオーナメントやリース、スノードームにキャンドルホルダーが綺麗で印象的だったかな。食べものもグリューワインやソーセージをメインにドイツの郷土料理が並んでいて賑やかだった」

「ふむふむ、あまり仕事を意識しなくてすみそうですね」

「クリスマス期間にしか活躍しないデザインばかりだから参考程度かな。いってみたいの？　都内でも何ヶ所かやってるはずだからいこうか」

和牛の麻婆豆腐を口に入れながらにやけてしまった。

「すみません柳瀬課長ー……俺、今年は彼氏といくんです。クリスマスマーケットに。巨大ツリーとイルミネーションを楽しむために。クリスマスデートなんです」

「何ヶ所かやってるって言ったでしょう。マコト君とすべてまわるの？　違うよね。終業したあと寄れる場所もあるから視察しよう。仕事の一環としてね」

……さすがだ、ちょっと羨ましがらせてやりたくても全然めげやしない。おまけにふたりきりの外出も仕事に絡めて、浮気でも不倫でもない正当な理由まで瞬時に用意しやがった。

「お断りします。どうせ俺は一課から離れる身ですし、あなたと視察する必要もないでしょう。真人を哀しませることもしたくない。あなたはご家族といけばいいじゃないですか」

「やれやれ。そんなに世とマコト君が俺を意識してくれているのなら諦めるしかないか。仕事なのに」

マウントのとりかたもいやらしすぎる……。

相手にしても負けるだけなので、柳瀬さんを睨みつつシュウマイを大口あけて頬張ってから真人に返事を送った。

『丸の内も六本木も画像だけで見惚れるけど、条件ぴったりなら横浜にしよう。クリスマスマーケットも楽しみだな。調べてくれてありがとう真人』

しかし本当に観覧車で大告白することになりそうだぞ。自分がこういうドラマチックな体験をする種類の人間になるとは思ってもみなかった。とくにマナーとかルールなんてないよな？観覧車のタブーってあるのか？

たぶん大半の陽キャが十代のころ経験をすませているイベントなんだろうな……十代の中高生時代なんか思春期真ったただ中のクラスメイトを隅っこで眺めて、孤独なゲイを拗らせていた記憶しかないわ。

「柳瀬さんって観覧車で告白したことありますか」

俺も炒飯を小皿にとりわけながら訊ねたら柳瀬さんの目が据わって不快感をあらわにした。

「……おまえね、毎晩毎晩マコト君がいなくて淋しいからって夕飯おごらせておいて、しまいにはのろけ倒すってていい度胸だよね」

「だってパパは傷ついていて愛情確認してるって言うからあ」

「憎しみのほうが増してきたな……」

苦笑したら、彼も一緒に苦笑いになった。

「どこの観覧車なの」と、パパは結局話を聞いてくれる。

「横浜です」

「あそこは一周十五分だね。シースルーのゴンドラもあるからスリルも味わいたいなら選ぶといいよ。観覧車のポイントは当然てっぺん。前半で景色と雰囲気を味わって、タイミングをはかりつつてっぺんで告白とキスをする。そして残りの時間で余韻を楽しむ」

け、経験豊富な陽キャがここにいた……。

「傾き具合で意外と隣のゴンドラの内部が見えるから気をつけたほうがいい。とくに世はね」

「気をつけるってなにに？　というかなぜ俺」

「観覧車デートの経験が皆無らしいから、隣のゴンドラ内で抱きあっていたりキスしていたりするのを見たら子どもみたいに興奮するか、逆に緊張して動けなくなるかのどちらか極端な反応をして台無しにしそうだからだよ」

……どうしよう、言い返せない。ここまでぺらぺら観覧車デートノウハウを語れる手練れ神が目の前にいたら、ひれ伏すしかないじゃないか。

「デートスポットって、そこまで大胆にカップルがいちゃついてる衝撃的な場所なんですか」

「そりゃあねえ」

「十八禁ですよ、不潔だ」

「おまえもそのひとりになるんでしょうよ」

かつて愛した男の声で、こんな言葉を聞くことになるとも思わなかった。

「あなたが経験させておいてくれなかったから、俺はみっともなくあわあわしてるんですよ」

睨んだら、パパの頬がゆるんでまた機嫌よさげな笑顔になった。

「……そうだね。申しわけない」

「本物のフカヒレを食べた経験もないんです。後学のために煮込みを食べさせてください」

「こら」

テーブルにあるチャイムを押すと、ひろい店内にチーンと涼しげな音が響き渡った。今夜は仕事先の店が新宿だったからだいぶ高級な中華料理店へ連れてきてもらっている。

「世、フカヒレの煮込みは高いんだよ、知ってる？　メニューの値段見た？」

「パパ、北京ダックも食べたい」

「高いの、どっちも。高いんですよ世君？」

　腹が捩れるぐらいおかしくて、笑いを押し殺しながらあわあわする柳瀬さんとじゃれあった。俺も新しい恋ができましたよ。こおんなに幸せですよ。いままでありがとう、パパ。


　食事を終えて駅にむかって歩いていると、黄金色の電飾が輝く街路樹やツリーが並ぶ美しいテラスに通りがかった。

「世、せっかくだからゆっくり見ていこう」

「いいえ。彼氏より先にべつの男とイルミネーションを楽しむわけにいきません」

「ずいぶん可愛い発想だなあ」

「あなたもおうちでご家族が待っているでしょう」

「誰のせいで毎日帰りが遅いと思っているんだろうか」

　連なる眩しい木々を視界に入れないよう顔を伏せて足早にすすむ俺のうしろで、柳瀬さんはわざとらしくのんびり歩いている。

「そういえばさっき言い忘れたけどね」

「はい？」

「世は二課にはいかないよ」

……え。

「古坂課長が一課にくる。そして世は古坂課長の補佐になって、戸川は二課へいく」

　ふりむくと柳瀬さんはテラスの片隅に立ちどまって、電飾の施された巨木を見あげていた。きらめく巨木はぐるりとらせん状に電飾をまとい、愛らしいオーナメントとともに輝いている。こんな強烈な光にも負けず、黒いロングコートとスーツ姿ですらりと立つ大人の色気に思わず目を眇めた。

「柳瀬さんはどこにいくんですか」

「俺は営業部の部長さん。……内緒だよ？」

　一課と二課を総括して上に立つ部長――なるほど、たしかに俺が柳瀬さんの下であることにかわりはない。

「なら戸川がだした条件はなんだったんですか」

「昇進。……すごいよね、あいつまだ三、四年なのに二課の主任になるんだって」

　絶句した。二十五で主任……いちばん下の役職とはいえ、うちの会社ではいままで例のないスピード出世だ。戸川が苦肉の策でだした条件だとしても、会社側はその一見横暴とも言える条件を呑むに相応しい人材だと判断した……そういう結果に違いない。

　胸の底に胃がうねるような不快感が蠢いて自分でも驚いた。これは、嫉妬だ。

「……昇進って、頼んでできるものじゃないですよね」

「もちろん。でもまあ戸川はこれまで二課の応援によく駆りだされていたから二課の担当店舗とも信頼関係を築いていて、主任になっても充分な土台ができていたんだよ。それは要するに古坂さんの策でもあったわけだけど」

「戸川を二課にひきこむために手伝わせていた……ってことですか」

「そう。しかし一方で古坂さんは一課に転属したがっていたんだ。古坂さんには一課の担当店との絆なんかないからね、転属させるにしても補佐が必要だろうってことで白羽の矢が立ったのが世だった。世も会社に能力を認められているんだよ」

俺の心情を慮ってか、柳瀬さんがフォローを入れてくれた。でもうまく喜ぶことができない。一課の知識も店舗との信頼もなく、新人と同等レベルのくせに無駄に地位のある厄介なセクハラ上司など、誰が喜んで面倒を見るものか。俺は誰もやりたがらない仕事を押しつけられただけだ。補佐という役職と心ばかしの給与をひきかえに。

会社にも上司にも期待されている戸川とは違う。文句を言わずに従う都合のいい小者だと思われているんだろう。

ああそうだよ、なにも言い返せない。一平社員で、一方的にあほみたいに会社を愛しているピエロだしな。

「俺の仕事はセクハラ好きのばか殿の世話係でしょ。誰にも認められてなんかいない」

戸川と一緒に二課へいって会社を支えるだって……？　ピエロらしく抜けたことを考えていたもんだな、恥ずかしいったらない。

柳瀬さんの下で、このひとをもっとも傍で支えながら会社に貢献してきたつもりだった。戸川と並んで二課へいくのに相応しい課長補佐だと、認められたのだとばかり信じていた。

全然違った。俺の仕事は尻を撫でられながらへらへら笑っておやじ新人を支えるクソみたいなもので、そこに戸川と同等の会社の期待などありはしない。

「真人がセクハラを心配してくれているんです。男に対するセクハラだろうと、受けながらしている社員全員、異常だって。でも会社側はそれでいいんですよね。俺は尻触られてオカマって嗤われながら老害新人の世話をしていればいいんですよね、その程度の社員なんですよね」

　ああー……子どもの我が儘を言っている、と自分の声を聞きながら情けなくて恥ずかしくてしかたなかった。こんなにも情けなくて恥ずかしい二十八歳だから会社にも求められないんだ、と納得しかなかった。俺の本音はガキすぎる。いつまでも無能すぎる。

　顔をあげられずにうつむいて柳瀬さんの靴に反射する電飾の光を見おろしていたら、ふっ、と小さな笑い声が聞こえてきた。

「プライバシーに関わることだからいままで黙っていたけどね、ある女子社員がいまセクハラ被害で総務部の上司と示談交渉をしているんだよ」

　驚きすぎて声がでなかった。柳瀬さんはツリーから視線をはずして俺を見つめる。

「出勤停止命令を受けて欠勤しているからすこし探れば世もわかる」

「そう、なんですか……？　総務部とはあまり接点がないから知らなかったです」

「それでもいい。示談が成立しても加害者は時期に解雇されるからそのとき全員が知る」

　解雇……そりゃそうだ、そんな問題を起こしておいて会社に残れるはずもない。

「彼女の勇気ある行動はほかの社員にも影響を及ぼすだろう。社内がよりクリーンで快適な環境になっていくはずだよ」

　はっとした。

「つまり……古坂さんへの見せしめになるわけですね」

ごお、と風が強く吹いて前髪が目もとを邪魔した。イルミネーションの光だけがちらちら覗く視界に、ふと手がのびてきて柳瀬さんの指が俺の世界をひらいた。

「……世はもうすこし俺の愛情を信じなさい」

目尻をさげて色っぽく微苦笑している彼が目の前にいる。

「おまえを不躾に触る人間を俺が黙って赦すと思う……？」

怖いぐらい魅力的で冷徹な瞳だった。

「……もしかしてその女子社員に行動をうながしたのはあなたですか」

喉で笑った柳瀬さんが再びツリーを見あげて瞳をにじませる。

「大事なことを言っておくけど、俺は世を課長補佐に推薦したりしていないからね。俺の下で世が残してきた功績を会社が評価した結果だよ。古坂さんの人物像も無論、問題視されている。ばか殿とは言い得て妙だ。あの問題児を、世なら飼い慣らせるとみんな期待している」

「飼い慣らすって」

「世は〝セクハラやめてくださいよ〟って騒いでいつもねじ伏せていたでしょう？　ああいう美しく鮮やかな強かさだよね。セクハラ以外の幼稚な態度もどんどん指摘してやってほしい。補佐なら堂々とできるから。精神的な負担があれば、そのときはまた俺にも頼ってきなさい。さっき、まだ俺にも泣き言を言ってくれるんだなあって嬉しかった」

地の底まで落胆した直後に問題のすべてを覆されて一気に浮上させられ、しかしそれも全部このひとの巧みな交渉術かもと疑念を抱くと、不信感はくすぶり続けた。ただ混乱の果てに、この現状の前で立ち尽くしながら気がついたことがある。

「……俺、あなたに贔屓されていますよね」

「いまさら？」

　ふっ、と吹いて右手の甲で口もとを隠した柳瀬さんが、「あ、いや」とすぐに咳払いした。

「いけないいけないない、これは認めちゃ駄目だな。贔屓という言いかたはあれだけど、こういう考えかたはしていいと思うよ。〝部長になるほど有能な俺が愛したひとなんだから、人間性も仕事に対する姿勢や能力も素晴らしい〟」

「はい……それは唯一の自信です」

　大人の世界には素直に信じられることなど数少ない。それでもこのひととのあいだにあった愛情は純度の高い真正直な心が育んだものだったと言いきれる。仕事のみの繋がりになったいまでも、おたがいの人間性と能力に対する信頼は計算や打算の入る余地のない本物の感情だ。

「俺はあなたについていきます。そうすれば間違うことはないってわかるから」

　微笑んだ柳瀬さんが無言でうなずいた。

「……じゃあイルミネーションも堪能したし帰ろうか」

　駅へむけて歩きだす柳瀬さんを追いかける。

「俺は堪能していませんよ。あなたの顔と靴しか見てないからセーフです」

「そのほうが彼氏君怒るんじゃないかしらねえ……」

　光の道が続いている。前方にいる柳瀬さんの黒いコートのひろい背中がぼやけるまで瞼を細めて、不安定に確認しつつすすんでいく。

ベッドに仰向けに寝ながらスマホを操作し、オンラインショップでファンデーションシートを追加注文した。それから横浜のイルミネーション特集記事を検索して眺めた。

赤レンガ倉庫以外の場所にも巨大ツリーやイルミネーションがあるみたいだし、クリスマスディナーやスイーツを用意しているレストランとホテルもあるっぽい。写真の夜景や料理も綺麗で、見ているとはからずも胸が弾んだ。

こんなの知らなかったな……来年は真人とどこかへ泊まってもいいかもしれない。二月の誕生日ごろは比較的空(す)いているんじゃないだろうか。すこし遠出して小旅行もいいな。社員旅行以外の旅行っていつぶりだ？　ふり返るのも無意味なほど経験がない。ベタでもいいから温泉にもいってみたい。浴衣姿の真人と、露天風呂に入る真人かー……色っぽい。けど食べものは真人の手料理がいいや。流行りのキャンプとかどうだろう。大自然と戯(たわむ)れるのも悪くないな。

ふふふ、とにやけていたら、画面の上部からぽろんとメッセージ通知がおりてきた。

『世さん、お疲れさまです。いま帰宅中なのですが五分後に部屋へいってもいいですか』

え……真人がうちにきたがるのは珍しい。なんだろう、別れ話か。それともべつのこと？

『もちろんいいよ。なにかあったの？』

『甘えたいです』

手の力が抜けて、がちん、と顔面にスマホが落ちてきた。いってえ……。

額をさすりつつベッドからでて、パジャマの上にカーディガンを羽織る。リビングへ移動してストーブをつけたタイミングで、チャイムが鳴った。迎えにいって玄関扉をあける。

「おかえり。もうー……おまえが急に可愛いこと言うからでこ負傷したじゃねえか」

　真人は驚いた表情で目をまたたいた。そして顔全体の緊張を一瞬でほどいて、どんどんゆるみきった照れくさそうな笑顔になっていく。

「……世さんの部屋なのに〝おかえり〟って言ってくれるんですね」

「あ、無意識だった」

「会った瞬間幸せにしてくれるんだから……なんなんだろうな、世さんは」

　俺の腰に両腕をまわしながら入ってきて、唇をあわせてキスしつつ靴を脱ぐ。真人が俺を想いやってくれるときにする、唇を甘く食むだけの優しさのキス。

「……ただいま」

　鼻先をつけて嬉しそうに笑いながら言われた。

「……うん。おかえり真人」

　ストーブで暖まってきたリビングへ真人を招いて、ミルクティもいれてあげた。「ありがとうございます」とひとくち飲んだものの、俺もソファに並んで座るとすぐさま腰に両腕をまわしてくっついてきた。身体が半分倒れて、肘かけに寄りかかる体勢になる。胸に顔も押しつけられて、真人の頭をしがみつくみたいに抱きながら笑ってしまった。

「なんだよ……どうしたんだ今日は。可愛いがすぎるぞ」

　胸もとで揺れる真人の髪から埃（ほこり）っぽい外の冬の匂いがした。髪先や耳も若干冷えているから、しっかり抱いて温めてやる。

　甘えるのは俺の仕事で、真人はいつも大人らしく癒やしてくれるほうだから新鮮だった。

「……甘えられて存在価値を感じるって言ってた真人の言葉の意味、わかったかも」

「鬱陶しくないですか」

「全然」

「じゃあこれからは俺ももっと世さんに甘えます」

ふふ、と笑ったら、真人も俺の胸の上で唇を潰しながら苦笑した。真人の吐息で、パジャマ越しの心臓周辺が熱くなる。

「で、なにがあったんだよ」

大学の人間関係か？　それとも研究が行き詰まった？　もしくはプライベート？

「あなたと結婚したい」

……そっち系か。

「大学で結婚とか彼女の話になったのか。ああ、クリスマスのせい？」

懐かしいな。学生のころは俺も恋愛系の話題にしょっちゅう感情を掻き乱されていた。クリスマスもそうだし、バレンタインにひと夏の想い出に、修学旅行に学園祭に、体育祭、卒業式って、ちょっと派手なイベントがあるとこぞって学内も世間も便乗して浮き足立つものだから地獄だった。

心から楽に生きられるようになったのはやっぱり社会人になってからだ。柳瀬さんのおかげで自由な環境を得られたし、母親ともむきあうことができて……。

「大学はいいんです。基本的にまわりは研究に没頭しているし、告白されても断ってるんで」

「え、ん？」

「問題なのは両親です。年始の挨拶の話をしているときに〝彼女とデートで忙しいか?〟とか〝つきあってる女の子を連れてきてもいいのよ〟とか言ってからかってくるんですよ。年始に限らず、ひとり暮らしを始めてからずっとです。会話の話題が見つからないのかなんなのか、体調と食事の心配をしたあとは決まって女と結婚と孫の話で囃し立ててくる。定型文でも用意してるんだろうか、うんざりする」

真人も親と対峙していたんだ。二十二歳で院生で今後も学校に残るとなれば、そりゃあ親も婚期を予想しかねて心配しても無理はない。

「だから結婚しましょう」

顔をあげた真人が責めるような攻撃的な眼力で刺してくる。

「……〝だから〟って」

「してください」

「や、もちろん嫌じゃ、」

「してください」

「あのな、」

「するって言ってください」

「まこ、」

「する」

「でも、」

「する!」

閉口して真人の目を見返した。双方のふたつの眼球だけで無言の攻防をする。真人の揺らぐ瞳が、強い意志を持って自分を求めてくれているのがわかる。……わかるけれども。

「……する」

真人がもう一度弱々しくそう言って、力なく視線をさげた。頑なな俺の壁の前で、諦めかけているような寂しげな表情だった。

真人の首にまわしていた両腕で、頭をきちんと抱きなおして胸にひき寄せ、冷えた耳にキスをする。

「……真人は結局、どういう性指向なの？」

異性愛者なのか同性愛者なのか、どちらもいける博愛主義者なのか。

「そんなくだらない話をする気はありません」

「くだらなくないだろ」

「俺になにを言わせたいんですか。ノンケって言わせて傷つきたい？　ゲイって言わせて安心したい？　バイって言わせて不安になりたい？」

「それは、」

「種族の存続と繁栄が大事なのはわかります。地球上には単為生殖(たんいせいしょく)で子孫をつくれる生物もたくさんいますが、人間は現在のところ両性生殖でしか子を生(な)すことができないから絶滅の危機を回避するためには男と女が必要でしょう。異性愛者には種の保存本能があるとして〝正しい生きもの〟だと判断するひとがいるのも理解はできます。同性愛者は保存本能からして劣っている異端で無能な個体だと。……いや、違う、こんな話どうでもいい、」

「ま、真人、」

「つまり俺が言いたいのは俺の性指向が城島世だってことです」

至近距離で怒鳴られて居竦んでしまった。

「以前にも言いませんでしたか、俺の心と身体は世さんにしか反応しないんですよ。あなたがノンケだのゲイだの区別するのも不愉快です。ゲイだからって性指向に寛容なわけではなく、むしろ迫害を経験しているせいか、異様に差別思考ですよね。勝手に俺をノンケだと決めて、ナツミとくっつけて嫉妬して楽しかったですか？　俺がゲイだと言っていたとして、あなたは俺に柳瀬さんとの失恋を嘆いて悔いて甘えることができましたか？　できなかったですよね。あれだけ辛い想いをして恋愛嫌いだと言い続けていたんだ、怯えて警戒して逃げたでしょう。だからいままで黙っていたんです、あなたを愛していることを」

息を呑んで茫然とかたまっていると、真人が俺の胸にまた顔を伏せて沈んだ。

「……。すみません。いまのは忘れてください」

この三年間の想いを一気に披瀝して、一瞬で後悔した真人の失望を感じる。

「ごめん。今夜は酒呑んでないし、真人の心の奥のすごく大事なところを教えてもらえたから忘れたくない」

右手で真人のうなじから後頭部の中心までゆっくりと指を動かして撫でた。

長いあいだ想いを秘めて寄り添い続けてくれたのは俺のせいだろうとわかってはいたけど、予想どおり真人の想いやりだったんだと胸の底までしっかり受けとめた。そして俺が我が儘を言って甘えられたのも、真人の我慢のもとで許されていたことだったのだと再確認した。

「俺、たしかに差別してたね。あたりまえに真人をノンケにして甘えて嫉妬してた。柳瀬さんのことも否定できないよ。あのころ真人にゲイって言われてたら逃げたと思う。ごめんな」

「忘れてください。俺はすべて納得して世さんの心に従っていたのに、あなたを責めたら嘘になる。ただ俺のことを枠にはめて考えないでほしいんです。世さんに俺を見て、俺という人間を愛してほしい。俺も世さんだから愛しているのをわかってほしい」

「……うん、わかった。真人は城島世教の唯一の信者だよ」

ふっ、と俺の胸の上で小さく吹きだして「そうです」と認めた真人の髪を、また撫でた。

「真人の性指向を確認しようとしたのは、ご両親にどう対峙するのか知りたかったからだよ。同性愛者だってうち明けるのと、女性とも関係を結べるのに男を選んだって伝えるのとじゃ、ご両親の感じかたも違う。結婚って言うからにはカミングアウトしたいんだろ？　親にも」

真人がまた顔をあげてきちんと俺の目を見つめた。

「どちらにしろいますぐ言う気はありません」

「え」

「まだ学生の身で親も結婚を認めると思えませんから。とりあえず准教授を目指しますがそこまでもかなり不安定な立場なので収入と将来が安定するまで結婚もしません」

「えっ」

「准教授になれても四十代がほとんどです。そのころには親もさすがに女性との結婚や孫を諦めてくれているでしょう。俺は世さんに誓ってほしいだけなんです、俺と生きるってことを」

なんなんだよ……、と志気が削げた。

「年が明けたら真人のご両親に会うのかもって真剣に考えたのに……」

「そんな無鉄砲なことはしませんよ」

無表情でしれっと言いやがる。子どもみたいに結婚結婚騒いだかと思えば、大人らしい将来設計を語りだして忙しないったらない。

「世さん。俺は世さんと別れる気はありません。周囲や世間とむきあう機会の多い厄介な関係かもしれませんが、恐れないで、逃げないで俺と一生一緒にいてくださいね」

あまり笑わない、と自他共に認めている真人の瞳が、真摯にきらめいている。

真人は容姿が格好いいだけじゃなくて胸のなかにしまってある心もきらきら眩しい男だな、としんみり感じ入って瞼を半分とじてしまった。この純真さは真人の若々しい面だとも思う。二十二歳で〝一生〟と言ってしまうところ。

真人の瞳を見つめて、その圧にすこしばかり萎縮して、真人の後頭部の髪をいじって言い淀んでいたら、左頰をつままれた。

「一生は無理だと思ってるでしょう」

「……。無理っていうか」

「放しません。離れる気はないです。あなたを愛してます」

愛とか、とんでもない言葉だな……、と何度も言ってもらっていたのに改めて怖くなった。

「真人、まっすぐだね……」

「信じられませんか」

「信じてないのは真人じゃないかな」

「知ってます。世さん自身に恋愛関係を継続する自信がないんでしょう。俺言いましたよね、自分を卑下するなって」

心臓の痛みが増して、真人に凝視されているのも息苦しくなってきた。視線から逃げてうつむいても、真人はなおも「俺と結婚するって言ってください」と迫ってくる。

「……俺、真人と駄目になったら、次は、立ちなおれない」

「でも俺たち恋人なんでしょう？　違うんですか。いまの関係はなに？」

「結婚はするよ。真人と一緒に生きていきたいのも真実で、この愛情を誓うこともできるよ。けど真人は〝一生〟って言わないで。離婚して〝一生〟が消えたとき俺生きていけなくなる」

両親の離婚は家族それぞれの人生にとって必要なものだったと思っている。あの離婚は失敗ではなく学びだった。俺もきっとそう想える。どんな別れをしても真人と生きた人生は学びで奇跡で糧だったと。だけどこの二十二歳のむこう見ずで眩しい真人の〝一生〟を浴び続けて、信じきった挙げ句失ったらもう生きられない。ただの絶望だとしか捉えられなくなる。

「なにおかしなこと言ってるんですか。結婚は一生を誓うものでしょう」

「けど結婚には離婚があるんだよ、人間の心には一生が通用しない変化もあるから。俺たちもそうなったとき、真人が〝一生〟って言ってくれた想い出だらけだったら無理だよ俺、樹海にいくしかない。だから結婚はするけど、あんまり夢みたいなこと言って舞いあがらせないで」

言いながら、ぼわぼわ視界が揺れて水に満ちて溺れていった。情けない顔を見られたくないし、愛しさを確認してしまうから真人の顔も見たくないのに、逃げようのない至近距離に真人がいるせいで若干顔を伏せる程度で涙をこぼすしかなくなる。

「うあー……」と声をあげて子どものふりして泣けば笑えるかと思ったけど、哀しくなる一方だった。ばたばた涙が落ちていく。

「泣いてんのばかみたいで恥ずかしいから帰って真人ー……」

「ここで帰れるわけないでしょうが」

　身体を起こした真人がサイドテーブルからティッシュをとって俺の涙と洟を拭ってくれた。嗚咽がとまらなくて「うぅ、う」と呻いて嘆く自分が自分でも不思議で、我ながら重症だ、と冷静に考えた。こんなに真人のことを好きなのか。〝一生〟のたったひとことが呪いの言葉に聞こえるぐらい？　幸せな会話に戦くぐらい？

「じゃあ三年おきにプロポーズして誓います。次の三年も愛してるって」

　抱き寄せられて、頭を撫でながら背中もさすられた。

「……無理だよ、せめて三ヶ月」

「一年」

「一ヶ月」

「いいですよ、なら一週間おきに誓い続けるからせいぜい鬱陶しがってください。〝わかった〟って笑ってくれるようになっても言い続けますから、あなたは俺の愛情に納得して満足して飽き飽きすればいい。それが日常になってあなたが〝もういいよ〟って言うころには八十年経っています。証明するからここで見ていて。俺の隣で」

　力いっぱい抱き潰されて、真人の怒りも伝わってきてまた涙があふれてきた。

「なんだよそれ、この会話も変でおかしすぎて幸せすぎて無理なんだけど〜……」

こんなにわけわからない誓いの約束、捨てられたときに想い出さないわけないじゃないか。あんなこと言ってくれたな、でもやっぱり一緒にはいられなかったな、ってなったとき俺どうすればいいの。柳瀬さんひっぱっていって暴飲暴食すればいいの？　失恋ラブソングでも聴いて浸って泣けばいいの？　無理だろ、そんな余裕もねえわ、無意識に車走らせて樹海にいくか、東尋坊(とうじんぼう)からフライしてるわ。

「真人、眩しすぎる……一生とか永遠とか無理、大人のくせになんでそんな夢言うの」

「俺が世さんを愛しているのは一生で永遠の事実だからですよ、決まってるでしょう」

「決まんねえんだよ永遠と一生はっ、無理なの、いま決まることじゃねーの！」

がぶ、と唇に噛みつかれて痛くて身を竦めた。結構しっかり噛みしめられて痛い……。

「だから一週間おきにプロポーズするって言ってるだろ」

「いたい……いたすぎる、」

「あんたは俺の作るメシ食って笑って酒呑んで甘えて俺をふりまわしていればいいんだよ」

唇が痛くて泣き疲れて脱力して、真人の腕のなかでぐったり沈みながら怒声を聞いた。

「……ふりまわしたら嫌われる」

「嫌ってないんだよ、この三年のあいだも。何度言わせるんだ」

「……食って酔うだけなのも嫌われる」

「だから、」

「デートもする」

「……あ？」

「俺も格好よくエスコートする……温泉とキャンプにいく……観覧車の大告白もする、恋人のイベントも真人と全部する……記念日も祝う……離婚されないように好きでいる」

誠実に愛せば俺もおしどり夫夫ってやつになれるかな。真人と幸せな一生を生きられるかな。恋も愛もうまくできるか全然わからなくて不安しかないんだけど、でもその努力をしたいのもできるのも真人だけだ。真人だけにしたい。努力してみていいのかな、俺みたいな奴でも。

「こんな中途半端な大人子どもに、離婚しない結婚、うまくできるかな」

一生一緒の永遠の結婚を、俺が自分自身の人生で、初めて見ることできるかな真人。

「俺とならできるでしょう。俺も世さんとしかこんなに幸せに生きられないんだから」

顎をあげられて、ようやくやわらかいキスをもらえた。涙をこぼす心をなだめるような、慰めるような優しい吸いかたで、真人の唇と舌が俺の口先を濡らしていく。俺も真人の唇と舌先を舐め返してこたえた。動物がおたがいを愛であっているのに似たキスだった。

「……でも真人、告白されまくってるんだな」

聞き逃さなかったんだぞ。

「あなたの夫はモテる男で誇らしいですね」

真人は意に介さず俺の唇をしゃぶり続けている。

「世界には似た顔の奴が三人いるって言うだろ。真人も俺とおなじ顔に告白されたらさすがに迷うんじゃないの。性格もよくて、酒でへべれけにならない凛とした大人美人だったら」

「ばかですか」

ストレートにわりと大声でばか言われた。

「すごいシンプルな暴言じゃん……」

「幼児レベルの発言に驚いたんです。そんなことより俺は温泉とキャンプが気になってます。計画してくれていたんですか？」

はしゃいだしぐさでぎうと抱き竦められて真人の胸に埋もれた。いつの間にかストーブの熱風が室内をだいぶ暖めていて、抱きしめられているのもちょっと暑い。

「二月は旅行に誘ってもいいかなと思ってたんだよ。でも真人の手料理が好きだからキャンプをすれば一緒に料理を作って楽しめるかもって考えて」

言いながら真人の腕を逃れてカーディガンを脱いだ。真人も笑顔で幸せそうにミルクティを飲む。

「世さんにも、俺とのつきあいにいろんな夢を抱いてもらえて嬉しいです」

「夢は大げさだろ、ささやかな希望だよ」

「へえ、ささやかか。俺にとっては世さんと温泉やキャンプってかなりの大イベントですけど。ひょっとして世さんはとっくに俺との〝一生〟を生きてくれていたんですかね」

ええ、と動揺する俺をよそに、真人が紅茶カップを片手にくつくつ笑っている。

「……なんだそうか。わざわざ甘えにくる必要なかったな」

「わ、わざわざって、演技だったのか？」

「世さんっていつも意識の底で俺との未来を勝手に育んでますよね。自分でも気づいてないんだから狡いよな……」

……いつも。

オーバーサイズのぶ厚いニットカーディガンをたたんで膝に置きながら、茫洋とした記憶の先で暗闇のなかに掠れるかすかな映像と、なにより自分のひき裂かれるような狂おしい激情が姿をちらつかせている。さっきの感情と似ているけど、今日ではない……——ああ、そうか。そういうことか。想い出したぞ、これがあの日の真相だったわけか……。

「世さん、」

呼びながら、真人がまた俺の背中に手をまわして抱き寄せてきた。頭を覆って耳に囁く。

「泣かせてすみませんでした。……泣いてくれてありがとうございます」

土に水が浸透していくみたいに、じわじわとあの夜の光景が蘇ってくる。どんどんかたちを成して生気をとり戻して、脳内で花のごとく咲いていく——。

真人に合鍵をもらった。

——べつにいいけどなににつかうんですか？

朝晩の料理を作ってもらっているので真人が俺の部屋に出入りする理由はあったけど、俺は真人が留守のとき部屋へいく必要がなかったからいままでもらっていなかったのだ。

——空き巣したりしないよ。

——きてくれるとき世さんが変なあだ名で呼んでくるの結構好きなんですけどね。

——好きだったのか。

笑いあいながら、真人がデスクの棚の奥からだしてきてくれた合鍵を受けとった。

それでクリスマスムードが日に日に濃くなっていく多忙な日々に、つかうようになった。

「――……世さんは本当に俺を翻弄するのが得意ですね」

真人のため息まじりの声で目が覚める。

「あ……真人おかえり」

まだまどろんで朦朧(もうろう)とした意識のまま瞼をこすり、ベッドの上で仰向けに体勢を変えて真人を迎えた。傍らに立っていた真人がその場にリュックをおろしてコートも脱がずに上へくる。

「毎日毎日なんで俺の部屋で寝てるんですか」

怒って文句を言いながらキスしてくる。

「婚約したし、隣にいるのに別々で寝てるのは変だろ」

「淋しいんだ」

「淋しい。淋しすぎるわ……仕事先の店でも弁当屋でも商店街でも道ばたでもテレビでもネットでもクリスマスクリスマス言ってて世界が狂ってるのに、俺は部屋でひとりで真人が帰ってくる玄関扉の音聞いて寝るって。なにそれってなるだろ」

真人が、ふふっ、と俺の耳横に顔を伏せて笑った。

「……たしかに隣人同士の恋人って困りますね。メッセージ交換にも違和感を覚える世さんがうちにきたがるのも無理ないか」

「俺、今年ほどクリスマスソングが嫌になった年ないぞ。デデ、デ、デデデデ、って、あのイントロだけで〝あーっ〟て叫びそうになる」

イントロの口真似をしたら、真人が「ははははっ」と大笑いになって俺の上で肩を震わせた。

「帰ってきたとたん笑いすぎて腹が痛い……今年はいつも以上にクリスマス批判が激しいじゃないですか、ひょっとして俺のせい？」

「そうだよ。おまえが俺を幸せにしたのが悪い」

「贅沢になってくれたんだ。はー……嬉しすぎて疲れが吹き飛ぶな」

真人が俺の目と睫毛を見つめて、左手で前髪を撫でるように横へ流す。くり返し撫でられていると、する、する、と摩擦する感触が額にじんと刺激を残すから、真人の掌の撫で痕がつくんじゃないかと思う。「ちょっと痛くなってきた」と訴えたら、喉で笑った真人が左手をおろして額にごめんみたいなキスをした。

「……明日と明後日で今年のクリスマスも終わりですよ」

俺も真人の頬を両手で覆って、やわらかさを掌で感じてから右指で左耳を揉む。冷たい。

「婚約したとたん世さんは浮気が捗りますね」

イブが近づくにつれ、真人が俺と戸川の約束についてちくちく言う回数も増えた。

「彼女持ちの後輩と食事するだけだってば」

「夜はまたここで寝ていてくれますか」

ふは、と笑ってしまった。

「うん。……真人は明日も大学にいくの」

「いきますよ」

「……。もしかして、留守にするのはわざと？」

いきなり唇を食べられて舌先をきつく吸われた。

「ちゃんと楽しい時間を過ごしてください。後悔のないように」

俺も真人の下唇を甘く噛んで吸い寄せて、舌を舐めて搦めた。「わかった」とこたえながら真人への想いがあふれて暴れて胸が苦しかった。

真人の指がパジャマのボタンをつまんではずしていく。首筋を強く吸われて鎖骨を噛まれて、それからすぐに右側の乳首も唇に捕らわれて舌でねぶられる。

「ん、……ン」

セックスのリハビリも続いていて、腹の周辺まで真人の愛撫してくれる箇所がひろがっていたから触れあうことにもだいぶ慣れた。あんな切なさや寂寥感は、もうほとんど湧いてこない。でもそれはもちろん身体の問題ではなく、真人が俺の心を幸福で満たすために根気強く丁寧に想いをそそぎ続けてくれたおかげだ。

「……真人、気持ち、いい……幸せ、だよ」

俺の胸を吸って愛欲を刻んでいく真人の頭を抱きしめて、髪を摑んでしがみついた。

「もっと……して、いいよ……最後まで、抱いて、このまま」

快感に震えて力の入らない手で、真人のコートを摑んだ。肩から脱がそうと試みる。

「駄目です、それは」

口と身体を浮かして離した真人は、俺の首筋に顔を埋めて荒い呼吸を整える。

「……明後日の夜まで、とっておく」

奥歯を噛みながらものすごく我慢をして断言する真人が、恋しくて笑ってしまった。

「そこゆずらねえなー……」

「先に大告白してもらいたいんです。世さん自身に俺と恋愛したいって……してるって想ってもらうことが、大事だから」

俺が脱がしかけたコートもひき寄せて着なおす。それは脱いでいいだろってのに。

「嬉しいけど俺も言いたくてしかたないの我慢してるんだよ、これなんのため？」

婚約までして両想いなのはとっくに周知じゃないか。

「この我慢も含めて、クリスマスを俺たちの記念日にするためです」

またきっぱりと宣言した真人の目が血走る勢いで必死で、愛しすぎて頭を思いきり抱きしめてしまった。

「……わかったよ。ありがとう真人。明後日めいっぱいしような」

真人がどうしてここまで俺の気持ちやセックスを大事にしてくれているのかわかってしまうからこそ胸が熱く震えた。

俺もあの夜のことをきちんと話して、想いを確認して抱きあわないとな。そう理解していたって、真人の誠実さと真面目さが好きすぎて、与えられる想いが強すぎて抱えきれないほどで、身悶えして溺れて息が詰まってたまらない。

「俺ほんと、真人に好いてもらえる顔で生まれてよかった……」

薬品っぽい匂いもまじる真人のコートごときつく抱きしめて、胸の底で嵐のように騒がしく猛る愛しさを持て余しながらしがみついていたら、右瞼を軽く噛まれた。

「顔だけじゃないって言ってるでしょうが」

「そうだけど、ファーストアタックは顔だったわけだろ？」

「まあ、でもそれを言うなら、この顔と、隣室に引っ越してきてくれた辛い出来事と性指向と生い立ちと……あなたがいまの〝城島世〟になった人生そのものに感謝してますから、俺」

ははは、と照れて笑ってしまった。

「信者の思想は壮大だなー……嬉しくて泣きたくなっちゃうよ」

真人はクリスマスなんか待たなくても毎日大告白してくれるから困ってしまう。

「……好きですよ世さん」

唇にキスをくれながら真人が囁く。

「……狡いわ、真人だけ自由に言えて狡い」

「言えると思ってなかったから俺もだいぶ暴走してるんです」

俺の首筋に顔を埋めてこすりつけながら甘えてくる。

「……こんなふうに触ってるのも嘘みたいだ」

三年分の感慨が囁きと吐息に含まれていた。

俺も真人をノンケだとかナツミちゃんとつきあっているだとか決めつけずに真人自身を見つめていれば、もっとはやく求めていたのかもなと思うからやるせない。

失恋を恐れて恋心を見て見ぬふりして甘えていたこんな俺より、正面から想いを受けとめて黙して三年も寄り添い続けてくれていた真人の痛みと喜びはいかばかりか、はかり知れない。

「……真人は恋人になることを望むどころか失恋して解放されることも期待しないで、本当に俺の我が儘と自由だけ大事にしてくれたんだよね。ありがとうね。俺も愛し、」

がぶ、と口を噛まれた。

「いでえ」

「危なかっただろいまっ」

「うっかり言いかけたけど噛むなよっ」

「噛むでしょ、ああ焦って変な汗がでた」

俺の右側の首筋を叱るみたいに痛く吸って、「感謝なんかいらないから」と胸も撫でて乳首をおふざけみたいに二回甘噛みしてからボタンをとめて離れていく。

「……風呂入ってきます。世さんといると心臓が何度も潰れてしかたない」

「それいい意味だよね？」

「いまは悪いほうが勝ってる」

「えー……？　酷いな。俺も胸がむずむずして辛いんだぞ。もっとしゃぶってくれ」

「明後日だって言ってるだろ」

「名残惜しそうにまぐまぐしたくせに」

俺を睨みながらコートを脱ぎ捨てた真人が、また俺の上に飛び乗って襲いかかってきた。左腕を摑んで動きを封じられ、パジャマをたくしあげて乳首を吸われる。「うわはっ」と笑うと、真人も吹きだした。

「やだやだ、乳首だけじゃ辛い、もっと下のほうも、」

「わざと誘惑してるだろ」

「だって真人風呂でひとりで抜いてて長風呂だから、一緒にすれば、」

「抜いてないっ」

ふたりで大笑いしながらおたがいの身体を淡く触れあって、唇に何度もキスをした。

「じゃあいってくるから。おやすみ世さん」

幸せでしかたなさげに真人が笑っている。

「ン……一応、俺もおやすみ言っておいてみる」

辛抱できないというふうに涙までにじませて笑ってばかりいる幸福そうな真人を、この世界で知っているのも、見つめているのも本当に俺だけなのかな。幸せだな。

「あと、朝でいいと思ってたけど、もう日づけが変わってるから言っておきますね。世さん、メリークリスマス」

頭を撫でて、右頬にもキスをされた。

「……初めて恋人として過ごすクリスマスだからいちばんに言いたかった」

また子どもっぽい可愛いことを言われて衝撃で胸がきゅと縮む。

「好きって言えないの辛ぇよ真人ー……。メリークリスマスね、真人。おまえのクリスマスも俺のものだよ」

おたがいの頬を両手で包みあって、にやけながら口先を唇で撫であった。

「一生、俺のクリスマスをもらってくださいね」

口のあわいを舌で舐められる。

「んー……」

「一生ですよね？」

尖った目で念を押されて、自分の心に訊いてみた。

「……とりあえずむこう五年分ぐらいのプランはある」

食べてみたいクリスマスディナーとスイーツ、見てみたいイルミネーション、それにいってみたいクリスマスマーケットがある。泊まりたいホテルは予約が数年待ちらしい。

「ぶはっ」と真人が吹いて俺の頭を抱き竦めた。

「すみません……そうだった、世さんには言葉を求める必要がないんだ、俺がばかでした」

最後のキスをして、真人が再びベッドをおりていく。自分の頬から離れて遠退いていく真人の右指を摑んだ。

「抜いてないではやく帰ってこいよ」

「抜いてないって言ってるだろうが」

真人も照れた顔で睨みながら俺の指を握り返してくれる。

「あんまり遅いと俺もここで真人の匂い嗅ぎながらひとりでするからな」

「俺が部屋をでたら秒で寝るに賭けてもいい」

「なにを？」

「なにがお望みですか」

真人に望むこと……？　いま以上に？

見あげる真人は瞳を甘くにじませて微笑んでいる。どこか余裕そうで、どんな要求も応えられるぞ、とその表情が言っているのも聞こえる。

満たされすぎてしまって、真人のこういう、俺の幸福のために全身全霊で尽くせるっていう態度だけで充分すぎて、今度は心に訊いてみても返事が戻ってこない。

「考えるよ」とこたえた。

「時間は一生分たっぷりあるから考える」

真人の目が一瞬だけ驚いたように瞠目して、すぐに途方もない至福に染まった蕩けた笑顔をひろげた。

ベッドの横に片膝をついて王子さまみたいにしゃがみ、繋いでいた指にくちづけられる。

「お願いします。なら俺はあえて〝寝ない〟に賭けなおしますよ。ということでとっとと寝ろ。明日も仕事だろ」

「ははっ。うん、わかった。ありがとう真人」

俺の薬指に唇の感触を残して、真人が浴室へむかっていった。……そうか、秒で寝るってからかってきたのも、休日出勤する俺の身体を心配して〝明日も大変なんだから寝ろ〟って意味だったのかな？

俺たちの匂いがするかけ布団をひき寄せてぬくもりに埋もれながら目をとじた。

真人に望むことか。そんな贅沢で不必要な願いは永遠に思いつきそうにないから、万が一捨てられそうになったら縋りつくためにつかおうかな……。

「――自分の肌色にあうファンデーションシートを購入したのはいいことだと思いますけど、常につけているのはどうなんですかね」

「え。ばれてたらつけてる意味ないな」

「俺がめざとく監視してるだけですよっ」

ふん、と鼻息荒く怒りながら、戸川が俺の前にサラダの皿を置いてくれた。イタリア産のフェンネルに蜜柑(みかん)とカマンベールチーズをあわせたおしゃれなサラダで、お手製のドレッシングはオリーブオイルベースのシンプルなものだそうだ。「お先にどうぞ」と怖い顔と声で言われて、フォークで掬ってひとくち食べる。

「瑞々(みずみず)しくて美味しい。チーズが贅沢だね」

「白ワインも用意しているのできっとあいますよ」

「楽しみだ」

線香花火みたいな葉をつけたフェンネルはハーブだと教わった。スパイシーな香りと苦みが蜜柑とチーズにまろやかに調和して、ワインと相性がよさそうなのも納得いく。

食べているうちにトマトとズッキーニのキッシュと、でっかい海老とパプリカとレモンのパエリアも並んだ。彩りもかたちもレストランででてくる料理とまったく変わらない。

「すごい、なんだこれ、うわ〜……戸川の料理ってやっぱり戸川って感じだな……おしゃれが爆発してるよ」

「褒め言葉として受けとります」

「料理もイケメンってとんでもないわー……」

なんだか萎縮してしまって呆けていたら、戸川がワインの瓶とグラスを持って左横に立ち、俺の前にグラスを置いた。俺の家には普通のコップしかないからムードに欠けるけど、戸川がコルクをとってそそいでくれるとさまになっている。……この子、ソムリエみたいにワインの瓶をちゃんと底のところで持ってるんですけど。

「では乾杯しましょうか」

戸川も正面の席に腰かけると、グラスをかつんとぶつけて乾杯した。

甘くてフルーティなワインが喉を通るにつれ、なぜか味気ない1LDKの自分の部屋の戸川の背後に高級ホテルの高層階から見おろす美しい夜景がひろがった。テーブルも白いクロスがかかった丸テーブルに様変わりして、グラスも透明度の高いワイングラスに変貌していく――こんな錯覚に陥らせる男、いるんだな……。

「……イケメンってとことんイケメンだ」

戸川が小皿にパエリアとキッシュをとり分けてくれた。

「それで、どうして城島さんはマコト君を叱らないんですか」

場違いな話題はまだ続いているらしい。

「その話するのか？」

「します。今夜はマコト君の話を聞かせてもらうって予告しておきましたよね」

一歩もゆずらない、という頑とした意思を感じるのはどうしてだろうか……。

「……真人に我慢してほしくないだけだよ。俺はこの仕事を続けていくし、そもそも何十年も真人を抑制して耐えられないのは俺のほうだから」

　パエリアの海老は頭もついている迫力のある大きさで、手で殻をとってもかなりのボリュームがあった。ぷりぷりの歯ごたえも相まって美味しい。玉ねぎやマッシュルームやパプリカにも味が染みていてレモンの風味も抜群にあっている。

「はあ……すごく美味しい、ほんとプロの味に劣らないよ」

「それはつまり、今後何十年も城島さんがマコト君に噛まれ続けたいってことですね」

……このイケメン、しつこいぞ。

「そんなことより俺はおまえとべつの話がしたい」

　サラダのフェンネルと蜜柑を食べてワインを呑んだ。戸川は「なんですか」と神妙な面持ちで俺を見返してくる。

「柳瀬さんにすこし聞いたよ。おまえはひとりで二課にいく覚悟してたんだな」

「ああ……はい」

「古坂さんがおまえのこと欲しがってたのも、おまえの覚悟も、俺全部初耳で拗ねたぞ」

　キッシュにフォークを入れた戸川が、唇で苦笑した。

「……柳瀬さんがどこまで話したのか知りませんけど、もっと言うなら最初の配属前の面接のときからなんです。いずれ二課に異動させるって匂わされてました」

「え……そうなのか？」

「はい。まずは一課で三年勉強してもらおうかなみたいに言われたから察していたっていうか……でも俺は一課の同僚にも担当店にも情が深まって、城島さんとも離れたくないと想うようになってしまって、悪足掻きしていたんですよ。結局無駄でしたけど」

戸川が淋しげな表情でキッシュを端から崩し、上に添えてある葉をのせなおして口に入れる。これもチャービルというハーブなのだとさっき教えてくれた。今夜のために入念に調べあげて食材を選んで手料理を作ってくれた戸川。俺が教育を担当した思い入れのある後輩。

「一緒に働けるのが三年だって知ってたら、もっとなにかしてやれたかな」

「ふふ……隣の部署にいくだけだからそこまで深刻になる必要ないですよ。けど、城島さんと外まわりしたあとに呑んで愚痴聞いてもらって、ってする機会はなくなりそうですよね」

戸川は、口では仕事に対して不真面目なのだと言ったりするが、俺が見てきた限り驚くほど情熱的で、熱血スポーツマンと寸分違わぬ男だった。そして最初のころは己の力不足を悔いて酒を呑みながら涙をこぼしたりもした。

戸川が泣くたびに、俺は自分がこの後輩を守らなければ、と強い信念を抱くようになった。戸川の情熱が俺を先輩に、大人に、してくれた。

「俺、城島さんのこと尊敬してます。レトロのときも、俺は〝売れる売れる〟って突っ走って古坂課長にまで噛みついて迷惑かけましたけど、城島さんは冷静なんですよね。レトロを売るのは至難の業だってことに、最初から気づいていたでしょう。柳瀬さんもいつも言ってます、城島さんは先読みのプロだって。企画段階で城島さんは考えているんです。売れなければどう動けばいいか、売れたら次の困難はなにか。しかもそれらが的確で、回避するための行動にも無駄がない。俺みたいに目の前のことに一喜一憂しないんです」

「ただ臆病なだけだよ」

真人にもらう〝一生〟に怯えるのとおなじで、面倒くさい性格なだけ。

「だとしてもそれが有能さなんです」

「それ褒められるの俺は複雑だなー……」

「柳瀬さんのことも先を読みすぎてふったからですか？」

こいつどこまで知っているんだ。……柳瀬さんめ、余計なことを話したな？

「あのひととのことは先を読むっていうか、過去ばかり見ていたっていうか」

「なんにせよ、新人のころから先読みに長けていたって柳瀬さんも評価しています。城島さんの助言に従って回避できた失敗がいくつもあったって。城島さんは俺みたいな暴走はしない。まだまだ傍で学ばせてもらいたかったです」

　恋愛ではひとを傷つけてばかりいる単なるマイナス思考が、仕事では尊敬される面だというのが解せない。現に同期の奴らとは揉めて仲違いした経験もある。でもたしかに、柳瀬さんに『世のおかげだ』と褒めてもらえた案件も多々あった。

「俺も戸川に嫉妬したんだよ」

「嫉妬？　どこにですか」

「二十五で昇進する奴なんか、うちの会社で見たことがない。少なくとも俺が入社してからは一度もな。しかも三年目のおまえが頼んで会社が応えてるんだぞ。どれだけ期待されてるんだって悔しくなったよ」

　戸川が食事する手をとめて、上目づかいで俺を見据えてきた。

「……そういう嫉妬やコンプレックスってマコト君に対してありますか」

　え、なんでここで真人……？

「マコト君も歳下ではありますけど、院生で俺らとは違う生きかたをしていますよね。むしろ選ばれた人間しかすすめない人生を歩んでいます。シンプルに、凡人の俺らより勉強ができる頭脳派の男じゃないですか。そういう差って、どう感じてるんですか。ジャンルがべつだから平気なんですか。たとえばマコト君が俺の立場だったら、やっぱり嫉妬したんですか？」

真人に嫉妬やコンプレックスか……天才と凡人の違いねえ……。

「……それ難しいな。ジャンルが違うっていうのはあるかも。真人の将来の夢や計画を聞いていても異次元で、嫉妬って思いつきもしない感覚で応援してたよ。もともと真人とは隣人同士として親しくなったから、おなじ会社の社員だったらっていうのも想像しづらい」

「なら俺も会社の外の人間だったら城島さんと恋愛できたんですか」

「その話は前もすこししたけど会社っていう接点がなかったら戸川のほうが俺を選ばなかっただろ。おまえのまわりにはおまえを求める人間がいっぱいいるし、アパートの隣人だからって俺に興味持つきっかけもないだろうしな」

「マコト君はどうして城島さんと親しくなったんですか。料理を作り始めた理由は？」

今夜の戸川はぐいぐいくるな。

「真人は俺に一目惚れなんだってさ。おまけに俺以外に恋愛感情も性欲も感じないんだって。俺もあのころ傍にいてくれたのが真人だから甘えられたんだろうなって思ってるよ」

俺もキッシュにフォークを入れて、パイ生地を丁寧に切り分けながら口に入れた。俺の家の電子レンジにオーブン機能があるかどうか事前に訊いてきた戸川が、一度もつかかったことのなかったその機能を駆使して二回も焼きながら時間をかけて作ってくれた。

玉子とさっぱりしたトマトが仲よくなじんで、チーズが旨味を足している。そこにズッキーニの苦みが混ざって味をひき締めているから最高に美味しい。

美味しすぎてシェフの料理みたいで、完璧すぎるところがイケメン戸川らしい。

「……そうです。同時期に出会ったのに城島さんは俺に甘えてくれなかったんですよね。俺はずっと会社の後輩で、城島さんは先輩でした。甘えて素をだしてぴーぴー泣くのは俺だった。あまつさえ仕事で無意味な嫉妬までされて、どんだけ〝後輩〟止まりなんだか」

舌打ちした戸川が、そっぽをむいてワインをぐいっと呑んだ。ワインに弱い俺より先に酔っ払ってないかこいつ……。

「もういいだろ、おまえも彼女の話聞かせろよー」

「俺、イケメンですよね？　容姿も料理も、とりあえず表向きは仕事も評価されていて嫉妬してもらえるほど優秀です。城島さんはなにが不満だったんですか？　柳瀬さんとは上司や先輩の域を超えたでしょう？　後輩の俺とはなんで超えられなかったんですか」

思わず、ふっ、と吹いてしまった。素顔の戸川をひさびさにこんなに見られて嬉しいかも。

「笑い事じゃないですよ」

「彼女ができたのにそんなに俺なんかとのことが悔しいのかよ」

「〝なんか〟じゃないからはっきりさせてください」

「俺も戸川ののろけを聞く覚悟してたのになー……うーん。戸川は完璧すぎるのかな……？　真人は料理の献立も庶民的で、食卓をふたりで囲んでると他愛ない幸せを感じられるんだよ。でも戸川は眩しすぎて、寝るときどんな下着穿いたらいいんだ～って悩むレベルだからさ」

たぶんプライベートでも、大人でいなければ、威厳を守らなければ、と矜持を刺激されるタイプなんだよなと想像する。高層階の夜景を背負っているようなイケメンに穴ぼこ空いた靴下なんか見せられないけど、真人には〝見て見て〟と足をむけて〝ばかですか〟って一緒に笑ってもらえる妄想まで楽しめる。

綺麗な靴下履いてハイブランドの下着を選んで、部屋にはワイングラスを買い足して、冷蔵庫には聞いたことのない名前のイタリア野菜を入れておかなければいけない。

泣くときまで情熱的で前向きな愚痴をこぼす戸川を大人っぽくなだめて、自分の情けなくてうしろむきすぎてくだらなすぎる弱音は抑えこんで笑い続ける。

俺は戸川の前ではどうしても立派な大人を繕おうとしてしまう。

「俺も下着なんか気にしませんよ」

「知ってるよ。俺ひとりの勝手な意識なんだよ」

これも真人が聞いたら〝差別思考だ〟って怒りそうだな。

「……俺、城島さんからあの一夜の相談を受けたとき嬉しかったんです。城島さんのことを三年もお世話してる料理人がいたって知ったの、あの日だったんで。酔っ払ったところを襲われたうえに男の料理人がいたって、一ミリも喜ばしい話じゃなかったけど、ミステリアスだった城島さんのプライベートが初めて見えた」

「ミステリアスは言いすぎじゃない？」

「いいえ、ずっと謎でしたよ。俺に格好いい面しか見せてくれなかったから。なのにたまに急に可愛くて……」

言葉を切って嘆息を洩らした戸川がフォークを置いた。いま一度俺の目を真正面から見つめて、瞳だけでうなずく。

「合格です城島さん。〝後輩〟じゃなくてちゃんと〝俺〟を嫌いだって言ってくれましたね。ありがとうございます。もう充分です。……幸せです」

ワインをまたひとくち呑んで、戸川が頬にしわをつくりながらくしゃりと苦笑いをする。

「え、イブはふるなって言ってたのに、いまの会話はそういうことになるの？　酷いぞ、誘導尋問じゃないか」

無理矢理真人と比較させて、想いの違いを吐くよう仕向けて。こんなの罠だ。

「ていうか戸川にも彼女ができてめでたしだっただろ。無意味にパンツの話させてマゾかよ」

「パンツとかマゾとか低俗だな、まったく……。いいんですよ、俺には必要だったんです」

「帰ったらちゃんと彼女に愚痴れよな。イケメンのイブを幸せな想い出で締め括ってもらわないと困る」

「安心してください。善くも悪くも今年のイブのことは毎年しっかり想い出します」

う〜、と唸って睨みながらパエリアを頬張ったら、戸川がまたハンサムに苦笑した。

一緒に呑む機会も減るだろうから楽しく過ごしながら大事なイブにしようと思っていたのに。真人もそのために今夜大学にこもって〝後悔しないようにしなさい〟と、身を退いてくれた。下手におたがいの傷を抉る会話をするのはばかの所業だ。

「なあ戸川。〝後輩〟だろうとなんだろうと、俺が戸川を大事に想ってるのは事実だからな。三年前、俺は戸川の先輩になれたことで救われたんだから。それも忘れるなよ」

　パエリアを口に入れようとしていた戸川が瞠目して停止し、口端からご飯を数粒こぼした。完璧すぎるイケメンの抜けた反応が可愛くて、真面目な話をしているのに「ぷっ」と笑ってしまった。

「俺が城島さんを救った……んですか」

「そうだよ。いろいろありまして俺は当時傷心の身だったんですよ。でも戸川がきてくれて、〝先輩〟にして〝大人〟らしく成長させてくれたから、プライベートに呑みこまれずに仕事にきちんとむきあえた。戸川がいなかったら俺会社でもぐずぐずしてたかもしれないよ。だから好いてもらえたのも、社会人としても認めてもらえたみたいで嬉しかった。俺は会社も仕事も好きだから、〝先輩〟の俺も悪者にしないでよ」

　戸川がうつむいて、唇を噛んでいる。

「……しっかり念を押してふってきたじゃないですか」

　肩も震えている。

「違うだろ、感謝してるって言ったの。二課にいっちゃうのも淋しくてしかたない」

「最後に甘えてくるのも狡いですね」

「甘え？　そんなつもりないぞ」

「あなたはいつもそうです」

　は～……、と大きく息を吐いて、戸川が肩で深呼吸する。しばらく沈黙したのち、やっと顔をあげてこっちを見返してきた目が赤らんでいた。

「あなたの前ではいつも俺だけが格好悪いんだ」

青天の霹靂とはこのことよ。

「いやいや、この料理見ろよ、おまえは手料理も格好よくて怖いぐらいだよ」

「いいんです、わかってます」

「戸川の二面性は格好悪いんじゃなくて可愛いよ」

「そのフォローも辛くなるだけなんでやめてもらえます？」

「う……はい、すみません」

戸川もフォークを持ちなおしてサラダのチーズを刺し、口に乱暴に押しこんだ。怖いわ。

「ところで、結局なんだったんですか？　例の一夜の原因って」

あー……。

目を泳がせてキッシュを食べた。ズッキーニの苦味と玉子がぴったりあっていて、やっぱりとても美味しい。このまま美味しいものだけの平和な異世界へ逃げてしまいたい。

「戸川はなるほどって納得してくれるだろうけど、恥ずかしいから言いたくないな……」

「恥ずかしい？　でも俺は理解できることなんですか」

「戸川なら〝あーあんたらしいな〟ってなると思う」

「城島さんらしい？　なんで俺にわかるんです？」

戸川に伝えるべきときがきたのかもしれないな、と覚悟して椅子から立ち、隣に寄り添って耳打ちした。ふたりきりだとて大声で口にするのは憚られる。

「――は？」

「……そういうことです。たくさん迷惑かけてごめんなさい」

言い終えて席へ戻ろうとしたら腕を摑んで睨みあげられた。

「それマコト君はなんて？」

「まだ想い出したこと言ってないです……明日俺が告白の言葉を言うって約束してるからそのときちんと話そうと思ってる」

「拷問でしょ。気の毒だし彼は忠実すぎる」

「い、ちおう、俺の気持ちは伝わっていて、おたがいに恋人って認識もあるから……」

はっ、と呆れたように息を吐き捨てて、戸川が俺から手を離した。厳しい蔑視に刺されつつ、おずおずと自分の席へ戻る。

「結局、俺と柳瀬さんはあなたたちの壮大なのろけにつきあったわけですね。いや、城島さんのろくでもないのろけだ」

「返す言葉もないです……」

戸川がパエリアの海老を摑んでばりばり力まかせに殻を剝いていく。綺麗な顔が怒ると何倍も恐ろしい。八つ当たりされている哀れな海老にも申しわけない。

「マコト君を責めたことを謝りたいけど、城島さんの愛情をそこまで一身に受けているならいだろって気にもなりますね。城島さんから伝えておいてください、〝ごめんねー〟って」

「わ、かった……」

海老を頰張る戸川を盗み見ながら、俺もワインを吞んでパエリアを食べた。

「……巻きこんでしまって、本当にごめん戸川」

戸川も俺を見返して、海老を咀嚼しつつ肩を上下する。

「いいえ。……よくよく考えれば、城島さんにも俺たちにも必要な事件だったんでしょうね。寄る辺なくただよっていた気持ちを、全員が落ちつく場所におさめることができた」

「そうかな」

……俺と真人はともかく、戸川や柳瀬さんにとっても必然だったのだと、そんなふうに都合よく受けとめさせてもらっていいのだろうか。

「ええ。柳瀬さんにも教えてあげてください。城島さんに対する想いは俺の比じゃないです」

「さっきから怖いんだけど、おまえ柳瀬さんからなに聞いたの？」

社内の人間に柳瀬さんが迂闊なことを言うとも思えないが、ふたりのあいだにただならぬ親密さを感じる。戸川は意味深げに口角をあげて笑んだ。

「ちょっとした男子会をしただけです。俺たちある意味、同志ですから」

俺がふった男たち、と言いたいのか。俺も辛かったぞと反論したいのに、口が動かない。

「さあ、じゃあ料理を存分に味わいましょう。ここからは仕事と恋愛の話は一切無しで」

戸川が両手をぱんと叩いてひろげ、食事をうながしてくる。

「仕事と恋愛以外の話……ってどんな？」

「それこそ俺が望んでいたことです。そうだな、まずは城島さんの下着のメーカーとか？」

「ばか」

ははっ、と戸川が大きく口をひらいて笑った。あまりに無邪気で可愛い笑顔なものだから、戸川が二課へいってしまう淋しさのほうが胸を突いた。先まわりの遠まわり――これが悪い癖なのだとわかってはいるけれど、今夜だけはもう一度、淋しさを噛みしめるのを許されたい。

9　柳瀬敬介の恋

コートのポケットでスマホが震えている。とりだして相手を確認してから「はい」とでた。

『――お疲れさまです柳瀬さん。さっき城島さんの部屋をでて、いま帰宅中です。なにも心配いりませんよ。幸せそうで妬けました。例の件の真相もわかりましたけど、それは城島さんに直接聞いてください』

業務連絡と変わらない簡潔で完璧な報告をしつつも、声だけがひどく感情的で面白い。

「お疲れさま。戸川も最後の一夜を幸せに過ごせたならよかったね」

ちっ、と小さく舌打ちが聞こえる。

『俺のイブはまだ終わってません。告白が成功するように精々祈っておいてくださいよ』

息が荒くて、急いで歩いている気配があるのは移動中だからか。

「頑張れー。二課の同期君だっけ？　イブにふられるのは辛すぎるから泣き縋っておいで」

『泣き縋るイブのほうが最悪じゃないですか。そもそも柳瀬さんが〝彼女ができたって嘘をつけ〟なんていうから余計にしんどい想いしたんですよ、俺は』

「嘘も方便だよ。おまえも納得してただろ？」

『えーえー、わかってますけどね。俺は、もうちょっと……俺のことを心配して、泣いてもらっても、嫌じゃなかった』

そうね。世を泣かされたくないのは俺だ。

もともと世に戸川を担当させたのも、俺との別離に縛られすぎないよう慮ってのことだった。毎日、瞼を腫らして出勤して、体調を崩して憔悴していた世が心配でしかたなかったから。

戸川が世を好きになったのも、マコト君なんていう隣人がいたのも大いなる誤算だったが。

「まあ、その嘘ももうすぐ現実になるわけだからいいだろ。俺は知ってたよ、おまえなら恋人のひとりやふたり簡単にできるって」

『まだ、できて、ません！』

憎々しげな否定がやっぱり面白くて笑ってしまった。楽しそうで羨ましい限りだ。

『それと、城島さんは俺の異動の件も気にしてくれていました。〝三年の関係だって知ってたらもっとなにかできたかも〟って。柳瀬さんの予想どおりでしたね。言わなくて正解でした』

「ああ、そうか」

世の健気な落胆が目に見えるようだった。

社員にもそれぞれ個性と価値観がある。才能を発揮しやすい環境と状況も。

戸川に異動の予定があるのは、未来を読みすぎる世だからこそ教えなかった。いつか別れる相手だとわかっていたら、教育の仕方も、思い入れも変わる。淋しさを常に抱えて働くのは、世の場合もっとも避けるべき状況だった。

なにかできたかも、か。……変わっていないんだね、世。

「ところでその一夜の真相ってなんだったの」

忙しない息づかいの合間に、はあ、と呼吸なのかため息なのか判然としない息が洩れる。

『……柳瀬さんは城島さんから教わったほうがいいです。俺は言えません。俺が言うことじゃないと思うから言いません』

「そうか」

俺が世の口から受けとめる必要のある告白か。

「わかった、報告ありがとう。いいイブをね」

『はい、柳瀬さんも』

通話を切ってスマホをポケットに戻すと、ほう、と息をついて夜空を見まわした。息が白く浮かんで消えてなくなっていく。

――柳瀬課長って〝敬介〟って名前なんですね。敬介さんか……恋人が呼ぶとなじむのかな。なんか、俺は全然駄目ですね。

恋人にはなれなかったし、恋仲と言えるのかどうかも曖昧な関係だった。それでも俺はただひとりで一方的に大恋愛していた。ひとりきりでふたりの未来を想い描いて夢見て胸躍らせて恋に溺れていた。

――……好きだったよ世。

身体を重ねて別れのような言葉を言えば、ともすればこの関係に恋愛や恋人といった名前をつけられるようになるんじゃないかと期待していたのに、崖っぷちにひっかかっていた最後の一本の指を離されたのは俺だったのか、世だったのか……それすらわからずじまいだったね。

俺も何度も訪れて、ふたりでよく一緒に過ごしていたひとり暮らしの部屋から引っ越して、世は俺の知らない町へ突然いってしまった。新居の場所もいまだに教えてもらえない。

プライベートに介入させてもらえなくなるほど意識してくれているのだと喜べばいいのか、恋人になるのは完全に諦めるべきなのか――懊悩して俺が最後に受け容れたのは後者だった。

立場上、新居を探ることも可能ではある。でも今回の一件で、家に先まわりして抱いただのマコト君と共謀しただのと、ストーカーや強姦魔を疑われたのは心外だったな。

だいたい、戸川をあてがうまでもなく、引っ越して早々マコト君と出会って三年ものあいだ救われ続けていたと初めて知った。

不満も多々あった事件だけれど、別れて以来ひさびさにあの串焼き居酒屋へいけたことや、初めてキスをした舗道をまたふたりで歩けたこと、夕飯を食べようと毎晩甘えてもらえたり、イルミネーションをふたりで見られたりしたのは嬉しかった。……懐かしくて楽しかったよ。


性指向にしても、未来に怯えてばかりいる思考にしても、おまえは最初から放っておけない子だったよ。

新人研修中、同期の仲間が全員短絡的に『この新商品、絶対に売れますね！』と媚びながらはしゃぐ横で、世だけは常に『どんな商品も売れるのは一時的ですよね』『斬新な商品は慎重にようすを見たいです』と難しい顔をしていた。

同期には〝気取っている〟〝目立ちたがり屋だ〟と煙たがられ、上にも〝判断力は買うけどフレッシュさがないな〟と苦笑いされ、しまいにはゲイだとカミングアウトして孤立した。

社会にでたらもうちょっと柔軟に〝理不尽の輪〟に溶けこまないと辛くなるよ、と諭したら、『……いま、ちょうどその加減がわからない時期なんです』としょげてうつむいた。

――高校まではゲイってことひた隠しにして自分を抑えて生きて……大学に入ってからゲイのコミュニティに加わってセックスを覚えました。だから、もう世間はどうでもいいだろっていう解放感と、社会人の意識の狭間で、悩んでいます。

おまえの味方になろうと思った。安心できる場所になりたいと想った。

そうしている間に、自然と恋愛感情を抱くようになったのは世もおなじだったと思う。

妻に出会ったとき、彼女とつきあったら世は傷ついてくれるだろうかと、真っ先に考えた。まだ未練の塊だった。

あの川沿いの舗道を彼女と歩いて、大橋の隅で川を見おろしながら『好きなひとがいたんだ、俺だけが愛してた』と大泣きした話は、おまえにはできないよ。

プロポーズをしたのは世と仕事帰りに一緒に歩いた銀杏並木の真んなかだった。

彼女は俺との未来を一緒に想い描いてくれた。一緒に恋愛ができた。

世を責めているんじゃないよ。幸せになればなるほど、どうして世には未来を贈れなかったんだろうと悔やんだ。なぜまたひとりにさせてしまったんだろうと嘆いていた。

なんで世の居場所にはなり続けてやれなかったんだろう。俺たちのなにが悪かったんだろう。

やっぱり俺が世より先に生まれたからか。父親を思い出させる男だからか。

憎いというならそれだけだ。歳上だった自分と、父親に対するトラウマを捨てさせてやれなかった自分が憎くて、俺と一緒に超えてくれようとしなかったおまえがすこし嫌いだった。

なにかひとつでもバランスが違ってしまえば、恋愛は成り立たないのかもしれないね。世は昔のまま、俺といたころのまま変わらないと思っていたいけれど、一夜の事件の真相とともに、マコト君との未来や夢を語る世と出会うことになるのかな。

まだスマホは鳴らない。いつ誘いがくるだろう。

正直な気持ちを言えばちょっとだけ怖いし淋しい。だけどもちろん受けとめるよ。世を幸せにしてあげられなかった自分と、幸福の受け容れかたをやっと知った世のことを。

「――サンタさんおかえりなさ～い」

「こら、サンタさんじゃないよ、パパでしょうが」

「パパはサンタさ～ん、ふふふっ」

「誰から聞いたのそんな嘘。サンタさんは今夜くるんだよ、そろそろ寝なさい佳奈」

「やだ、佳奈サンタさんと寝る～」

「パ、パ、で、す」

「敬介ごめん、佳奈ってばお友だちからなにか聞いちゃったみたいで……」

「ママもサンタさん～、ふふふふっ」

「はあ……しかたないね。ほら、おいで佳奈。パパがサンタさんの話してあげるから」

「サンタさんのおはなしー？」

「サンタはパパみたいな格好いいおじさんじゃなくて、こんな髭面のおじいさんでね――」

10　永遠にあなたと

「――世さん、起きてください。……世さん」

　意識のむこうから聞こえてくる声がかたちづいて、ぼんやりまどろみながら目をひらいた。目の前に水色のパジャマの襟もとがあって、自分の顔も撫でられている感触……真人だ。

「……真人。……おはよう」

　撫でられ続けて、また肌がしびれて痛い。でも離れるのは嫌で、真人の胸に顔を押しつけてすり寄ったら、小さく笑い声が降ってきた。

「もう朝だけどまだ眠りますか。一週間働き通しで疲れてるでしょう」

「うん……寝る。寝ながらいちゃいちゃなどをする……」

　一週間働き通し、という言葉の力が強すぎて、休日出勤までして店頭に立ち続けた現実と、足腰の痛みと怠さがじわじわ蘇ってげんなりしてしまった。腕も重たい、ふくらはぎも筋肉痛で、腰も鈍痛が消えない……この症状は真人に甘えなければ治りはしない……。

「了解しました。ゆっくり寝ていてください、マッサージとまぐまぐをしてあげます」

　ふはっ、と目をとじたまま吹きだして笑ってしまった。

真人はかまわずに俺の身体を仰向けに傾けて上へ身体を重ね、キスをしつつ右手で腋から腰までゆっくりと撫でていく。押しあげてさする撫でかたはたしかにマッサージのようだけど、身体の輪郭や感触を掌に記憶させて慈しんでいるようでもあって、幸せで気持ちいい。キスも、真人がくれるこのおたがいの上唇と下唇をしゃぶりあうだけの想いやりのキスが俺も好き。

「ああ……ほんとに、気持ちいいー……」

伸びあがりたくなる小さな竜巻めいた衝動が体内を駆けのぼってきて、うーん、と肩を竦めて身体を伸ばしたら、真人にくすくす笑われた。

「赤ん坊みたいですね」

「なんで？」

「子どものころ親にこうやって身体を伸ばしてもらったことありません？」

「んー……？　どうかなあ」

親子の幸せな思い出らしきものは、俺の脳内で親同士の喧嘩の記憶に上塗りされているのかまったくと言っていいほどない。

「じゃあこれからは俺がのびのびしてあげますね」

「ふふ、まぐまぐとのびのび？」

朝陽を受けて微笑んでいる真人が、俺の右頬を甘噛みして「まぐまぐ」と言う。笑ったら、首筋と鎖骨も「まぐまぐ」と唇と歯でくすぐられて、「へはは」ともっと笑ってしまった。

「……世さん、もうひとつ大事なことを教えてあげます。クリスマスの朝は起きていちばんに枕もとを確認するんですよ」

えっ！　と声をだす余裕もなく瞬時に起きあがってふりむいたら、ベッドのヘッドボードに小さな黒い箱が置いてあった。赤と緑のラインが入ったクリスマスっぽいリボンでラッピングもしてある。

「嘘、すごい、なにこれ！　いつもこんなことしないじゃん！」

「今年から恋人としての贈りものなので」

クリスマスのプレゼント交換は真人が最初の年に用意してくれたのをきっかけに毎年続けていた。イブの夜にケーキを食べながら贈りあうのだ。しかし枕もとに置いて本物のサンタみたいな演出をしてくれたのは初めて。

「えぇー……来年は俺もするよ、したい」

「寝てる時間をふたりで狙うのは不可能なので、世さんは諦めてください」

「なんだよそれ狡いだろっ。俺もサンタやる、サンタ～」

「はいはい、世たんは天使ちゃんだからサンタさんにはなれないねー」

頭を撫でて子どもをあやすみたいにからかわれたから、ベアハッグよろしく両腕で身体を抱いてぎゅと絞めあげてやった。「痛い痛い、苦しい、はは」と真人が笑う。

「俺も用意してるからあとで持ってくるよ」

ごめんとありがとうをこめて真人の襟から覗く鎖骨にキスをして、それから箱を手にとった。有名ブランドのロゴがあるのと、掌サイズの大きさからして小物だろうと予想がつくけれど、いったいなんだろう……？

「タイバーだ、大変だ、シックでものすごく格好いい……！」

シルバーのタイバーは円をふたつ繋げたようなデザインで内側がカットアウトされている。幅広い年齢層に人気のブランドに似つかわしい、癖のないシンプルで美しいタイバーだ。

「幸福の象徴である8の字をかたどったタイバーらしいです。無限の記号とも似てるでしょう。だから選びました。俺たちの愛情が無限に幸福を育み続けますように」

……どうしよう、嬉しすぎてこの喜びを伝えるには言葉の種類が足りなすぎる。

「ありがとう真人……仕事中も真人が一緒にいるみたいで勇気づけられるよ。とっても嬉しい。デザインに真人の気持ちまでこもってるのも幸せすぎて途方に暮れる……大事にするね」

手をつけて箱からとりだすのも憚られるぐらい貴重な宝物に思えた。でもそっと手にして指紋をつけながら眺めていると、自分のものになっていく幸福感があふれてくる。クリップ部分もヒンジタイプでしっかり頑丈だ。なめらかなカーブまで芸術的で見惚れてしまう。

「……普段いろんな商品に触れて仕事してるから、商売目線でしか善し悪しを判断できなくなってるんだよね。けどひさびさに〝好きだ〟って胸が震えるものに出会えた。真人が俺の好みを熟知してるのかな。それとも真人がくれたから倍増しで素敵に見えるの？」

真人を見あげたら、照れくさそうに苦笑して腰を抱いてくれた。

「世さん、毎年似たようなこと言ってますね」

「え、……あ、そうかも。……ごめん」

「いいえ。例に洩れず俺も毎年照れて喜んでるなあと思って」

ははは、と笑いあった。真人がくれたプレゼントはネクタイと名刺入れ、マフラーと手袋、カフリンクスで、今年がタイバーだ。真人は毎年俺の純粋な〝好き〟を確認させてくれる。

高かっただろうな……。誕生日にくれるのも社会人の俺を想いやったブランドものばかりだ。バイトをしているとはいえ無理してくれているんじゃないだろうか。

家具やインテリアも俺を意識して整えていると教えてくれた。どれほど心を尽くしてくれているのか……ひとつ知るたび胸がいっぱいになって、感謝を伝えたいのに相応な言葉を見失う。

「世さん、あとこれ」

タイバーを箱にきちんとしまいなおしていると、真人がヘッドボードの多肉植物のうしろからもうひとつ小さな……あ。

「これはプレゼントとはすこし違うけどつかってください」

ファンデーションシートだ。

「気づいてたんだね……」と受けとったら「当然です」と鼻でため息をつかれた。

「どんな理由であれ世さんが黙っているのは俺を想ってのことだとわかったので、俺もなにも言わなかったし態度も変えませんでした。でも甘え続けているのも嫌だから今日を機にね」

受けとって、タイバーの小箱と一緒に手に持つ。

「真人に我慢してほしくなかったけど、俺も自由に触ってほしかったんだよ。俺の我が儘」

真人が俺の頭に顔を寄せて、背中を支えながらくちづけてくる。

「……予想してたこたえのなかでいちばん甘いのが返ってきて嬉しいです」

幸せそうな囁き声に、俺も「はは」と笑ってしまった。

「今夜から首以外のところも解禁になるので、今後はそっちを重点的にキスしていきますね」

「完璧な解決方法だな」

ふたりで笑いあって、額にもキスをもらって照れて笑うと、真人も朝陽のなかで羞恥と幸福を噛みしめるような幼げでハンサムな可愛い笑顔をひろげた。

今日は世のなかの恋人たちがみんな、こんな蕩けきった朝を迎えているんだろうか。

真人が朝食を作ってくれているあいだに風呂へ入って着替えをすませ、クリスマスプレゼントも持って戻った。

俺も若干おしゃれして新しく買ったワイシャツとセーターを選びましたけど、おなじくパジャマから着替えていた真人君も初めて見るタートルネックに厚手のワイシャツをあわせていて卒倒しそうなぐらい格好いいじゃないですか。クリスマスデートのために買ってくれたの？　って訊くのはマナー違反ですかねえ。

「……なににやけてるんですか」

「えー……？　俺の彼氏が格好よすぎて困ったな〜って」

「それはよかったです」

「すましちゃって、ツンツンキングめ」

「いいから席に着け、小悪魔天使」

真人が料理の皿をテーブルに置きながらツンツンする。褒めたのになんだよ、と拗ねて視線を料理にむけたら、びっくりして目を剥いてしまった。

「真人、めちゃくちゃ浮かれてるじゃゃんっ」

オムライスにケチャップで樅(もみ)の木が描いてある。横にはじゃがいもを練った雪だるまも。

「ツンデレらしくキマりましたか」

ふっ、と苦笑してレモン水を置く真人も格好いい。

樅の木は複雑な絵柄じゃないものの、ケチャップを慎重にだしながら描いてくれたんだろうとわかる。じゃがいもも、皮を剥いて蒸かしてすり潰して、捏ねてかたちを作って雪だるまにしているはずだから手間がかかっているのが一目瞭然だ。顔も海苔を切って貼りつけてあるし、プチトマトを半分にした帽子も被っている。

「こんな素敵なの食べられないだろ、ばかー……」

「結構可愛くできましたよね」

「はしゃいじゃってるおまえも猛烈に可愛いからな？」

頬を両手で挟んで一瞬だけのキスをした。真人はまた嬉しそうに可愛く笑う。

「まったくさ……お礼が全然追いつかないけど、はいこれ、俺からのクリスマスプレゼント」

「食事する前に渡すね」と腕にかけていた紙袋を真人にさしだした。すでに喜んでくれている無邪気な表情で「なんだろう」とひらいて、品物をとりだす。

「大きいですね。しかも結構重たい……？」

「うん、バックパックだよ。真人がいまつかってるリュックも知りあったころから酷使してるみたいだったから、長くつかえそうで便利な機能があるの選んでみた。バッグってデザインにも好き嫌いあるだろうからちょっと見てみて」

「世さんがくれるものに好き嫌いなんて考えませんよ」と言いながら、真人が箱を椅子の上に丁寧に置いてあける。のっぺりした箱状の、黒と灰色をしたクールなバックパックが現れる。

「たしかに長くつかえそうですね。書類やパソコンも入りそう」

「もちろん入るよ。デザイン賞を獲ってるバックパックでね、内側はポケットがたくさんあって素材も丈夫。当然USBポートもついてるから外出先でスマホやパソコンの充電も可能だよ。付属品にスキミング防止ポーチとかレインカバーもあるからマニュアルも見てみて」

「うわ……さすが世さんが選ぶものってすごいな」

ダブルファスナーでぱっくり百八十度ひらくのだけど、それだけで真人は「わあ」と驚いた。細部まで眺めて「どこになにを入れたか忘れそうなぐらいポケットがある」とひとつずつ指を入れながら驚嘆をくり返す。

生活雑貨を売っているからといってべつにセンスや感性が秀でているわけではないのだが、真人はどうもただの営業マンの俺を高評価しすぎるきらいがある。このバッグだって真人に贈るために仕事で訪れた店を眺めたりしながら探して、ようやくたどり着いた納得の一品だ。

「……あとですね、やっぱり恋人っぽいものも選んだんですよ」

そしてこれはどれだけ探しても納得いくものに出会えなかったから、オーダーしてつくってもらったプレゼントだ。

「え、バッグだけで充分なのに、恋人っぽいもの……？　なんだろう」

追加でさしだした小さな袋も受けとってくれて、真人がなかにある箱をとってひらく。

「……ネックレスですか」

「そうです。指輪にしたかったんだけど指になにかつけるのは真人の場合邪魔かなと思って、リングをネックレスにしてもらった。世界にひとつだけのものだよ」

プラチナのリングで表面にはダイアモンドと〝PER SEMPRE CON TE〟の刻印。内側には真人と俺の名前を入れてブルーダイアモンドを添えた。それをチェーンに通してある。

「……すごく綺麗です。でも英語じゃないですよね」

「イタリア語」

「すみません、イタリア語には明るくなくて……どういう意味ですか?」

「〝永遠にあなたと〟」

指輪を傾けながら刻印を解読しようとしてくれていた真人が、とたんに俺の背中に腕をまわして抱き竦めて唇に噛みついてきた。強引に口をひらいて一気に舌まで搦めあわせる。

「……これが世界にひとつなんですか」

「正確には……ふたつでひとつ、って感じで、ここにもあります」

自分のワイシャツの首もとに右指を入れて、チェーンをひっぱった。おなじ刻印のリングがきらめいて揺れている。

「……俺から結婚を迫ったのに、指輪を用意してくれたのは世さんなんですね」

「これは婚約指輪。結婚指輪はいつか真人がくれるんだろ……?」

ふふ、と笑ったら、真人はほとんど泣いているような笑顔を浮かべて俺の肩に顔を埋めた。

「そうですね。……いつか。ちゃんとその日を待っていてください。愛してます、世さん」

「ン……俺もだよ」

ふたりして、全身で幸せの余韻を味わいながら抱きしめあった。〝永遠〟の言葉がおたがいのあいだで、真人がくれたタイバーの8みたいな終わりのない円を描いて踊っている。

「……。いまの告白はセーフだよな」

「……セーフにします」

それから吹きだして、ひとしきり笑ってから身体を離し、真人に「お願いします」とうながされて俺が首にネックレスをつけてあげた。

「……俺、今日から一生はずしません」

リングの部分を指で大事そうに持って、頬をほころばせて至福感を噛みしめながら誓う。

真人の言う〝一生〟が、だんだん違和感なく自分のなかに溶けこむようになっているのが、とても不思議で、幸せだった。


のんびり楽しく朝食を味わって、腹が落ちつくまでテレビでデートスポットの中継なんかも眺めたあといよいよ家をでて横浜へむかった。電車なら目的の馬車道駅（ばしゃみちえき）まで徒歩も含めて三十分程度だ。

「クリスマスってイブがメインみたいなところあるけど、今年はクリスマスが日曜なのもあって尋常じゃない混み具合だな」

「ですね、テレビで観た以上だ」

クリスマスマーケットを堪能することも考慮して、イルミネーションのピークよりはやめの三時半ごろに着くよう計算してきたのに、電車内も改札口周辺もひとだらけ。カップルはもちろんのこと、友だち同士っぽい若者や家族連れの集団も改札のそばに大勢いて賑やかだ。

「毎年仕事しながら〝浮かれやがって〟って妬んでたのに、今年は微笑ましい気持ちだ」

「世さんも愛を知ってしまったんですね」

「知った。俺は心まで天使ちゃんになれた……」

ふふんと胸を張って、天に昇る天使のごとく地下の駅からエスカレーターで地上へむかう。

「外はもう寒いから気をつけてください」

真人は厳しい表情で俺にむきあい、マフラーを整えてくれる。これも真人がくれたものだ。紺と灰のストライプ柄でカシミアのとても温かいマフラーだから仕事のときも重宝している。

「まこまこも天使ちゃんが素敵にしてやるよ」

俺も真人のスヌードを整えてあげた。もちろん真人も俺が贈ったのを身につけてくれている。マフラーがうまく結べなくてすぐ落ちてくるのが苦手だと困っていたから、ファーとニットのリバーシブルスヌードを選んであげた。『ちょうど欲しいと思っていたんです』と喜んで、以来毎年つかってくれている。

「真人は誕生日も二月だし、贈れるものが冬物ばかりだな」

「なに言ってるんですか。世さんにもらった冬物はマフラーと手袋だけですよ。今日もバッグとアクセサリーだったし、これまでもらったのは名入りのペンとキーケースと財布と腕時計と眼鏡ケースです。タンブラーは冬物とも言えるかなあ」

「あ、そうか。真人よく憶えてるね」

「忘れるわけないでしょ。よくよく考えるとプレゼントも世さんらしいですよね……先のことばかり見ているというか。全部長年愛用できるもの揃いで」

うーん、と唸りながらエスカレーターをおり、羞恥心を持て余してしまった。

「それよか、プレゼントって恥ずかしいな……俺、毎年ちょっとずつ真人を自分の贈りものでかためていってるじゃん……」

　そういえば普段なにげなく見ている真人の生活必需品がほとんど思い出の品だった。

「恥ずかしがらないでください。俺はずっと前から、世さんの贈りものに日々勇気づけられて生きていたんです。俺もはやく財布や時計を贈れるようになりたい」

　無理しなくていいよ、と遠慮したい気持ちを呑みこむ。経済的な面でも真人が大人になって対等になって、俺より立派な男になっていくのを見守りたいし、自分も真人に染められたい。

「待ってる。俺も真人一色でかためられるの楽しみだよ。まあ、もう充分な気もするけどな」

　はは、と笑いつつ、最後の階段をあがって地上に着いた。真人は自然な素ぶりで俺の左手をとって、繋いで歩きだす。

「真人君、あのー……」

「いいでしょ、今日はどいつもこいつも自分たちしか見てませんから」

　たしかにこっちも見てないっちゃ見てないんですけども。

「帰りは元気があればみなとみらい駅周辺のイルミネーションを見ていきましょうね」

「うん、体力残しておくよ」

　馬車道駅から赤レンガ倉庫は近いものの、途中でクイーンズスクエアやコスモワールドなどの横浜らしい施設を堪能できないので、隣駅のみなとみらい駅でおりて歩くひとのほうが多い。でも行きはどうせ時間がはやくてイルミネーションを楽しめないし、俺の筋肉痛も心配だから馬車道駅からスタートしよう、と真人が決めてくれた。

地味なルートとはいえ港町っぽい造りの建物が並んでいて潮の香りもただよい、異国情緒があるのは横浜ならではだなあと胸が弾む。ただし人間が多い。とにかく多くて舗道からはみださんばかりにあふれている。しかもいちゃつくのはわかるが、大はしゃぎしているのもいる。

「手繋いで正解かもな」

「はい、ひとりずつ殺めて歩きたい」

「クリスマスのらぶらぶラブストーリーを殺人ホラーにしたら天使ちゃん激おこだからな」

真人が横で、顔を伏せて「ははっ」と笑う。

今日は食事をすることも考慮して手袋をしてこなかったから、掌に真人の体温と素肌の感触が生々しく沁みる。歩きにあわせて時折強く握られた瞬間に伝わってくる感情……半同棲状態の生活でも手を繋ぐことはほぼないから緊張するかも。あの夜握られた、汗ばんだ真人の掌の強さまで脳裏を過って。

「あー……すごい、もう大変なことになってる。イベント用の入り口があるんで探しましょう。たぶんあっちだと思うんだけど……ああ、あれかな」

赤レンガ倉庫が見えた。信号の手前から一号館と二号館のあいだのイベント広場にクリスマスマーケットらしき店並みと、とんでもない人混みが視界にあふれる。

真人に誘導されるまま信号を渡り、隆とそびえる赤レンガ倉庫を見あげた。道路側から海側まで長くのびた建物のあいだに三角屋根部分と避雷針がある。窓やバルコニーのデザインも、倉庫といえど愛らしい。この倉庫は昔、新港埠頭ができたのと同時につくられた倉庫なのだが、いまではさまざまなショップが入ってイベントも頻繁に開催されているんだから歴史を感じる。

「赤レンガ倉庫自体もやっぱりすごく綺麗だね……圧倒される」

「ええ。日が暮れてきたら倉庫も綺麗にライトアップされるから一緒に見ましょう。こっちのパーク側もイルミネーションを楽しめる広場になるっぽいですよ」

「うん、楽しみ。いろいろ調べてくれてほんとありがとうね真人」

じつを言うと赤レンガ倉庫内にもうちの商品を扱ってくれている店舗があるので、多少の知見はあったりする。真人より訪れている回数も多いんじゃないだろうか。

だけど当然クリスマスにくるのは初めてなうえ、真人が無邪気に調べて準備してくれたのが嬉しいからなにも知らないふりをする。

「寒くないですか？」

「うん、平気だよ」

いちいち心配してくれる真人と手を繋いで二号館横のゲート列に並び、ようやく入場すると、シンボルの巨大ツリーと〝ＹＯＫＯＨＡＭＡ〟の文字をライトでかたどったフォトスポットが目に飛びこんできた。人混みでよく見えないけどツリーのむこうには店も並んでいるっぽい。

「すごい、真人、クリスマスだっ、カップルがはしゃぐやつだっ」

「俺もはしゃいでますよ」

惹き寄せられるままにふたりで巨大ツリーへ近づいた。倉庫から海までの広場の中心にあるツリーには綺麗な飾りと電飾が施されている。まだ輝きが足りない時間帯なのに手前にいるサンタとトナカイのフィギュアとともに自撮りをするカップルや、子どもを撮るために奮闘している家族、推しのぬいぐるみと一緒にカメラをむける子たちが群がっていてとんでもない。

その傍らは飲食スペースになっていて大量のテーブルセットが設置されているにもかかわらず、空きがまったく見つけられないほどひとで埋まっていた。

「とりあえず先にクリスマスマーケットを見ましょうか。撮影はあとにしよう」

「だね」

もみくちゃにされながらツリーを通りすぎて連なる店のほうへ移動した。すべての店が屋根の看板部分にサンタや雪だるまをのせた豪華なブースで、海側はフードメインみたいだ。

いちばん目につくのがグリューワインで、ドイツの伝統レシピを継承したもののほかにいちごやりんごなどで作られたフルーティなものが各店舗必ずといっていいほどある。

フードはウインナーやシチュー、サンドイッチ、アヒージョにリゾット、ローストビーフにプレッツェル、とドイツに関係ないものまで幅広く盛りだくさん。

「グリューワインは絶対に呑もう。名物だから。呑むのは礼儀みたいなものだから」

「一杯だけですよ」

「二杯」

「一杯」

「呑みくらべは……？」

「ここでべろべろに酔って俺におぶさって帰りたいのか」

「うー……ん？　それ一周まわってありだな」

「何周まわってもなしだよ」

び、と頬をひっぱられて笑ってしまった。

再びふたつ目のゲートをくぐって海側から道路側のイベント広場へ移動すると、こっちは左側がフード、右側が雑貨で分けられていた。

柳瀬さんが教えてくれたオーナメントや生花のリース以外に、マトリョーシカやドイツのポストカードなどもあって、異国の雰囲気が楽しく新鮮で心地いい。

ふたりで一回ぐるっと見て気になったのが、小さなツリーとキャンドルホルダーだった。

「ガラスのツリーが欲しいんだけどクリスマスは今日でおしまいなんだよな……」

「あれ綺麗でしたね。いいじゃないですか、デザインが好きなんだから一年中飾ってふたりで今日のこと想い出しましょう」

「ふふ、真人って結構ロマンチストだよね」

それならば、と人混みをかき分けて店へ戻り、ふたりして気に入った商品を購入してから好みのフードも買った。ちなみにワインは真人が一杯、俺が二杯で決着。

どうにか席を確保して落ちついたのが五時すこし前で、空も暗くなり始めている。

「あれだね……イベントってもちろん楽しいんだけど、人混みにはまいるね……」

「そうなんですよね。都内だと知名度もあるから狭い場所にうじゃうじゃひとが集まってきて楽しむどころじゃなくなる」

「まこ君、やけに詳しげに話すじゃん」

「昔連れまわされたんで」

しれっとソーセージを食ってるぞ。

「おい。おーい、待ておい、まこよい」

おいよい言いつつ肩を突いてつっこんでやったら、真人が「ふっ」と吹きだした。

「笑ってんなよ、なにさらっと元カノの話してんだ、いま、ここで、この神聖な横浜の地で！　違うだろ、ったくよー……おら、巨大ツリーに謝れ」

真人が頬をソーセージでふくらませたままツリーのほうへ身体をむけて「すみません、俺がばかでした」と頭をさげる。

「そうだろがい。シンボルさまに失礼だろ、クリスマスを穢すなよ、わかったか？」

「もう酔ってきたな……」

「まだ一杯目だっての」

俺も冷め始めているビーフシチューをスプーンで掬って食べた。隣では子どもがチキンをざくざく裂いて食べて親に「やだもう、飛び散ってるでしょ」と注意されていて、周囲には席を探して練り歩くひとたちが終始往き交っている。

賑やかな空気もイベントの醍醐味だけど、困るのは全然、まったく、これっぽっちもロマンチックなムードにならないことだ。

「俺もひとくちください」と真人は素知らぬようすでビーフシチューを食べている。

わたくし恋愛に関してはー真人君と違ってー初心者なのでーわからないんですけどーデートスポットってーもっとーふたりの世界になるものじゃないんですかねー？

食事をしながら例の一夜の話をしたかったのに、子どもを連れた家族までいるこんな場所で〝一夜の過ち〟だの〝中出し〟だの言えるわけがないだろう。告白は観覧車でするとしても、十五分ですべてを話し終えられる自信なんてないぞ。どうすればいいんだ。

心のなかで唸りながらワインを呑んだら、デデ、デ、デデデデとあの曲が場内に響き渡って噴きそうになった。

「……なに緊張してるんですか？」

真人が上目づかいで俺の顔を覗きこんでくる。

「や、ごめん。緊張はしてないよ。ただ……ここだと真面目な話はしづらいなと思って」

「観覧車でしましょうよ」

「それじゃない話もあってさ」

「別れ話ですか」

真顔で言うし。

「なんでだよ」とウインナーの皿の横にある真人の左指を握った。朝起きてから一日中いちゃついているのに〝話がある〟のひとことで別れを連想させて不安を煽る自分が嫌になる。

「違うに決まってるだろ。……あの夜のことだよ。これ食べたら倉庫のバルコニーにいこう。ベンチもあってゆっくり話せるだろうから」

「……。はい、わかりました」

夕飯までの間食のつもりだったから、真人と一緒にグリューワインのつまみ感覚で残りの料理もたいらげると、ゴミを捨ててイルミネーションを眺めに移動した。まずは巨大ツリーだ。

「真人はこういうのふたりで写りたいひと？」

「どっちでもいいですよ。世さんは？」

「ふたりはちょっときつい、かなー……でも真人は撮りたい」

「どういうことですか」と笑う真人を正面に立たせて背後に巨大ツリーを背負わせ、スマホをむけた。ひとが大勢群がっていてなかなか真人だけをカメラにきっちりおさめることができず、四苦八苦しつつもどうにか数枚撮れた。

日の沈み具合もちょうどよくて、ほの温かく輝いてきらめいている巨大なツリーの手前に、サンタとトナカイに挟まれて照れ笑いする真人が立っている。

「可愛い……すごいな、真人が光ってるみたいだ」

「世さんもツリーの前へどうぞ」

「え」

「当然ですよね？」

眼力と口調で脅迫されて、逃げきれずにしかたなく俺もサンタたちのあいだに立った。

こっちにたくさんのひとがスマホをむけて、狩人みたいに必死に撮影している。その熱気と圧が強烈でレンズ恐怖症になるんじゃないかと怯える。フラッシュも光ってる、怖い～……。

「世さん笑って」

「無理～真人はやく～」

「リラックスリラックス」

「せめてリラックスできるようなこと言って」

「甘えるな」

「なんでだよ、スパルタカメラマンっ」

「可愛いよ天使ちゃん、世界一素敵、どっちがツリーかわからないよ、存在がＬＥＤ！」

ボディビルダーのかけ声じゃねえか、とアゲ言葉に吹いて笑ったら、カシャカシャと真人のスマホが鳴って数枚撮られた。

「撮れた？」といそいそ真人のもとへ戻ってスマホを覗きこむと、俺も薄闇に輝くツリーの前で楽しそうに笑ってそこにおさまっていた。金と銀の星や球体のオーナメントが電飾の輝きを受けて発光し、ツリーは空を抱くような鷹揚さで佇んでいる。恐ろしく美しい木の袂でサンタとトナカイと一緒に光をまといながら幸せそうに笑っている、これが自分……？

「……俺じゃないみたいだ。真人、写真上手だな」

「俺には常にこう見えてますよ」

照れて笑って肘で突いてしまった。真人だけは他人の気配も意に介さず、デートスポットで正しくロマンチックムードだなあと感心する。

店の外観やベイブリッジなど、夜が深まるにつれどんどん美しさが際立っていく景色と光を一通り撮影したあと、会場をでて赤レンガ倉庫へ入った。冷えていた身体が温まる。

二階のバルコニーへでると、上から見おろすかたちで巨大ツリーや夜景を撮ることもできた。俯瞰すると人間の黒いシルエットが虫の群れみたいで、来場者数の凄まじさを改めて実感する。

バルコニーは予想どおり空いていてほっと安心した。

「世さん、これ鳴らしましょう」

ロマンチストキングのことだからもしやとは思っていたが、幸せの鐘に気づいてしまった。

「……言うと思った。まこりんほんと可愛いな」

バルコニーの海側隅には紐をひっぱって鳴らせるふたつの鐘が並んで設置されている。

真人の身長よりやや高めの大きな鐘で、さっきから時折カンカン鳴らしているひともいた。

「世さんは恋人同士で鐘鳴らしたりするの嫌いですか」

……歳下彼氏ってこういう誘いをしてくるとき甘えがさまになっていて狡いよな。

「真人とならやりたいかな」

それで受け容れると、にこおと嬉しそうに笑っちゃうのも反則だ。

「じゃあ一緒に」

「はいはい」

隣に並んで、一緒にそれぞれ紐を手にとり、見つめあって「せーの」でひっぱって鳴らした。

クリスマスソングがひっきりなしに流れるイベント会場にカンカーンと結構大きな音で鐘の音が響き渡って、ふたりで驚いて、照れて笑ってしまった。

「すごい響く、恥ずかしい、ははは」

「ふふ。でもこれで世さんと俺の幸せは一生守られます」

「本当に？　この鐘、力あるなあ」

笑いながら離れて、空いているベンチへ移動した。真人が「先にトイレいってきます」と荷物を置いたから、俺は「うん、待ってる」と真人が室内へ戻っていくのを見送って正面の柵に近づき、スマホをとりだした。

真下にイルミネーションガーデンがあって、斜向かいにはコスモワールドの観覧車やランドマークタワーが夜に映えている。綺麗だな……と撮って眺めていると、ふいに肩を叩かれた。

「――ねえ、きみセカイ君だよね？」

え。

「さっきツリーのところにいるの見かけてさ、なんっか見覚えあるな〜って考えてて思い出したんだよ。俺のこと忘れちゃった？　セックスアスリートのシュウで〜す」

口をあけて、天パのチャラい男を前に唖然とかたまった。おまえ……ラブストーリーはもう終盤なのに、起承転結の転のテンションで登場しやがってなにしてるんだよ。おまえは〝終〟じゃなくて転だよ転。もうお呼びじゃないよ。

「俺、セカイ君にふられてからかなり落ちこんだんだぜ？」

「え……ふるってなんですか」

「また会いたい〜つきあおう〜ってメッセージしたのに無視したじゃん。セカイ君とは身体の相性もよかったし、一緒にいてめっちゃ楽しかったから気に入ってたんだよ。まあさ、もう俺、相手いるからあれだけどさ、セカイ君は？　さっき男といたよね？　今夜の相手？」

ひええ、シュウの奴、易いラブストーリーの転のテンプレどおりのセリフ言うじゃん……、と戦いていたら、シュウの背後に長身の影が近づいて左腕を摑んだ。

「すみません。俺が今夜の相手で、彼氏です」

真人もお約束どおりの王子さまだよ、ありがとうな……。

「え。へえ……そうなんだ、彼氏？　ま〜そっかあ、あれから何年も経ってるもんなー」

「……そういうことなんで、すみませんシュウさん」

「いやいや、なんかこっちもごめんね、懐かしくって嬉しくなっちゃってさーははは」

シュウがへこへこ頭をさげつつ去っていって、俺も愛想笑いで手をふってこたえた。塩対応をした過去は反省するし彼にも彼の人生があるのだろうがこの場ではどうしたって厄介者で、彼にも真人にも申しわけない。

「ごめんな真人……ここへきて俺の昔の不貞(ふてい)まで襲ってくるとは思わなかった」

「いえ」

真人は無表情で短くこたえてベンチへ腰かける。俺と目をあわせないように腿に肘をつき、幸せの鐘がある海のほうへ視線をむける。……三年分の行動データが、真人が不快感と鬱屈を持て余して当惑している、と教えてくれる。

「ほんとごめん。……溜めこむなよ。吐きだしたい文句があったら言って、全部聞く」

俺も真人の左横に座った。真人は両掌を祈るようにあわせて親指に唇をつけ、目をとじる。沈黙が重たい。発言するのを迷う真人の戸惑いも感じる。

「……。世さんが前にここへ一緒にきたのは誰ですか」

「え」

「やっぱり柳瀬さんですか」

「なに、それ……どういう意味？」

「家からさして遠くもないし、きたことがあってもおかしくはないです。でもこのバルコニーが穴場だとか鐘があるとか、あなたに教えたのが誰か、すみません、気になってました」

そ、んな、ところから、嫉妬が……真人の不快感が、始まっていたのか。

迂闊だった。しかし真実をうち明ければ真人の今夜の計画に水をさすことになる。嘘か誠(まこと)か、真人の心を裏切らない最善の言葉はどっちだ。結局、正直に話すべきなんだろうか。

「……ここにはお世話になってる店が入ってて、仕事で来たんだよ。そこに柳瀬さんもいた。でもバルコニーには同僚と休憩しにきただけで、幸せの鐘を鳴らしたのも当然真人が初めて。クリスマスにきたのももちろん初めてだよ。……黙っててごめん」

「……そうですか。お店は大丈夫なんですか。世さんを知ってるかたがいたりとか」

「いや、担当じゃないから大丈夫。会社も今日は休みで、休日出勤してる社員はいないから」

「ごめんな」とくり返して真人を見つめた。手を握りたかったけど真人の口もとにあって触りづらいし、背中をさするのは子ども扱いしているようで憚られる。なにもできない。

「俺ガキですね。……って、言わせたくなくて、世さんは内緒にしてくれていたんですよね」

「や、そんな、」

　自己嫌悪を封じて大人ぶらせたかったわけじゃない。

「真人がデートのためにいろいろ考えてくれた気持ちだけに浸って、甘えていたかったんだよ。仕事で来たとか、そんなのどうでもよかった。だからわざわざ言いたくもなかった」

「……ありがとうございます。俺も言わせてすみません。柳瀬さんも巻きこんですみません」

　謝罪を重ねる真人が、本当は秘めておきたかった、子どもじみた嫉妬が恥ずかしい、と後悔しているのまでわかってしまう。

「真人は悪くないよ。そもそも俺がここのこと詳しいせいで嫉妬させていたのに、シュウさんまで現れて、嫌な思いさせた……ってことだよね」

　真人はふたつの事柄で嫉妬していることを。俺は仕事で赤レンガ倉庫になじみがあることを、おたがいのために、おたがいを想って秘めていた。

誰にも悪意がなくとも、人間の心はなぜ時折摩擦を起こして火を噴いてしまうんだろう。

「俺はね、真人といると素でいられるんだよ。前も言っただろ？　大人らしさも子どもらしさも無理しないでそのまんまだせる。真人にもそうあってほしいよ。そういう恋人になりたい。だから我慢しないで。不安とかむかついたこととかあったら、ばかな俺に全部教えてやって。じゃないと〝一生〟もすぐ無くなっちゃうでしょ」

うちの両親がそうだったように、鬱憤を溜めこんで爆発したときにはとり返しのつかない関係になっていて底抜けに悪化していった、っていうのがもっとも怖い。

「自由に発言しすぎて配慮がないのも駄目だと思います」

厳しい横顔で断じる真人の言い分もわかる。

「でも俺が珍しく配慮したせいで、いま真人を傷つけてるんだろ」

「……傷ってほどでもないですけど、モヤモヤしました」

「うん。要は、甘えと配慮の加減も難しいんだよね。けどさ、おたがいに相手を想いやってただけなんだよ。ウザいとか面倒いって理由で蔑ろにしたわけじゃない。だから今日の俺たちも正しい。真人が嫉妬する必要もない。子どもだ、って卑下する必要も全然ない。違うかな？」

ちょっと強引に真人の左手をとって、ひき寄せて握りしめた。

「ゲイアプリも、真人と恋人になってからはうしろめたさもあるけど、昔の俺には救いだったから。……昔のこととして、大目に見てもらえたら嬉しい」

真人の手の指先がすこし冷たい。温めたくて両手で包みながら真人の目を見つめていると、真人も俺を見返して、ゆっくりと俺の右肩に目をつけるようにして倒れてきた。

「……さっき、もっとはやく生まれてればよかったたって一瞬思ったんですけど、遅かったから世さんと恋人になれたんだって考えなおして……そうしたらやっぱり、そもそも世さんが世さんのご両親から生まれてくれて、淋しい思いをして、ゲイで辛い経験もして、柳瀬さんや戸川さんと出会ったから、俺はここにいられるんだと……相変わらず壮大な思考に、陥りました」

真人も俺の手を握り返して、強く摑んでくる。

どれだけ嫉妬をして不快な思いをしても、真人は心の奥では俺の親も、柳瀬さんや戸川も、すべてが俺の一部だと受けとめて想ってくれている。いつだって俺よりもずっと心がひろくて大人で、そういう真人だから尊敬しているし、一緒にいて満たされる。こんなに愛しくなる。

「……ごめんね。ありがとう真人。でも、なんではやく生まれたいと想う必要があるの？」

「あまり詳しくないですけど……ゲイアプリって未成年はつかえないですよね。俺は世さんが大学生のころ下手したら小学生です」

うっ。

「はやく、年齢差も、些細な違いにしか、感じられないぐらいの、じじいになりてえな……」

四十六と四十だったら実質、差なんかゼロだろ。七十六と七十もただのじいさんだ。

「ははは」と真人が笑ってくれて、右手で俺の腰をひき寄せてきた。肩に顔をこすりつけて、

「……世さんに甘えたい」と苦しげに、切なげに言う。

「うん……いいよ。俺も帰ったら存分に甘える」

「それじゃ足りないな」

真人が俺を抱いて立ちあがり、荷物を持った。「いきましょう」と手を繋いで身を翻す。

「え、待って真人、俺、話したいことが、」

「ここにいたらまた知りあいに会いかねない。観覧車で話せばいいじゃないですか」

またたく間に室内へ戻って、店の周辺に集まるひとたちをかき分けて階段を駆けおりる。

「そ、そうなんだけど、観覧車に乗ってるあいだに全部話せるかどうかわからなくて、」

「長い話なんですか」

「長くなる……気もするかな、どうだろ」

真人がドアを通って俺をうながしながら外へ誘導する。目の前にイルミネーションガーデンがひろがって、木々に吊された黄金色や青色の電飾のまばゆい輝きに息を呑んだ。

「曖昧なら、いま話してみてください」

発光する雪の結晶の飾りを背景に、真人がやや早足に歩きながら言う。

「いま？　ええと……うー、じつを言うとその、俺……あの夜のこと、想い出してて、」

「そうなんですか。じゃあ話ははやいですね」

「うん、まあ……だから、真人が口止めに応じてくれた理由も、俺のなかに、だして、それで帰っていった意味も、なにもかも、わかった」

「いつ想い出したんですか？」

「このあいだ〝真人は一生って言うな〟って泣いたとき……です」

「あー……なるほど」

信号を渡って真人と手を繋いだままふりむくと、足もとからライトアップされて、群青色の夜のなかに赤橙色の光をまといながらそびえる赤レンガ倉庫があった。

「俺が〝犯人を捜してこい〟って言った気持ちもわかりましたか？」

「それは……あんな大事なことを忘れたから、〝思い出せ〟って意味だったのかなって、解釈してる」

「概ねあってます。俺はあの日以降、あなたと恋人になるつもりでした。けど強引に迫って、強要するつもりはなかった。恋愛に怯えるあなたの出方を見てゆっくりすすめたかったんです。でも翌日、あなたは相手に恋愛感情があったら嫌だって煙たがって謎の暴行犯にも適当なら、自分が求めている本当の幸せすら蔑ろにしていたでしょう。だからあなた自身に見つける努力をしてもらおうと思ったんです。俺と、あなたのなかにひそんでいる真実の想いを。そのあと恋人になれるかどうか話しあいたかった」

「でも犯人を〝殴る〟って言ってたよ」

「あの夜の世さんとの約束を破るわけだから、自分を殴るか殴ってもらうかしようと思って」

「物騒だなっ」

　青い電飾で彩られた光の公園を横ぎって、城さながらの豪華な輝きを放つワールドポーターズの前も通りすぎた。もうちょっと堪能したいのに、真人は我慢ならないというふうに足のはやさをゆるめることなく人波をくぐり、夜空に極彩色の輪を描く大観覧車へむかっていく。

「真人、俺は謝りたかったんだよ」

「いまはもう謝る必要ないでしょ」

「そんなことないって。我が儘言って泣き縋って困らせて、あのあともふりまわしたじゃん」

「いいんです。その話はとっくに済んでるんだから」

コスモワールドに着いてしまって、スタッフさんに招かれながら入園した。ここは入園無料で乗り物だけ個々にチケットが必要らしく、観覧車に直行した真人がそばのチケット売り場で大人二人分買ってくれる。真下から見あげると大観覧車は驚愕のスケールと美しさだった。

「……ここにくるのも初めてですよね？」

真人が目線をはずしていたたまれなさげに小声で訊いてきた。

「うん、もちろん。コスモワールドは一歩も入ったことなかったよ」

ほっとしたように肩を数ミリ落として、手を繋ぎなおしながら観覧車の列の最後尾までひっぱっていってくれる真人は、まだ俺を見ようとしない。

「ふふ……俺、真人が初めての恋人なんだよ。だからなじみの場所でも好きなひとと楽しむのは真人が全部初めてなのに、真人が嫉妬してくれて、はやく大人になっていればばって悔しがってくれるの、なんか……ごめんなんだけど、嬉しいし、可愛いって想っちゃうな」

ふふふ、とうつむいて小声で笑ったら、ぎりっと手を握られて痛くなった。

「……歩きながら考えていたんですけど、俺のほうが先に世さんを嫉妬させて、巨大ツリーに謝罪していたんですよね。ごめんなさい世さん。子どもっていうのももう単なる言いわけです。俺の器が小さすぎる」

「そんな。全部ひっくるめて嬉しいんだよ俺。……それよか一夜の件を謝りたくてですね、」

「俺はその謝罪がいらないんで」

「謝罪以外にもいろいろさ、」

いつものごめん大会をくりひろげて言い争っているうちに、観覧車の順番がきてしまった。

スタッフさんが紫のゴンドラの扉をあけて「どうぞー」とうながしてくれる。

真人にすすめられて先に乗ると、動きが結構はやくてゴンドラも揺れ、「うわあ」と驚いて笑いながらなんとか座れた。

「真人平気？」と左手をさしのべたら、真人も俺の手を摑んで重心をとりつつ乗った。そして「いってらっしゃーい」と扉がしまり、繋いだ手を頼りに真人も俺の左隣に落ちつくと、いきなり俺の腰を抱いて唇にかぶりついてきた。

「ンん、ばか、まだはやいって、スタッフさんもそこにいるっ」

「し」

厳しい表情で叱られて強引に唇を塞がれてしまう。し、じゃないよまこ〜……。

密室内では外の音楽や喧騒も遠退き、こもって聞こえた。小さく水音を鳴らしながら真人が俺の唇を味わう音のほうが、大きく反響して胸を刺激する。真人の舌を吸い寄せつつ目を半分あけて外を見やると、きらびやかなアトラクションと横浜の街並みがゴンドラの上昇にあわせて眼下に沈んでいくところだった。

空へ昇っていくあいだ徐々に観念して、真人はこのキスのために焦っていたんだな……、と思考する冷静さをとり戻したころ、やっと真人が口を離した。

「……ごめんなさい。耐えられなかった」

それで謝るんだよ。しょんぼり可愛い顔をして。

「俺わかったたわ。二十二歳って大人のくせに子どもにもなれるいちばん最強な歳だな」

苦笑して右手で真人の頭の髪を掻きまわしてやったら、嬉しそうに稚くはにかんだ。

「ごめんね世さん」

言いながら、真人が俺を抱きしめてこめかみにくちづけてくる。

「ううん、いいよ。……ありがとうね真人。観覧車もすごく綺麗だよ」

ゴンドラを繋いでいる支柱も、ライトがきらめいて花火より色彩豊かな虹色に輝いている。さっき通りすぎたワールドポーターズも橙色の外灯に光る屋上部分が真下にあり、橋を渡った先にあるコスモワールドの隣のゾーンも噴水みたいなアトラクションが七色に光って綺麗だ。横のクイーンズスクエアとランドマークタワーは観覧車と並ぶほど巨大な建物で圧倒される。

「見て真人、あっちに赤レンガ倉庫も見える」

「ええ、綺麗ですね」

正面の奥のほうに、やや小さく赤橙色に灯る赤レンガ倉庫がある。ビルや外灯やイルミネーションはまるで昼間みたいにぎらぎら強く輝くのに対し、赤レンガ倉庫だけはぼんやり温かな暖炉を連想するやわらかな灯だった。

「船もすごいな」

横浜港を運航しているひときわ輝かしい大型船は、横浜の景色を眺めながら食事を楽しめる人気のレストラン船だ。夜は船に飾りつけられたライトが煌々と照って存在感もある。

「あれって世さんが柳瀬さんの結婚祝いで乗った船ですか」

「そーだよ。料理が美味くて船も三階建てで豪華で素晴らしすぎて嫌だったな」

結婚式は海外だったが、二次会は開催するということで社員が招待されたのだ。当然奥さんもきていて貸し切りの一室で社員みんなが酒と料理をいただきながらふたりを祝福した。

「あの日の夜も酔っ払ってうちにきてくれましたね」

「いかせていただきましたねー……」

『真人聞いてくれ、最高で最低な二次会だった、嫁さんも綺麗だった』と扉をあけてもらったとたんに叫んで酒缶をずいと突きだし、『呑もう！』と我が儘につきあわせた。

「あのときも真人は俺に〝ノンケだ〟って思わせておいて、俺が思う存分うわ～ってうるさく嘆けるように我慢してくれてたんだよな……」

　輝く客船に視線をむけたまま、真人が「ふっ」と小さく吹いた。その目尻のさがった幼げでハンサムな横顔が素敵だった。

「……世さんが言うと、俺がすごく健気なことをしていたみたいに感じますね」

「違う？」

「そんな純粋なものじゃないですよ。純粋なのは常に世さんです。恋愛に憧れているからこそ怖がりで、肉欲にも正直で、まっすぐで。俺みたいに、どんな関係でもいいから傍にいたいと想うのはひねくれ者って言うんです」

「えー……俺はただのネガティブなばかで、真人は誠実で一途なんじゃないの？」

「まあ、どんな言いかたもできますね」

　思考するのをぽいと投げ捨てるみたいに言われて、「はは」と笑ってしまった。

「……でも、ありがとう。たぶん俺、親にも甘えた経験がないまま大人になっちゃったから、真人にでれでれに甘えきってるんだよな。迷惑かけて、我慢してもらってきたよね」

「本望です。……けど、世さんが酒で忘れたままの想い出も多々あるかな」

「うっ……それは教えてよ、大事なことならなおのこと」

「大事ですかね？　忘れられたのに」

「意地悪だな」

「意地悪してみました」

腰をくすぐってやったら、真人が身体を退いて「ははっ」と笑った。

ゴンドラがどんどん上昇してレストラン船より遠くの、海の対岸にひろがる工場地帯も赤く茫洋と見えてきた。

「俺ひとつ疑問に思ってたんですけど、あの夜世さんになにが起きてああなったんですか？」

「真人の部屋に突撃する前ってこと？」

「ええ、そうです」

不思議そうな表情で俺にむきあった真人が、真剣な顔のままふと至近距離にある俺の口先に視線を落として、突然一瞬だけのキスをした。近くにあるからしたい、しておこう、みたいなキスで、目をあわせたらおたがいが、え？　という顔をしていたから吹いてしまった。

「うーんと、えー……」

「コメントなしですか」

「想い出すのに必死だからなしっ、ふくく。あーもうなんだ、ええと……ああそう、あの夜は柳瀬さんと一課の同僚で呑んでたんだよね。で、それまで柳瀬さんとは距離をおいててふたりきりで呑むのもさけてたのに、たまたま隣の席になったんだよ。そのせいで、こう……ね」

「傍にいて、柳瀬さんとの失恋がぶり返して引き金になった、ってことですか」

「帰宅中〝柳瀬さんみたいに真人と別れるのは無理、真人だけは嫌〟って怖くなったんだよ」

「それ呑み会の席でぶちまけなくてよかったですね」

「俺どれだけべろべろになっても大人の分別があるからさ」

「ねえよ」

　ぶっ、と吹いたらよだれがでそうになって、自分で「きたな」と笑ってしまった。つられて笑った真人が俺の唇を舌で洗い、かわりに真人の唾液で濡らしていく。

「じゃあ呑み会で淋しい想いをした世さんは、家へ帰る道すがら鬱々と沈み始めて、家に着くころに爆発してしまい、大人の分別でもって俺の部屋へ殴りこみにきたわけだ。なるほど……分別のある大人ってあんなにわんわん大泣きするのか」

「そうだよ」

「『最後でいいから抱いてよ』『今日だけにするから』『真人が好きだよ』って？」

「そ……だよ」

　顔が熱くなってきて真人の右肩に隠れた。真人が楽しげに苦笑している。

「びっくりしましたよ俺。まさか世さんに〝好きだ〟って泣かれる日がくるとは想わなくて」

「嘘だ。ちょっとはそんな気もしてたんじゃないの」

「まあ、世さんは交友関係すべて話してくれるんで、自分がもっとも親しい相手じゃないかっていう自惚れはありました。けど〝好き〟〝抱いて〟〝だして〟はさすがに想定外だった」

　羞恥と憎たらしさが言葉にならなくて、真人の腰に手をまわしてうしろから叩いてやった。真人はくっくと笑い続けている。

「照れないでください。あのときは俺だって最初で最後のつもりだったんですよ。朝になれば世さんは全部忘れて、俺は世さんが自分を好いてくれているのに知らないふりして黙ったまま先の見えない両片想いに苛まれ続けるんだろうなと……淋しかった」

真人の哀しげな声音が、抱きあって触れている喉と胸もとからも響いて伝わってくる。

「……楽しいセックスとは言えなかったね」

「はい……でもやっぱり、……世さんを抱きしめられて、幸せだった」

真人の背中に両腕をまわしてコートを摑み、胸のなかへひき寄せた。

「俺もだよ。辛かったけど真人に抱いてもらえて幸せでしかたなかった」

世さん、好きです。俺も好きなんだよ、世——と、あの夜苦しげに呼んでくれた真人の声が耳朶を震わせる。

「愛してるよ真人。たまらなく強く、自分の肌に食いこむぐらい力をこめて抱き潰す。

無理だった。生きかたを忘れて、孤独感に押し潰されてどうにかなってた。……大好きだよ。喧嘩したりすれ違ったりすることがあっても何度も仲なおりして、一生一緒にいてね」

「……います。あなたの傍にいて、料理をしながらあなたと永遠に笑っています」

真人の肩から目をあげて外へ視線をむけると、ちょうどてっぺんへ着くところだった。真人も抱き返してくれて、真人の香りとぬくもりに包まれながらいま一度肩に頭を寄せて笑った。

「完璧だ真人。俺たちの幸せはやっぱり守られてるよ」

百回は無理でも頑張ればあと七十回ぐらい一緒にクリスマスを過ごせるんじゃないだろうか。楽しみだと、ごく自然と未来を受け容れられていることが、俺にはすでに奇跡に思う——。

11　恋をした時間より、愛した時間のほうが長い片想いだった

「真人、まこ、まころん、まこりん、まごーっ……」

ピンポンピンポンとチャイムを連打されて、外から響く呼び声もイヤホン越しに突き刺さるほど激しくうるさい。

今夜はまた一段と酷いな……とパソコンから手を放してイヤホンをはずし、気後れしながら玄関へむかって扉をあけた。

「どうし、」

「まご、はやくでてこいよ、おまえいつもいつも遅いよ、うぅっ……まごど、」

スーツにピーコートを羽織った立派な社会人の外見とは裏腹に、顔中を涙で濡らして世さんが号泣している。

「なにがあったんですか」

背中を支えて室内へ招き、扉をしめた。このひとが映画やドラマ以外で泣くのは珍しいからいささか驚いた。辛くて苦しくて酒を浴びるほど呑む夜でさえ、哀しみを吐露するだけで絶対に涙をこぼしはしないから。いったいなにが原因なんだ。帰宅中スマホで映画でも観ていた？

「……俺を捨てる気なんだろ」

「は？」

「俺のこと鬱陶しいって思ってるからのろのろしてたんだろ」

「なんの話ですか」

「若くて格好よくて頭もよくて彼女もいて、隣に住んでる世話のかかる俺みたいなおっさんは鬱陶しくて怠くて、再来年になったらさっさと引っ越して自由の身だって思ってるんだろ」

「あんたの歳でおっさんとか言ってたら本当のおっさんが鎌持って襲いにくるぞ」

「ふうぅ、まこど……いなかったらどうしようと思った……どこもいくなよ、一緒にいてよ」

うつむいて、まるい透明な涙をほろほろ落としながら子どもみたいに泣いている。

……再来年引っ越しっていうのは、俺の進路について言っているのか？

「とりあえず座りましょう。ゆっくり聞きますから」

「ごまかす気だ」

「なんでだよ。話そうって言ってるだろうが。ほら、靴脱いで」

「怒る……真人怒る、こわい」

「怒ってないから」

背中を支えたまま靴を脱ぐようようながすと、片足ずつぎこちないしぐさでつま先を抜いてから倒れこむように俺の胸へしなだれかかってきた。

「ちょっと、ちゃんと立って世さん」

「真人、最後でいいから抱いてよ。今日だけにするから、お願い……っ」

こめかみを銃弾で貫かれたような衝撃が走って、世さんの言葉もいま一瞬の記憶も、すべて消えるかと思った。

「は……なんて？」

「聞かなかったことにしたい？　男相手じゃ嫌だ？　彼女に申しわけない？　わがるげど……お願いだから、真人がいなくなるんなら、最後でいいから……寂しいよ……別れたくないよ、まごとお……」

「あの、あっち、とりあえずいきましょう、ソファに、」

体重をかけて縋りついてくる世さんの身体を抱きあげ、動揺を抑えつつソファまで運んだ。

「水とってくるから」と腰に巻きつく腕をはずそうとしても、「嫌うなよー……」と弱々しく嘆き、ううー……ああ、と声まであげて嗚咽する。

「嫌ってません。どこにもいかないし、別れる気もありませんよ」

「いまはだろ。どうせいつかどっかいっちゃうんだろ」

「いかないって。進路もまだ迷ってるけど、この部屋をでる予定もないから」

「じゃあ彼女と結婚してここで暮らして、子どももつくって、俺と一緒にご飯食べるのやめて、幸せに生きてくの……？」

顔をあげた世さんの両目が真っ赤に染まっていて、儚さと美しさに息を呑んだ。理性を保ってテーブルに置いてあるティッシュに手をのばし、一枚抜きとって涙と洟を拭ってやる。

「……結婚もしない。子どももつくらない。俺はあなたのためだけに生きていきます。それが俺の幸せだから」

拭った端からまた涙がこぼれてきて、左目の下の涙を吸って濡れたティッシュでは右目の下の新しい涙を拭えなくなってしまった。

「……そうやってずっと気をつかわせてるんだよね。俺、真人の生活荒らして、世話させて、迷惑かけて……真人にずっと一緒にいてもらえるいいところなんにもない」

「世さん」

「わかってるから。こんな関係いつまでも続くわけないって俺わかってるから……だから今夜だけ想い出ちょうだい。それで忘れる。こんなに呑んで酔っ払ってどうせ記憶も残らないよ。明日には他人に戻る。戻れる。……結婚も子どもも、俺ちゃんと祝うよ。柳瀬さんのとき経験してるからうまくやる自信あるんだ。真人が、奥さんと……幸せそうに笑ってるの、見ても、うぅ、うー……泣がないがら。ふうぅっ、真人好きなの、忘れるがらー……っ」

これはどう捉えればいいんだろう……世さんがゲイアプリで探しているような、欲を満たすだけの相手に選ばれたわけではなさそうだ。本気で俺と別れることを哀しんで、一夜の想い出が欲しいと望んでくれているらしい。だがこのひとの場合、ライクかラブか、どちらの好意に突き動かされて性欲を満たしたがっているのか判断が難しい。

「うぅう……最初で、最後でいい、一回でいいから……あぁうー……好きだよまごど、なんでノンケなんだよー……」

「セックスじゃ解決しませんよ。あなたが俺の気持ちを信じればいいだけの話でしょうが」

「真人は関係ない……俺が信じてないのは未来だから」

「じゃあどうして未来が残酷だってことはそんなにもかたく信じてるんですか」

俺の胸に顔を伏せて、またきつくしがみついてきた。

「見たこと、ないから……未来まで、一生幸せにしてるひとたちなんか、見たことないから」

相も変わらず世さんは人生観を両親の離婚に乗っ取られている。

まあたしかにうちの両親も離婚していないからといって円満かどうかは謎だが、世さんの場合は幼少期に味わった孤独が強烈すぎたのか、恋愛にも人間関係にも常にネガティブだ。

「ならもう未来も妄想も見ないで現在の現実だけを見ていてください。俺はこうやってあなたの隣に絶対にいるから」

「……絶対なんて、この世にはないんだよ」

「未来を見るなって言ってるだろ」

「俺とセックスするのは嫌なの」

ちら、と視線をあげて、こっちの顔色を潤んだ上目づかいでうかがいつつ訊く。可愛い。

「……なんの、話をしてるんですか」

「セックスの話」

「セックスしたいって言いだした根本を解決すればいいだろうって話をしてるんですよ俺は」

「セックスしか解決方法はないよ」

「どうしてだよ」

「どんな約束をしても、真人がここを去る別れるごめんって言えば終わるからだよ」

腰にまわされた腕に力をこめながら頬をすり寄せて甘えられ、目眩がした。……世さんとはおなじ部屋で長時間過ごす日も多々あるが、ここまで身体を密着させることはほぼない。

いつも愛おしいと感じながら眺めているだけの腕や頬や顔が、こんなに一気に迫ってくると気が狂いそうになる。髪が間近で一束さらりと流れるようすすら蠱惑的で意識が飛びそうだ。

「……ひとまず帰りましょう。部屋まで送るから。今夜のあんたは危険すぎる」

「なんだよ……やっぱり俺のこと嫌いなんじゃないか」

「違いますよ」

「嫌いだから追いだすんだろ、セックスも気持ち悪いと思ってるんだろ」

「違うっつの」

「怒る……真人こわい」

「怒るぞほんとに」

うぅぁ……、とまた泣きだした。

「〝面倒くさい〟の顔してる、うぅっ……」

「〝あんたが可愛くてどうしよう〟の顔だよこれは」

「顔しか見られてない……」

「中身も見て言ってるわ」

「こっちの中身も見て」

ネクタイをゆるめてワイシャツのボタンをはずし始めた。

「やめろ、いいから、こっちはっ」

「見て判断しろよ、それぐらいいいだろ、俺の身体抱けるかどうか実験しろっ」

俺はなんで怒られてるんだよ。

　ボタンをはずしていく両手を摑んでとめてもふり払われ、上からしめなおしても下のほうをどんどんはずしていく。それで最後のひとつまではずし終えると、俺がしめた上から順にまたはずし始めた。なんの競争だこれは。

「待て、ストップ、やめろ、わかったから」

「わかってない」

「わかったよ」

「嘘だ」

「嘘じゃない。……とりあえずキスしましょう。俺があなたを気持ち悪いと思っていないことはキスでも証明できるでしょう？　それで落ちついてください」

　世さんの右目に溜まっていた涙が一筋ほろと落ちた。まるい目をして手をとめ、ネクタイをだらりと垂らした胸もとから鮮やかな肌色をした鎖骨と胸を、無防備に晒している。

「……キスする。真人とキスする」

　口紅をしているわけでもないのに綺麗な桃色をしたふくらかな唇が、心臓を撃ち砕く言葉をこぼしてきて魂が抜けかけた。……童貞が見ている夢のなかに迷いこんでいる気がしてきた。

「真人からしてこいよ」

「こら……なんなんだあんたは、なんてこと言ってるんだ」

「真人の実験だから真人からするのが筋だろ」

「いや……うん、わかってますよ、言いだしたのも俺ですけども、」

　ちょっと待ってくれ。今夜は間近に控えている学会のために準備をしなければいけなかった。

当日までに論文とスライドを用意して発表練習も入念に行う必要があり、多忙で大事な時期だ。事実、さっきまでデスクにむかって論文執筆に集中していた。

それがどうしていま世さんの泣き腫らして濡れた美しい顔と艶めく唇に対峙しているんだ。

「……しないじゃんか」

「や……」

「できないじゃないか」

「俺にも現実を受けとめる時間が、」

「嘘つきハンサムっ」

恋をした時間より、愛した時間のほうが長い片想いだった。愛は献身だ。愛らしい、愛しいとは想っても、欲しいと望むことはなかった。なのに突然与えられて触れろと迫られたら困惑して当然だろう。

「うう——……」と両目をきつく瞑って、世さんが瞼の隙間から涙粒をぷくりと押しだし、再びほろほろ落とし始める。

「……プラマイゼロのふたつの要素を入れたら悪口にも暴言にもなりませんよ」

両目の涙が頬をたどって落ちあう顎に右指をつけたら、親指と人さし指が湿って濡れた。

小さくて綺麗なかたちと色をしたあどけないこの唇に、何人の男がくちづけたんだろうとか、柳瀬さんはどんなキスをしたんだろうとか、考えることは何度もあった。

きっと誰よりも長い時間俺がこのひとを愛して見つめているはずなのに、いつも他人の手のなかにあった笑顔を、孤独を、いまこの手で、撫でてもいいんだろうか。

「俺の気持ちは結構重いんで、驚かないでくださいね」

「え……どんな?」

唇がつきそうなほど顔を近づけたら、世さんが肩を小さく竦ませて反応した。

「世さんにとってパンドラの箱かもしれません」

「駄目じゃん」

「でも俺にキスさせたいんでしょ」

「……。させたい」

やわらかそうだ、とずっと想っていた唇は、実際口(くち)に含むと想像以上のやわらかさだった。遠くから眺めていたときのほうが色もかたちも明晰(めいせき)で切なかったが、間近に寄るとぼやけて、ぴったりひとつに重なると感触以外のものが見えなくなるのが不思議で、くちづけているんだという現実を生々しく感じられた。

「ン……まこと、……噛まな、で、」

極端にぶ厚いわけでもないのに、唇の弾力がいままで口にしたどんなものよりやわらかくて愛おしくて、上唇と下唇を執拗に甘噛みして吸い寄せていたら、照れた声で抗議された。その声音にまた欲を掻き立てられて、考える間もなく舌をさし入れて奥までむさぼっていた。

……これが世さんの唇。世さんの味と、口のしぐさ。

俺の肩に掴まって、世さんも吐息を洩らしながら舌を搦めて応えてくれる。舌をおたがいの舌で撫であって俺が吸いあげて唾液をすすると、世さんも待っていたように俺の舌を吸って「ン」と喉を鳴らす。

世さんとは声で軽快に応酬をするのも好きだけど、口を塞ぎあっていてさえもしぐさで心のやりとりをできるのだと知って胸が震えた。震えるほどに強引に獰猛に歯列をたどって上顎を舐め、舌の根まで撫であげて吸い寄せようとする俺に、世さんのほうがだんだんついてこられなくなるのも可愛かった。「ふ……ン」と息を洩らして、俺の肩のボアフリースを強く摑む。

「……ギブですか」

唇をとめて、でも離れたくはなくて、口先を触れあわせたまま至近距離で訊いたら、世さんはこくと喉を上下してから「……ううん」と強気にこたえた。俺の下唇をさっきの仕返しみたいに甘噛みしてくる。俺も世さんの上唇と下唇をまとめて口で覆って噛んで、さらに仕返しをする。

「ずっと……してたい、真人と、キス」

俺の口から逃れて、世さんが甘い言葉を囁いた。

「次はキスするだけの隣人関係がお望みですか」

憎い想いをこめてもう一度唇を覆い、舌も舐める。

「それは……わかんない、けど、」

俺に舌の自由を奪われながら、世さんも負けじとたどたどしくこたえる。

「恋愛はしたくないんでしょう？」

「ん、ン……」

困ったように喉を鳴らして、世さんが両腕を俺の首にまわしてしがみついてきた。

「あなたとのキスには感動してます。ただひとつ言わせてもらうと、酒臭くて最悪だ」

そりゃおたがいファーストキスじゃないし、レモンの味がするはずだなんて幻想は一ミリも抱いていなかったが、世さんとする初めてのキスが酒の味っていうのは、あまりにらしすぎて現実感が邪魔というか、萎えるというか……。

「そんなに酷い？」

「酷い。いつも以上に酷い。あんたは酒好きなうえに無駄に強いから質が悪いんだよ。今夜は頭から酒を浴びたような匂いがするぞ」

「でも素面だったらキスもセックスもしてくれないだろっ」

「俺ははじめっから素面だよ」

ふははは、と世さんが俺の左肩で笑いだして離れ、またキスをしてきた。……だんだんキスが戯れの一部と化してきている。ここまで好き勝手に唇をしゃぶられ続けていたら、こっちの箍(たが)がはずれかねない。

「……ほら、もういいから。俺の気持ちは充分わかったでしょう。部屋まで送りますよ」

「やっぱり追いだしたいんだ。忙しいのか？　今夜じゃなければセックスしてくれる……？」

潤んだ瞳と刺激的な言葉で攻撃してくるのもそろそろやめてくれ。

「いいですか。酒にじゃぶじゃぶ浸ったこの脳みそでよく考えてごらんなさい。俺があんたを部屋から追いだしたところでどうせ隣の部屋なんだからまたチャイムを連打されて騒がれればおなじことなんだよ。意味がないの。困ってるのはあんたが酔っ払ってばかになってることと、セックスセックスセックス迫ってくることだけだよ」

「ほら立て」といま一度身体を抱いてソファから立たせ、腕を摑んで玄関まで連れていく。

「俺とのセックス嫌なんじゃん……男の身体、嫌なんじゃん」

「そういう意味で嫌がってるわけじゃない」

「口は性別がないからキスできただけだろ、嘘じゃないって言うならフェラしてみろよっ」

「いい加減にしろ」

「怒る……真人こわい」

うぅ、とまた泣きだす。玄関扉の前でひき寄せて、また抱きしめてキスをした。一瞬驚いて強張っていた唇が、すぐにほどけて隙間をつくり、舌をだして搦めあわせてくる。

キスしてくれて嬉しい、キス好き、と言っているような蕩けた唇の動きが劣情を何度も刺激してきて、幸せな反面限界が近いのも悟る。

「……いいですか。俺はあなたが好きで、困って叱っているんです。怒鳴ったとしてもあなたのご両親とは違います。怖がらなくていい。わかりました？」

まだ涙をあふれさせて瞳をにじませるから、今日で涙が涸れるんじゃないかと心配になる。

「わかった……真人に、抱かれたい」

「あんたの脳はどう思考ルートを間違えてその結論にたどり着くんだ。おら、帰るぞ」

玄関に落ちていた世さんの鞄を拾い、「靴を履いてください」と指示すると、足を突っぱって「嫌だ」と腕をひっぱられた。

「嫌だよ、真人朝まで一緒にいて」

「いいですよ。こんなお笑いコント並みに千鳥足の酔っ払いを放っておけませんからね」

「ほんとに？」

真剣な表情を繕ってうなずくと、世さんも唇をまげて俺の目の奥の感情を探りつつ、慎重に靴を履いた。「絶対に朝までだぞ」「はい」と最後の確認をして、お化け屋敷に入るみたいにしっかと俺の腕にしがみつき、ようやく部屋をでる。

すぐさまジーンズの尻ポケットから鍵をとりだして隣室の扉にさしこみ、ひらいて入った。世さんもひき寄せて玄関に入れ、扉をしめるとやっとすこし安心する。残りのミッションは、このひとを寝室に連れていって着替えさせ、ベッドに沈める、このみっつだ。

「真人とセックスするために風呂入る」

「は？」

世さんが靴を脱いで部屋へあがる拍子に躓き、慌てて腰に腕をまわして支えた。

「こんな状態で風呂なんか無理に決まってるだろ、転んで頭打つぞ」

「一日仕事して身体も汚いから清めないと寝たくない」

「朝まで我慢しろ」

説得しようとしてもさっさと左横にあるドアをひらいて入ってしまう。「ちょっと待て」と追いかけて先に奥の浴室にある浴槽を確認したらしっかり水が張ってあり、湯も沸いていた。

「ちゃんと準備できてるだろ？　居酒屋からでるときぴぴっとしたんだ。ふふ〜」

……このひとの部屋はスマホから風呂の遠隔操作が可能だ。どうしてこんなところだけ酔っ払っていても無駄に冴えているんだよ。

「ふふじゃないでしょ」とふりむいたら、脱衣所でとっくに裸になり、最後の下着を左足から抜いている世さんと目があった。

「うわあ」

「ひっ、なんだよっ」

俺があげた声に世さんがびくっと怯え、またよろけた。咄嗟に戻って右腕で背中を支えたが、これはこれで困る。

「……真人、大丈夫？」

無防備な表情で見あげられて意識が眩(くら)んだ。世さんは朝にシャワーを浴びることもあるから上半身だけなら何度も見ているけれど、さすがに全裸には耐性がない。一瞬だけ見てしまった。唇以外のところも綺麗な色とかたちをしているらしい。

「……俺は、スーツをクローゼットに片づけて、待っていますから。転ばないように危機感を持ってゆっくり浸かってきてください」

「真人も一緒に入ればいいだろ」

「許してくれ」

「なら監視は？　ここでドアひらいて俺が風呂入るの見てて」

論文の執筆に戻りたい。どうして俺はいま天国と地獄が混ざったようなこの残酷で魅惑的な世界にいるんだろう。直ちに自分の部屋へ帰りたい恐怖心と、服を脱ぎ捨ててこのひとの身体に食らいつきたい欲望をどっちも必死に抑えこんで、歯を食いしばって頭を働かせる。

「……わ、かりました。湯船に浸かってじっとしていてください、スーツをしまってくるから。絶対に寝るなよ、溺れるからな」

「うん、眠くないから大丈夫」

肩を抱いたまま浴室へうながし、世さんがしゃがんでかけ湯をして奥の浴槽に浸かるところまで見守った。こっちをむいて「ふふふ」となにが楽しいのか嬉しそうに笑っている。

「じゃあいってくるから」と声をかけると、脱衣所のかごに投げ入れられていたスーツを持ち、寝室へ移動してハンガーにかけた。戻らないといけないのかと思うと頭が痛い……でも酔っ払いをひとりで風呂に入れておくのは危険すぎる。

「まこ、まこ〜、まこりんこ〜、帰ったんじゃないだろうなー？」

「いますって」

見ない、襲わない、触らない、と胸のうちでくり返して気をひき締め、逃げたがる重たい足をなんとか動かして浴室へ戻った。世さんはさっきとおなじ体勢で浴槽に座っており、俺を確認するとまた嬉しそうに笑顔をひろげた。可愛いなクソが。

「本当に監視してろっていうんですか？」

脱衣所の棚にあるバスタオルを持って、ドアの縁に腰をおろした。ドアをあけはなしているから熱気がすべて逃げていく。これじゃ風邪をひくだろう。

「俺の身体が抱けるか検証してよ」

「抱けますよ」

「抱けるって言っておけばいいやって適当に返事してるだろ」

「乳首を吸いたいしフェラしたいし尻の孔も舐めたいし挿入れたいしだしたい。満足ですか」

「すごい……エロいこと言う……」

「あんたが言わせたんだよ」

セックスしようだのフェラしろだの要求しておきながら、急に顔面を真っ赤にさせて視線をそっぽにそらし、照れだした。

「真人とはさー……ずっと仲よしのお隣さんだったから、なんか、恥ずかしいね」

「キスまでしたのにいまさら恥ずかしがるんですか」

「卑猥な会話のほうが照れる……かな？」

世さんの言い分もわかる。

クリスマスや誕生日やバレンタイン、ホワイトデーにはプレゼントを贈りあい、年末年始も当然のように一緒に過ごして普通のお隣さんの範疇（はんちゅう）はとっくに超えたつきあいをしているくせ、微妙な関係を保ち続けていた。まるで小学生の恋愛ごっこみたいな関係をとうとう一変させたのがさっきのキスだったのは間違いない。

「……世さん。俺はあなたが好きですよ。あなたもおなじ気持ちでいてくれているなら恋人になりましょうよ」

「え。えー……真人と、恋人かあ……」

「あなたが恋愛に臆病なのも知っていますけど、怖がるものじゃなくて幸せなものだって俺が証明していきますから。うなずいてくれたら、セックスでもなんでもしますし」

「だって、でも、それはさ……」

「なにかが大きく変わるわけでもありません。いままでみたいに朝晩毎日一緒に食事をして、イベントごとにプレゼントを贈りあって、大晦日に一緒にテレビを観て笑いながら年を越す。そんな一年がずっと永遠に続いていくんです。俺たちのあたりまえの日常になるだけ」

告白をしているうちに、世さんの目からまた涙がはらはら落ち始めた。「そんなの困っちゃうよ……」と明るい口調で言って笑いつつ、ほろほろ泣く。

「のぼせたかも。そろそろでるー」

「世さん」

浴槽からでてシャワーをだし、シャンプーのポンプに手をのばしかけた瞬間に世さんの足が滑って身体が傾いた。焦って立ちあがって背中と腰を抱いて支え、どうにか転倒を防ぐ。

「危なっかしいなあんたはっ」

「……ごめん真人」

シャワーの湯が俺の左肩のボアフリースにあたって弾け、世さんの顔も濡らしている。

世さんの頬に流れているのがシャワーの湯ではなくて涙だと、はっきりわかるほど鮮やかに一筋ふくらんでいる。

「……その〝ごめん〟は、なんのごめんですか」

ううー……、と目をとじて唇をゆがめて、また泣かせてしまった。

「恋人、なったら……ほんとにずっと一緒って、約束して」

「約束します」

「破ったら針十億本飲ませて海に沈めるからなっ」

「十億本集めるのに一生かかりそうですね」

世さんの手が俺の肩を摑んで、体勢を整えながら自然な素ぶりで唇を重ねてきた。求めてくれる唇にこたえて、俺も世さんの唇を吸う。涙の塩っぱさを湯が薄めている味がする。

「……なんとなく、ロマンチックな状況だとは、思うんですけど、」

舌同士を搦めて舐めあいながらしゃべった。

「どんどん、俺の服が……濡れていっているんですよ、」

「ん」

「〝ん〟じゃなくて」

庶民なのでシャワーをだしっぱなしにするセレブなシチュエーションにも感情が対応しかねる。自分の唇にじゃれついている世さんをそのままに、腰を屈めて左手をのばし、シャワーをとめて右手に持っていたバスタオルで世さんの身体を包んだ。

「まこ、離れちゃ嫌だ」

「わかったからいったん落ちついてくれ」

唇を二度噛んでから世さんを浴室の外へ立たせ、濡れたボアフリースとワイシャツを脱いだ。ジーンズもすこしだけ左側が濡れている。

「……ズボンも脱ぐ？」

世さんがうしろから期待の眼差しで見あげてくる。

「あんたはどうしても俺を酔っ払いを襲う外道にしたいらしいな」

「嫌われる……真人こわい」

「ここまでされて嫌っていない自分に驚いてるよ」

「ほんとに嫌ってない？　なんで？」

「あんたが訊くな」

服を絞って水分をいくらか落としてから俺も脱衣所へ戻った。失礼して洗面台にそれを置かせてもらい、あとで持って帰って洗濯しようと考える。

「世さんも風邪ひくから部屋に戻って服を着て寝てください」

「セックスしないの」

「明日の朝、もう一度素面のあなたに確認して、俺と恋愛する気があるってこたえてくれたら抱きますよ」

「抱きます？」

「抱きます」

ひひ、と笑った世さんが走っていってしまった。「おい、また転ぶぞ」と追いかけていくと、寝室へ入ってベッドに飛びこみ、腕をひろげた。

「真人はやく」

バスタオルをはだけさせた眩しい裸体を晒して、無邪気に招いている。

「……俺の言ったこと聞いてました？」

「聞いた。抱くって」

「言葉を全部受けとめてちゃんと咀嚼しろ」

「はい！　むしゃむしゃ」

口をもぐもぐさせて「ふふふ」と笑われたとたん、幼児以下のふざけた態度にもかかわらず俺のばかな脳みそが世さんを天使に変換してしまった。……間違いなくばか野郎だな。世さんは悪くない。素面のくせに酔った相手の誘惑に屈する俺が悪い。

「……あなたも俺が好きですか」

ベッドに腰かけて、仰向けに転がっている世さんの顔の左側に右手をついた。

「……うん」

「俺は愛してるんですよ。世さんの気持ちも恋愛感情ですか」

瞳を横に流して戸惑ったようすを見せたが、視線はちゃんと俺に戻ってきた。

「……。うん」

世さんの剥きだしの右腕に鳥肌がたっている。

「……じゃあ俺と恋人になってくれますね？」

「真人となら……なれる、気がする」

身体をひき寄せて起こし、かけ布団をめくって世さんをなかに入れながら自分も一緒に横になって上に身体を重ねた。唇をあわせて求めあいつつ、濡れて冷えた髪と腕を撫でて温める。

何人もの男が性欲を発散させるためにこの身体を容易く抱いているのだと思えば嫉妬もしたし怒りも湧いたが、自分の手が届くものだとは思っていなかった。ただ、もし抱けたのなら、絶対に誰より自分がいちばんに愛情をそそぐことができるだろうという自負はあった。なのになぜか、やんわり吸い寄せながらも噛みついてしまう。

「や……まこ、いた、ぃ、」

「我慢してください」

「なん、」

「あなたが知らない抱きかたをしたい」

綺麗だなと想いながらいつも眺めていた白い首筋、ささやかな喉仏、どんな感触がするのか気になっていた頰、耳たぶ、指先……すべてを掌と唇で丁寧に撫でてくちづけて、舌で舐めあげて噛んでいく。

「なに、も……知らな、よ、」

右肩を口で覆って肩先まで舌でたどっていたら、世さんが切れ切れに息を洩らした。

「こい、びと……の、セックス、は……一度も、したこと、ない……から」

愛情と劣情が絡みあって体内を駆けあがり、心臓を撃ち抜いていった。

「全然手加減させてくれないじゃないですか」

今度は欲望ではなく、嫉妬のみが燃え盛って世さんの耳たぶと唇と右胸を順に噛んでいた。

「や、痛っ……」

いやいや言いつつもしっかり尖っている乳首を噛んで先端をしゃぶり、やわく吸いあげる。二度と誰にも触らせたくない、触らせないでくれ、と祈った。あんたが思うよりこの身体は貴重で、尊くて、細胞のひとつひとつに価値があって、存在して呼吸をしてくれている事実に人生を救われて感謝している俺がいる。だから、自分を粗末にしないでくれ。

「俺にあなたを愛させてください。一生、大事にするから」

「……ま、こと、」

左胸にもくちづけて、変化するかたちと色と、愛おしい味を存分に堪能しながら愛した。胸から腋の下へゆっくり唇を移動させて、胴から腹へと鬱血の痕を刻んでいく。右指で乳首を撫でつつ腹を舐めていると、息が荒くなって腹も大きくへこんだりふくらんだりをくり返した。

「大丈夫ですか」

「こんな、に……こう、ふん、したの……初めて、かも、しれな、……」

たしかに俺も身体の細部をここまで愛おしんで丹念に味わいたくなったのも、愛撫しているだけでこんなに昂奮して、獣にならないよう正気を保つのに必死になるのも初めての経験だ。

「嬉しいです」

ふたりで初めてを共有できていることが嬉しかった。ともすると、おたがい遠まわりをしてようやく巡り会えた永遠の相手だったのに、初々しい恋の情動を体感しあえている。

幸福感が胸いっぱいに沸騰しているのを持て余しながら、世さんの腰から唇を離して右脚を立て、内腿のやわらかい皮膚を噛んで吸い寄せつつ性器に手をかけた。

「あっ、……まこ、」

酔っ払っていても健気に反応してくれていたそこを右手で愛でるように撫であげて、つけ根の部分にも唇を埋める。

「やあ、まこ……気持ちよすぎ、る、」

「フェラしろって息巻いていたのは自分でしょう」

「初めてじゃ、な……みたい、まこと、巧すぎ、るよっ……ンっ」

「俺の愛情は重たいって教えたじゃないですか。あなたの身体に対する敬意と愛情が、俺は並外れているんですよ。だからあなたも快楽を感じるんです」

「なに、それ……ふふ、」

懸命に息を吸って腰を捩って、震えて、喘ぎながら、世さんがときどき笑いを洩らす。

指と舌と唇で根もとから先端まで身体以上に丁寧に舐めて吸いあげ、こすり続けていると、「まこっ……も、無理、」と世さんが両脚を立てて俺の頭を挟むように身をすぼめながら力み、震えて達した。

自分の手のなかで、世界でもっとも愛しいひとが、自分の愛撫によって快感を得て昇りつめてくれる……それがどんなに途方のない幸福かを知って、俺も背筋が震えた。

世さんの顔の位置へ戻って、頭を両手で包むように撫でながら唇をむさぼる。

「……愛してます世さん」

「まこ、」

「愛してる」

うぅー……、と世さんがまた泣きだして、口のなかで世さんの唇がゆがんで隙間から泣き声をこぼし始めた。今度はどういう涙なんだろうと考えていると、世さんも俺の首に腕をまわしてしがみつき、「挿入れて、もう……いれて、」と俺の耳たぶをしゃぶって懇願してくる。

「……でもこれ以上は、準備が」

「横、棚にあるから」

「あんたこの部屋にも男連れこんでたのか」

「ないよ」

「だったらなんで」

「大人の、たしなみだろっ」

そうだろうか……。ナイトテーブルの上段のひきだしを見ると、ローションが入っている。

「世さんがひとりでつかっているのか、淋しい夜に自身を慰めているのか、性欲をこれで発散しているのかは、訊かないでおきますね」

ばん、と背中を叩かれて「全部一緒！」とつっこまれ、ふたりで笑ってしまった。

ゲイアプリで男と会う前に準備していたのかもしれないな、と頭に過った想像をふり払いつつ、手に垂らして奥に触れ、そっとほぐしていく。

「……まだ泣いてるんですか」

ふたりで笑って笑顔をとり戻してくれたのに、世さんのこめかみを涙が流れていく。

「ン……気にしな、で、」

腕で涙を拭って、脚をひらいて、「ンっ」と喉で喘ぎながら、感じて肩を跳ねさせている。

「なにか辛いことがあるなら言ってください」

「ないよ。……もう、そんな、ほぐさなくて、い……から、お願い」

腕をひかれて、上半身が傾いた。

「でもまだゴムをしてないから」

「ゴムはない」

「え」

「真人、もういいから」

鬼気迫るような必死さで、瞳に涙を溜めて切望してくる。

「……真人のこと、そのまま……感じさせて」

「嫌です」

　これは愛しているからこそ当然のことだ。世さんもゲイなら理解しているだろうに、なんでこんな非常識な行為を要求してくるんだ。

「お願い……嫌わないで」

「世さん、わかるでしょう。嫌ってるんじゃなくて愛しているから言ってるんです」

「お願いだから……俺のなかに、挿入れて、真人の、だして。今日だけで、いいから……真人のこと……俺に、全部、ちょうだい……」

　両目を強く瞑って、世さんが涙をこぼす。うぅっ、と嗚咽して、俺の背中にしがみついて、ばらばらと涙を落としていく。

「……俺、やっぱり……駄目かもしれない。真人と恋人なんて、なれない。触って、もらっても……嬉しすぎて、寂しすぎて……怖い、」

　泣いて震える背中を右手で抱き寄せ、「なんですかそれ」と憤った。

「一生って、未知すぎるよ。そんな約束したら、俺……毎日、怖い。いつ真人に嫌われるのか……四六時中考えて、こんなふうに、酔っ払って、甘えることもできなくなる」

「……俺との恋愛が、あなたを縛ることになるんですか」

「真人は、悪くないよ。悪いのは全部、俺だよ。うっ、ぅ、……ずっとこうやって、真人に、くっついてたいな……毎日真人と、ご飯食べたいな……う、っ……それが、駄目になったら、俺……生きていけないよ……っ」

　いかないで、と全身で欲して切望して縋りつくように、世さんが俺の背中を搔き抱いて嗚咽し、声をあげて泣く。赤ん坊が泣いているのに似た、こちらまで孤独になる泣き声だった。

「現実で恋人になるのが辛いから、酔っ払っているいま、今夜だけの関係で終わらせたいって言うんですね」

「うぅ、う……真人も、忘れて、いいから……俺も、明日には忘れるから……それで、お願い。明日、目が覚めても……今夜のこと、俺に、想い出させないで」

「世さん、」

「こんな幸せだったこと、想い出したら……俺、抱えきれないからっ……」

抱きしめて抱き潰して、首筋に噛みついた。

「……忘れられるわけないでしょうっ、それ素面の俺のほうが辛いことわかってるんですか」

世さんもしゃくりあげて泣きながら、俺の首にくちづけて力なく歯を立ててくる。

「……真人はね、俺の、光とか太陽とか……そういう、きらきら綺麗なものの全部なの。真人がいてくれたから俺、今日まで生きられたんだよ。俺の世界なんか狭いからさ……真人が宇宙の中心なんだよ。……だからここにいて。恋愛なんかして終わるの、怖い……ここにいて、」

こんなふうに泣かせる関係にはしないと断言できるのにたしかに未来は不確定で、俺と恋人になることでこのひとが終始不安に駆られて泣き続ける日々が始まるのなら、もっとも幸福で安心だとこのひとが望む関係を貫くべきなんだろう。

いままでの俺ならそうしてきた。世さんの言うとおり、望むとおりの自分をこのひとの笑顔のために捧げることができた。だけど今夜の要求だけはちぐはぐすぎて納得がいかない。納得するわけにもいかない。

「あなたを抱きます」

世さんを横たえてベッドへ組み敷き、腰を寄せて身を沈めた。

「まこ、とっ……」

「あなたの要求は全部呑むし、約束も守ります。でも明日以降、覚悟しておいてください」

「やっ、あ……まこ、ンっ、」

正気に戻ったあなたと、俺は臆さずに恋愛の話をかわしていく。恋愛に臆病な世さんに無理矢理迫って徒に傷つけたくはないし、今夜のことを想い出させないというのがひとつの条件であり約束だから、そう簡単に事はすすまないだろうがかまわない。世さんも自分を好いてくれているのなら、単なる隣人の料理好きな学生で居続けるのは申しわけないがやめさせてもらう。あとは明日以降、世さんと俺の愛情がどんな関係を結論として求めるか次第だ。

「……あなたを一生幸せにするっていう俺の想いを、必ず信じさせます」

「まこ、と」

蕩けた瞳から涙をあふれさせて揺れながら、世さんが細い両指を俺の頬にのばして包む。

「愛してるって、もう一度あなたに伝えて、絶対にまたキスをする。……したい」

たった一夜で、あなたの本心も愛情も味も全部知って、幸福を憶えたまま隣人のふりをして生きていく俺の気持ちだって考えてくれ。この哀しみを、寂しさを、辛さを、明日のあなたに言ってやれないのが憎い。こうして抱きしめてくちづけることも再びできなくなる、その現実が始まるのが耐えられなくて、心臓が抉れる想いではり裂けそうだ。

勝手なひとだと責められたらどんなに楽か。ばかな俺はそれでもあなたに愛されて抱きあっているいまを、臆病なあなたの弱々しさを、存在を、こんなに得がたく愛しく感じてしまう。

「……幸せにします。ふたりで幸せになりましょう世さん。……世、愛してる」

まこと、と呼んでくれる声ごと身体のなかに残しておきたくて舌を搦めて吸いあげた。

俺も恐怖心がないわけではない。世さんがどうしても怖い、嫌だと拒絶して恋人関係を俺に望まなければ、一方的な重い愛など押しつけられはしない。

いつかの未来で俺たちは今夜のことを、いったいどんな——。

＊＊＊

「——……どんな顔をしてふり返っているんだろうかって、思っていたんですよあのとき」

真人の腕枕に頭をあずけて、目の前の幸せそうな瞳と笑顔を見つめながら、「うん……」と相づちを打った。

「こんな顔だよ」

にやあ……、とわざと変な笑みをつくって見せてやったら、真人が吹いた。

「どんな顔しても可愛いな、天使ちゃんは」

「まさかの絶賛？」

「絶賛もするし安心もしてます。……またあなたを抱けてよかった。本当に」

まだ汗ばんで湿っている俺の前髪を左指でよけて、真人が額にくちづけてくれる。

「でも改めて考えるとほんと不思議なんだけど、なんでこんな酷い酔っ払いを嫌わないの？」

「だからあんたが訊くなよ」

「顔の力って偉大だ」

「顔だけでもないって何度言わせるんだ」

またふたりで「ふはは」と笑いあう。

「……真人、我慢させてごめんね。ありがとう」

「どの我慢の話ですか」

「うっ……。俺が酔っ払って暴れたのとか、襲わないで抑えてくれてたのとか、三年間ずっと世話してくれてたのとか、いろいろ全部感謝してるけど、いまの〝ありがとう〟はあの一夜のあとも俺の気持ちを慮って、ゆっくり恋愛をすすめてくれたことだよ」

「ああ」と納得しつつも、真人はまだ喉でくっくくっく笑っている。

「俺も考えましたよ。〝あなたも俺を好きだろ〟って迫れば手っとりばやく解決するのかもしれないって。だけど〝一生なんか無理〟ってまた泣かせるだけじゃ堂々巡りなんで、待つことにしたんです」

「俺が自分の気持ちに気づくのをでしょ……？　さっきも観覧車に乗る前に教えてくれたね。両想いって知っていて我慢するとか、俺には無理だよ。忘れてよかった、お酒様々だ……」

「泣かせてやりたくなってきたな」

左手で頬をぎゅとつままれて、「冗談です、痛いいだい、」と笑ったら、キスで襲われた。腕枕を抜きながら、真人が身体ごと俺の上へ重なってくる。

「でも禁酒しなくていいですよ。なんだかんだ言って俺、酔っ払ってめちゃくちゃしてるときの世さんも好きなんで」

「あんなの好きなのっ？」

「好きです」

「風呂でびしょ濡れになったのに？」

「なったのに」

呆気にとられてひらいた俺の唇を、真人は上唇、下唇、と楽しげに舐めて吸っている。おまえが引くなよ、と自分でも思うけれど、真人の寛容さは知れば知るほど驚嘆する。

「……俺を恋人にしてくれるのは真人だけなんだって、何回も何回も思い知る」

「他人の心って不思議ですよね。たぶん世さんが〝自分は駄目だ、酷い〟って感じてる部分を、俺は〝可愛い、救われる〟って思ってるんですよ」

「救われるっ？」

「だから俺も愛せるのは世さんだけなんです」

舌をだして真人に委ねながら、真人の背中に両手をまわしてなめらかな素肌を撫でた。

「……嬉しいけど、真人といるときの記憶をなくすのはもう嫌だから、泥酔はやめようかな」

「はは。ですね。記憶がなくならない程度に呑んで可愛く絡んできてください」

口先をつけて舐めあいながらふたりでくすくす笑い続ける。

真人の首もとから指輪のネックレスがさらんと転がってきて、俺の首にあるおなじネックレスとぶつかった。

「……もう一度抱いていいですか」

真人の左手が右胸をこすり、腋をたどって腰におりていく。

「……若いな」

「だめ？」

「いいに決まってるだろ。俺だってまだ若いんだ、ぞっ」

うらうら、と真人の腰を両手でくすぐってやったら、真人はがくっと体勢を傾けて「ははっ」と笑い崩れた。「やめてください、ったくもう」と身体を起こして、ベッドの端に腰かける。じつはくすぐりに結構弱い真人だけど、くすぐったさに爆笑する瞬間の可愛い笑顔が好きで、つい手がでてしまう。

二回目をするために真人がゴムをかえている。

「……よくないのはわかってるけど、たまには無しでしようよ」

肘頭（ひじがしら）の皮膚がしわしわの部分をつまんで誘ったら、睨まれた。

「しません」

「一年に一回くらいとか」

「しない」

「半年に一回くらい」

「増えてるだろ」

「一ヶ月に一回？」

「スケベ天使」

真人が肘を退けて「もみもみするのをやめろ」と怒る。ふはっ、と笑ったら、俺の上に戻ってきて叱るみたいに唇を甘噛みしてきた。

「世さんってたまに幼児みたいなじゃれかたしてきますよね」

「幼児ぃ？」

「あの夜の『むしゃむしゃ』っていうのも、いったいなんだったんですか。あれのせいで俺は狂わされた」

「好きだったんか」

「ほかの男にもああいう面を見せていたのかと思うと腹が立つ」

「え、見せてないよ。……たぶん」

左胸にかぶりつかれた。右胸も同時に指先でいじめられて、「あ、ンっ、」と声が洩れる。

「世さんは交渉が下手なくせに、嫉妬を絡めた駆け引きは抜群に巧みなんだよな」

「営業マンとして、どうなんだ……それ、ン、ぅ、」

真人をひき寄せて身体を反転させ、俺も真人の上に跨がってくちづけて愛撫を返す。いつも痕を残してくれる首筋から鎖骨、胸。

真人は身長も高くて、掌も大きくて指も細長くて、俺より逞しい身体をしているのに、肌に張りと艶があって二十二歳の味がする。

「……真人のぴちぴちの身体を味わってると変に昂奮するな。これが背徳感ってやつか」

「俺も歳上の世さんを抱いていると昂奮と背徳感を覚えますよ」

「ならセックスもWin-Winだな」

笑いながら真人も身体を起こして俺を膝の上に抱き、胸をねぶってくれる。おたがいの性器が腹のあいだでこすれて、胸も気持ちよくて、真人の頭を抱きしめて快感に身震いする。

「……真人。その、なくなった記憶の内容で、気になってることがあるんだけど、」

「なんですか」

「夫夫だった、ときの、話と……あと、ふたりでごめん、のこと……教えて」

口を大きくひらいて右側の乳首を覆われ、音を立てて吸われた。「ンンっ、」と腰にぞくりと走った快感の電流を受けとめて震えて、真人の腰を両腿で挟んでしがみつく。

「……それ、おなじ日の出来事なんですよ」

「え……そ、なの？」

「はい」

真人の長い指が、背中から腰をすべらかに愛おしむように力強く撫でてくれる。愛している、と掌から想いが、言葉が、伝わってくる真人の撫でかた。

「あの日から世さんは俺を〝真人〟って呼ぶようになったけど〝おまこ〟って呼ぶことだけは決してしないんですよね」

「おまこ……？」

「恐ろしいですよ、あなたの潜在意識は」

ふふ、と真人が笑って俺の心臓の上あたりに唇をつけ、歯を立てた。

「……愛してる世。〝ふたりでごめん〟っていうのはね、――」

木崎真人との恋

ドアのむこうから厳格そうで、それでいて若干気怠げな低い声が洩れ聞こえてくる。

高揚して予想以上に弾みそうになる胸を押さえ、深呼吸して気持ちを落ちつかせてから手をドアノブにかけてひらいた。

ばれないように、しずかに入室して席までいくつもりだったのに、講堂のうしろのドアから一歩入った瞬間さきほどまで響いていた声が停止して、遠くの教壇に立っている准教授さまの視線が顔に突き刺さってきた。

ばか、見つけるのがはやいよ、と心のなかで抗議しつつも、頬がゆるんでにやけてしまう。奥の窓側まで移動して階段をおり、空いている席を見つけて約束どおり窓辺の席に腰かける。

「……なんかおかしくない？」

「先生止まってるね」

窓からさしこむ明るい陽射しと周囲の生徒たちの訝しげな反応は完璧に妄想とおなじだった。それと、俺の左手の薬指にプラチナの指輪があるのも。

次第にざわつき始める講堂内で、准教授さま——真人（まこと）も、俺だけをまっすぐ見据えて茫然と、十七年前話していたまんまの呆けた反応をしている。おまえが一目惚れしたと話していた顔も、もういい加減見飽きただろうに、いまでも俺が天使に見えるんだなと、そんなおかしさと照れをこめて、笑いかけてやった。

「――世、愛してる」

　マイク越しに真人がそう告白して、すぐに「続けます」と俺から視線をはずし、講義を再開したが、「ええ？」「なにいまの」と生徒たちは無論集中力がきれて騒然とする。俺を盗み見て「あのひとじゃない？」「いまきたもんね」とこそこそ話す子たちもいる。

　真人は注意をして場を鎮めるでもなく、しれっと真剣な無表情で講義を続けた。スーツの上に白衣を羽織った、厳しくて気難しげな准教授。その姿だけは想像していた以上に凜々しくて、格好よくて、出会ってから二十年経ったいまも変わらず、俺は幾度も恋に落とされる。


「……きてくれてありがとう世」

　仕事を終えた真人と大学近くのカフェで落ちあい、帰路へついた。

「俺も准教授の講義が聴けて嬉しかったよ。……でも、あの大告白はやりすぎじゃない？」

　ふたりで夕暮れの土手を並んで歩きながら、くすくす笑いあう。

「よくあれだけで我慢したなって、俺は自分に感心してるけどね」

「そうなの？」

「そうでしょ。世が帰ってこられるとも思ってなかったし」

　今日は俺たちの始まりになった、一夜の過ち記念日である十月二十日だ。毎年ちょっとしたお祝いをして想い出に浸ったりするのだけど、今回俺は十日間に及ぶ長期の出張にでていて、帰宅できるかどうか怪しかったのだった。

「俺もひやひやしたな。だからちゃんと帰れて、サプライズも成功して満足だよ」

古坂さんが退職した七年前、課長補佐から営業一課の課長になった。以来、俺は国内外を飛びまわりながら会社に貢献し続けている。

一週間以上出張が長びくことも珍しくはないのだが、真人はその都度、いまだに『会いたい』『〝世愛してる〟ってひとりで唱えてるとたしかに淋しいな』と告白してくれるから、俺まで淋しくなって困ってしまう。

そんなわけで、プチ遠距離恋愛からの再会と、十七年越しの約束が叶う瞬間を真人に喜んでもらいたかった。

「うん……本当にありがとう。最高の記念日になったよ。太陽の光も、席も、世も、あのとき想像したとおりで、見惚れるほど綺麗な天使だった」

そう言って橙色の夕陽に頬を染めながら微笑む真人のほうが、眩しくて神々しい。

「……よかったよ。ほんと想像どおりすぎて、俺もちょっと感動した」

俺も照れて笑い返したら、真人に左手をそっと絡めとられて握られた。

「別れからの再会にはならなかったね」

――……俺が捨てられて、あなたはべつの男と幸せだからへらへらしているって状況じゃないですか、それ。

――わからない。真人が決めていいよ。

「真人のおかげだよ」

「ふたりでつくった〝未来〟でしょう」

「そうかな」

約束したとおり、記憶をなくすような酒の呑みかたは十七年前の今日以降一切していない。それでも恋人として幸福に歳を重ねてこられたのは、俺の至らなさを真人が誠実に堅実に支えてくれたからだと思っている。

「俺も世に救われていまがあるって思ってるんだよ」

「嘘お」

「なんで疑うの」

「俺、自分が真人に甘えてた記憶しかないからさあ」

遡れば古坂さんの補佐になったころなど酷かったもんだ。あのひとを飼い慣らして、そして有能さを知って尊敬心を抱くまで、真人に毎晩愚痴を聞いてもらっていた。古坂さんを送って、自分が課長に昇進した現在もだ。上に立つ責任や気苦労を、俺は真人にも半分持ってもらっている自覚がある。

仕事のことだけじゃなく、母親のこともそう。紹介したあとは年始の挨拶にも一緒にきてくれたり、たまに三人ででかけたりと、家族同然のつきあいをしてくれている。

俺の心や健康と同様に、人生そのものを、真人は二十年間支え続けてくれている。

「……ずっと〝ふたりでごめん〟に憧れていたけど〝ふたりでありがとう〟はもっといいね」

真人が秋風に髪を乱されながら笑っている。

「長く一緒にいるのにおたがいが感謝してるのって理想的な関係だと思う。あっという間すぎたから、二十年って実感は湧かないんだけどね」

髪を左手で押さえて苦笑する真人を見つめて、無意識にかたく手を握りしめていた。

「……本当だね。四十過ぎて身体は勝手に歳をとっていくのに全然大人になれた気がしないし、真人のことも不思議なぐらい好きなままだよ」

両親のように、ふたりしていつか愛想を尽かしたり嫌ったりするのだろうかと不安もあった。俺のそんな恐怖心や疑念を、石を砕くようにすこしずつ壊していってくれたのも真人の真摯な愛情深さにほかならない。

「俺は不思議だと思わないな。四十年後も世を好きだってわかってるから」

ほら、こういうことをさらっと言っちゃうところ。

「んー……たしかに二十年変わらないなら、もう死ぬまでこのまんまかもな」

ふたりで呆れまじりに笑いあって、この時間も幸せだなとしみじみ感じ入った。

「世は今日なんのケーキ食べる？」

記念日に必ずお世話になっている川沿いのケーキ屋が見えてきた。

「なににしようかなあ……ショーケース見て決めたいけど、和栗のモンブランかな。ベイクドチーズケーキも捨てがたいし、生チョコとショートケーキもまた食べたい」

「今夜もたくさん食べられそうだね」

記念日のケーキは食べたいものを全部買うのが我が家のスタイルだ。ふたりでテーブルにたくさんのケーキを並べて、分けあいながらたいらげる小さなパーティ。

「楽しみすぎるな」

出張帰りで身体に溜まった疲れも吹き飛んでいく。

微笑む真人の背後でススキが揺れて、夕陽が川面を銀色に輝かせているのが綺麗だった。

「じゃあ支度が済んだらいくよ」

「ああ、待ってる」

真人が自分の家の前に立ち、俺も家の扉に鍵をさしこんでうなずいてこたえる。そしてそれぞれの部屋へ入って、いったん別れた。

じつは俺たちはいまだに同棲せず、隣人同士として暮らしている。この生活に慣れてしまったのもあるし、おたがい多忙な仕事と私生活を両立させるうえでもっとも便利だったからだ。

ただ、メインの生活空間は俺の部屋で、真人の家は執筆に没頭することも多い真人の仕事部屋になっており、意識としては同棲となんらかわりない。

ケーキを冷蔵庫にしまうと、部屋着に着替えて洗面所へ移動した。昼間一度帰宅して、出張先で使用した服を洗濯しておいたから、乾燥が終わっているのを確認してとりだす。

そのうち真人も「きたよ」と俺の部屋へ入ってきて、夕飯の用意を始めた。

「洗濯してたの？」

「うん、出張すると溜まるからさ」

リビングで洗濯物をたたんでいると、真人も料理をしつつキッチンから話しかけてくる。

「そういえば世、穴が空きかけてる靴下あっただろ」

「え？　何色？」

「黒の」

そんなばかかな、とそばにある靴下をなにげなく確認したら、小さく空いているのがあった。

「あ、ほんとだ。え、これ？　出張先で履いてたやつなのに気づかなかったよ、恥ずかしい」

「知らずに持ってっちゃってたんだね。あとで縫っておくからよけておいて」

「あ、りがとう……」

右手の指を入れると、靴下の生地が薄くなって爪の先がちょっと覗く程度の穴ぼこができている。真人、こんなのよく気がついたな……。

指をくいくい動かして穴ぼこを観察していると、格好悪くて、社会人の大人が履く靴下とはとうてい思えなくて、ふっ、と吹いてしまった。

どういうわけか急に真人が恋しくなってきて、胸が苦しくてたまらなくて、ソファを立って真人のところへいき、背中から腰を抱きしめた。

「……世？　どうしたの」

頭を真人の左肩にのせて、ぴったりくっついて寄り添う。料理をしている真人の肩と腕が、遠慮がちに動き続ける。

「真人が靴下縫うとか言ってくれるから発情した」

「は？」

喉で笑う真人の声も、背中越しに低く胸に響いてきて震える。

「ずいぶん変な理由で昂奮したな」

「責任とってくれる気はないの」

「食後にね」

「しかたないから待ってやる」

笑う真人のうなじを軽く噛んだ。ワイシャツの襟をよけて首筋も吸うと、「待ってないだろ」と笑いながら叱られる。俺も笑って、真人の腹をぎゅと抱きしめた。

「今夜の献立はなに？」

「鯖の南蛮漬けと秋ナスのおひたしだよ。世が好きな焼きネギの味噌汁も」

「うわ無理、美味しそう、腹減った」

真人がふるフライパンのなかで、ナスとぶなしめじが揺れている。

「今日はケーキを食べるから夕飯は少なめね」

「頑張って加減する」

やわらかくなったナスに真人が煮汁をゆっくりかけて、鰹節も加える。それで蓋をすると、隣のフライパンにうつって鯖を入れていく。焼けて色づいていく鯖の美味しそうなことと言ったら……。

「ねえ世。またそのうち大学においでよ。案内するし、世と一緒に校内を歩いてみたいから」

「え、大学？　真人と？」

「俺たちの年齢差だと一緒に通学できることってなかったでしょ。だから憧れるんだよ。俺が教師の立場っていうのも面白いしね」

「そうか……たしかに先生との恋なんだな、これ。……あれ、なんかわくわくしてきたぞ」

学生のころ楽しめなかった禁断の恋を、四十過ぎて体感できるって夢みたいな話じゃないか。モデルばりに格好いい恋人の准教授と、キャンパスを並んで歩く想像をしていると、頭に花が咲いてしまう。

「柳瀬さんの娘さんが真人の大学にいかなくてよかったかもなあ……そんな浮かれて歩いてるところ目撃されたらさすがに気まずい」

昨年大学へ進学した柳瀬さんの娘さんは、志望校のなかに真人のいる大学も入れていたのだ。柳瀬パパは複雑な感情を抱いていて、娘さん本人には言えない心境を俺に吐露してくれていた。結果的にべつの大学へ進学が決定し、胸を撫でおろしていたけれど。

「うしろめたいことはなにもないでしょう。俺たちは娘さんにとって単なる〝パパの部下とそのパートナーの准教授〟だよ」

「そうだけどさ」

「やましいことでもない限り気まずく感じる必要もないだろ。世はなにかあるの？　やましいことが」

「ないよ、ないです」

戸川も現在は娘と息子を持つ二児の父親で、二課の課長補佐をしている。真人がいる大学は結構レベルも高いけれど、戸川にまでふたり分の子どもの進路相談につきあわされたら、また真人に責められそうだ……。

「こっちは真面目に教鞭を執って生徒と対峙してる。変な私情を挟まないでもらいたいな」

「……。大告白したくせに」

真人の腹を抱いていた左腕をくいっとつねられた。いてえ。

「いたた〜」

「そろそろ料理ができるから手伝って」

皿に鯖の南蛮漬けを盛った真人が、ふりむいて俺の口にキスをしてからそれをくれる。

俺がテーブルに並べ終えると秋ナスのおひたしも完成していて、続けてテーブルに加えた。

「美味しそう〜……幸せだー……」

「ケーキも楽しみだね」

見返すと、真人も幸せそうな笑顔で味噌汁をそそいでくれている。

ずっと一緒にいたから、二十年で変化したであろう真人の顔立ちも普段はまるで気づけない。スマホに保存している写真を検索して、巨大ツリーの前で笑っているあの写真なんかをふたりで眺めているときに、『このころ幼かったたね』とやっと実感できるほど傍で、毎日一日ずつ、大事に一緒に生きてきた。

それでも不思議なのは、真人と見つめあって優しい言葉を贈りあっていると昔と変わらない熱量で心が震えて、愛しさを味わって持て余してしまうことだ。

「……真人、言い忘れてた」

「ん？」

「ただいま、愛してる」

この記念日を迎えてまた新しい一年が始まる。あたりまえの日常として幸福が続いていく。

出会ってから二十年間毎日ここにいて、俺と〝一生〟を育み続けてくれてありがとう真人。

「俺も愛してる。……おかえり世」

あとがき

ずっと書きたかったラブコメをようやくかたちにすることができました。

胸が苦しくなる恋愛の物語も大好きですが、主人公たちがどきどききゅんきゅんわくわくしてばかりいるラブコメも大好きで、本当にとっても楽しかったです。

今作は近著『このて』に続いて丹地陽子（たんじようこ）先生に絵をお願いいたしました。

主要人物たちの年齢幅がひろくて、しかも全員が男前だったので、ダンディな柳瀬さんも、イケメンな戸川君も、寡黙でクールなぴちぴち大学生の真人も、それに大人なのに甘え上手で不器用な世も、託せるのは丹地先生しかいない、と思ったからです。

実際に表紙、口絵、挿絵……と届くたびに、本当に大天使だ、ダンディだ、イケメンだ、クールで格好いい大学生だ、とイメージどおりの驚きに加え、理想をはるかに超えたリアリティにも圧倒されて胸がいっぱいでした。全員の姿が、場面が、愛おしくてたまりません。

真人が初めて世を食事以外のことで誘ったのは、出会った年の夏に開催された花火大会です。夕食のあとベランダからふたりで眺めて以来、彼らが毎年楽しみにしている行事のひとつでもあります。なので、あとがきの場面もそんなふたりの日常風景のようで幸せでした。

本を贈りだすにあたりお世話になった方々、そして手にしてくださった読者さまにも心からお礼申しあげます。どうか彼らとともに至福感を分かちあっていただけますように。

２０２３年　５月　　朝丘　戻

初出一覧

ダリア文庫をお買い上げいただきましてありがとうございます。
この本を読んでのご意見・ご感想・ファンレターをお待ちしております。

〒170-0013 東京都豊島区東池袋3-22-17　東池袋セントラルプレイス5F
(株)フロンティアワークス　ダリア編集部
感想係、または「朝丘 戻先生」「丹地陽子先生」係

とのこい

2023年7月20日　第一刷発行

著　者
朝丘 戻
©MODORU ASAOKA 2023

発行者
辻 政英

発行所
株式会社フロンティアワークス
〒170-0013 東京都豊島区東池袋3-22-17
東池袋セントラルプレイス5F
営業　TEL 03-5957-1030
http://www.fwinc.jp/daria/

印刷所
中央精版印刷株式会社